dtv

Bei Junglehrer Fabian Dreher (28) läuft's gerade nicht ganz rund. Seine Freundin Tine kehrt früher als geplant von ihrem Selbstfindungstrip aus Mexiko zurück: als Radikal-Veganerin mit radikalem Kurzhaarschnitt und »Poseidon« im Gepäck, einem arroganten, fetten Kater. Und dann diese Wette mit Erzfeind Frühling: Im Vollsuff hat Fabian mit seinem Lehrer-Kollegen gewettet, in der Lernstandserhebung mit seinen Schülern besser abzuschneiden. Hier geht es nicht nur um die Ehre, sondern auch um Fabians Auto (den Weisen Horst), seinen Job und die Verbeamtung. Und nicht zuletzt um Fabians schwierige – äh, besondere – 9a, von deren Mitarbeit nun alles abhängt.

Tobias Keller wurde 1989 in Oberhausen (NRW) geboren und studiert in Bochum Deutsch und Pädagogik auf Lehramt. ›Morgens leerer, abends voller‹ ist sein erster Roman. Besuchen Sie den Autor auf: www.facebook.com/tobias.keller.dtv

Tobias Keller

Morgens leerer, abends voller

Roman

dtv

Ausführliche Informationen über
unsere Autoren und Bücher
www.dtv.de

MIX
Papier aus verantwortungsvollen Quellen
FSC www.fsc.org
FSC® C019821

Originalausgabe 2016

Umschlaggestaltung: Johannes Wiebel/punchdesign, München
Satz: Fotosatz Amann, Memmingen
Gesetzt aus der Sabon 9,7/13˙
Druck und Bindung: Druckerei C.H.Beck, Nördlingen
Gedruckt auf säurefreiem, chlorfrei gebleichtem Papier
Printed in Germany · ISBN 978-3-423-21619-7

Der Elternsprechtag

Müdigkeit, oh Müdigkeit,
Gestern wurd es spät.
Umso schwerer ist es heut,
Was man den Eltern rät.
Müdigkeit, oh Müdigkeit,
Zum Glück hab ich gesät,
In harter Arbeit stundenlang
Kreativität.

Noch immer sprießt sie aus dem Boden,
Erfrischt das öde Land umher,
Lässt endlich wieder Winde toben
Und Wellen fegen übers Meer.
Hagel, Regen, Blitz und Donner
Lassen mich durch Lüfte schwingen.
Adler tragen mich durch Stürme,
Um mich dann zurückzubringen.

Zurück vor wütende Gesichter,
Wo vor mir dieser Zettel liegt.
Hab ich durch kurze knappe Zeilen
Etwa die Müdigkeit besiegt?

Ideenreichtum, Poesie,
Mich dünkt, das lässt verschwinden
Den tief in mir verwurzelt Trieb,
Mich im Bett zu winden.

Drum wälz ich mich in Dichterei,
Schreib diese Worte nieder,
Denn dadurch geht die Zeit vorbei
Und Tatendrang kommt wieder.

Doch folgt nun, ach, die letzte Zeile,
Ich spür schon wieder Langeweile,
Der Elternsprechtag zieht dahin,
Ich freu mich, dass ich Lehrer bin!

Vorwort

Der ehemalige Fußball-Nationaltrainer Erich Ribbeck hat einmal gesagt: »Grundsätzlich werde ich versuchen zu erkennen, ob die subjektiv geäußerten Meinungen subjektiv sind oder objektiv. Wenn sie subjektiv sind, dann werde ich an meiner objektiven Linie festhalten. Wenn sie objektiv sind, werde ich überlegen und vielleicht die objektiven, subjektiv geäußerten Meinungen der Spieler mit in meine objektiven einfließen lassen.«

Damit dürfte eigentlich alles geklärt sein.

Doch so simpel und logisch dieses Prinzip auch klingt: In der Realität ist es gar nicht so leicht umzusetzen. Schon gar nicht, wenn man Lehrer ist. Und erst recht nicht am Elternsprechtag. Wenn es um die eigenen Kinder geht, hat ja jeder so seine persönliche Sicht auf die Dinge, da kann man »subjektiv« und »objektiv« schnell mal vertauschen. Die Eltern glauben natürlich immer, ihre Nachkommen seien Intelligenzbestien. Könner und Hochbegabte. Koryphäen auf allen Gebieten. Dabei würde ich meine Hand dafür ins Feuer legen, dass nicht einer meiner Schüler das Wort »Koryphäe« auch nur ansatzweise buchstabieren könnte. Die würden rufen: »Köriwas? Tschüüüsch, Herr Dreher, was hast du da für komische Wort, voll schwul!« Und trotzdem sind die Eltern der Überzeugung, das eigene Kind sei die oder der Auserwählte. Doch das ist dann eben subjektiv. Objektiv sieht das anders aus. Wobei das ja jetzt von mir auch schon wieder irgendwie subjektiv ist. Na ja, was heißt subjektiv. Vielleicht kann man eher von einer objektiven, an subjektiver Objektivität grenzenden Subjektivität sprechen. Ich bin schließlich als Klassenlehrer fast jeden Tag mit den Kindern zusammen und weiß, wie sie sich benehmen und was sie können. Von ihrem Verhalten in der Schule bekommen die Eltern doch nichts mit, höchstens aus der Sicht der Kinder selbst. Und die ist alles andere als objektiv. Ganz im Gegenteil: Die ist an Subjektivität kaum zu überbieten.

Für mich ergibt sich am Elternsprechtag also unter Umständen eine gewisse Schwierigkeit: Sollten die subjektiv geäußerten, objektiven Meinungen der Eltern mit den objektiven, von mir subjektiv empfundenen Leistungen der Schüler objektiv übereinstimmen, dann hat Erich Ribbeck nämlich durchaus recht. Dann sollte man definitiv irgendwie irgendwas machen. Ganz klar.

1

»Tja, wir tragen alle unser Kreuz ...«

Ich sage es und streiche mit meinem Bleistift den Namen »Erich Ribbeck« auf meinem Block durch. Ich würde ja einen Radiergummi benutzen, aber ich habe keinen. Und wenn doch, liegt er irgendwo in meinem Rucksack unter dem Pult und ich müsste den Stuhl zurückschieben, mich bücken, kramen und suchen. Das alles ist es mir nicht wert. Es geht ja nicht darum, ein makelloses Kunstwerk zu erschaffen, sondern die beste Deutsche Fußball-Nationalmannschaft aller Zeiten zusammenzustellen. Das ist Arbeit, das ist ein Prozess. Da darf man schon mal was durchstreichen, was daneben schreiben oder ein bisschen herumschmieren. Und zur besten Elf aller Zeiten gehört natürlich auch ein Trainer. Allerdings hat mich der Gedanke an Erich Ribbeck so sehr verwirrt, dass ich ihn austauschen muss. Ich schreibe Berti Vogts darüber, streiche Berti Vogts wieder durch, kaue am Ende meines Bleistifts und denke nach. Mein bester Kumpel Gibbel hat um einen Kasten Bier gewettet, dass er eine bessere Elf aufstellen könnte als ich. Aber da hat er sich verzockt. Da hat er größere Chancen, einen dicken Haufen Einhornkacke im Stadtpark zu finden, als mich in meiner Königsdisziplin zu schlagen. Es steht nämlich außer Frage, dass ich mehr Ahnung von Fußball habe als Gibbel. Er behauptet zwar immer das Gegenteil, aber objektiv gesehen ...

Ach ja, und nebenbei sitze ich den ersten Elternsprechtag meines Lebens ab. Zugegeben, als Schüler habe ich meine Mutter mal zu einem begleitet, das war in der fünften Klasse. Danach täuschte ich allerdings immer wieder ominöse Krankheiten vor. Zum Beispiel Schmerzen im Hüftbereich. Oder Körperteillähmungen. Stiche im Herzen. So in der Art. Ich wollte einfach nicht mehr mit. Es war eine so bedrückende Langeweile, die hatte mich schon als Zehnjähriger zu Boden gezwungen. Außerdem konnte ich fast jedes Wort mitsprechen. Zu faul, zu verträumt, hört nicht zu, quatscht zu viel. Aber vor allem zu faul. Dann doch lieber wegen meiner Scheinbeschwerden ein paar Stunden im Krankenhaus auf den Befund des Herzspezialisten warten und *Bravo Sport* lesen.

Damals konnte ich ja nicht ahnen, dass diese Veranstaltung aus der Lehrerperspektive *noch* einschläfernder ist. Ich bin so unglaublich müde und kolossal gelangweilt, es ist kaum in Worte zu fassen. Natürlich liegt das zu einem großen Teil auch daran, dass ich mich gestern Abend mit meinem Lehrerkollegen Herbert zum »Komma-Saufen« getroffen habe. Bei diesem Spiel korrigieren wir die Deutsch-Diktate unserer Schüler und müssen bei jedem Komma-Fehler einen Sambuca trinken. Bei unseren Klassen keine allzu gute Idee, da prinzipiell eher ins Blaue geraten wird. Und mit einem ordentlichen Kater ist es nun mal nicht so einfach, am Elternsprechtag die Augen aufzuhalten und zuzuhören. Würde ich die Mannschaftsaufstellung nicht machen, wäre ich garantiert vor einer Stunde weggenickt. Mein bis hierhin brutalster Müdigkeitsschub kam am frühen Nachmittag, kurz nachdem ich die Klinke der Klassenzimmertür heruntergedrückt und meine dritte Aspirin-Tablette eingeworfen hatte. Wegen der fast vollständig mit Grammatikregelpostern verklebten Fensterscheiben war es etwas dämmrig im Raum und die umherfliegenden Kreidepartikelchen erzeugten einen nebligen Dunst über dem verklebten PVC-Boden. Das leise Klacken der kaputten Heizung war das einzige Geräusch, das ich wahrnahm. Ich stand bestimmt zwei Minuten apathisch im Türrahmen, so gespenstisch war der Anblick. Mit dem Wissen, dass hier die nächsten drei Stunden Dutzende Eltern auf mich einreden würden, wurde es noch gruseliger. Doch ich hatte keine Wahl. Ich betrat den Raum wie so ein dusseliger College-Student in einer Szene aus einem amerikanischen Horrorfilm, bei der man denkt: Wieso geht der Typ jetzt da rein? Da ist er doch selbst schuld …!

Bevor der Elternsprechtag angefangen hatte, war ich mit meinen Kräften also schon am Ende. Dabei musste ich heute gar nicht so viel unterrichten. Und mit »gar nicht so viel« meine ich »praktisch überhaupt nicht«. Es ist Mittwoch und da habe ich dieses Schuljahr nur eine einzige Stunde. Deutsch in Klasse sechs. Letzte Woche war die Klassenarbeit, wir sind mit dem Stoff durch, es gibt nicht mehr viel zu tun. Also habe ich einfach irgendeinen Film über Wühlmäuse in den DVD-Player geschmissen. Das war nicht wirklich anstrengend. Und trotzdem …

»Sie musse mal erkläre!«

Ich komme zu mir, hebe den Kopf und sehe in zwei verfinsterte Augenpaare. Keine Ahnung, was ich gerade mal erklären soll, allerdings wurde dies heute schon mehrmals gefordert und ich habe immer das Gleiche gesagt.

»Ja, klar, Frau, äh, aber sehen Sie es doch mal von *meiner* Seite.«

»… und nicht so subjektiv!«, hätte Erich Ribbeck höchstwahrscheinlich noch hinterhergeschickt. Doch er ist nicht hier und kann mir nicht helfen.

Ich unterdrücke ein Gähnen und überlege, was ich darüber hinaus noch antworten könnte, auch wenn ich es langsam leid bin. Es zieht sich wie ein roter Faden durch den gesamten Elternsprechtag. Immer muss ich irgendwie was ändern, irgendwen mehr fördern, irgendetwas erklären. Dabei bin ich doch nur Lehrer auf einer Gesamtschule, die mitten im gefürchtetsten sozialen Brennpunkt von Wanne-Eickel liegt. Und Wanne-Eickel ist für sich alleine genommen ja schon ein sozialer Brennpunkt. Wir reden hier über einen Brennpunkt *im* Brennpunkt. Die meisten Eltern sprechen nur gebrochenes bis vollkommen unverständliches Deutsch, einige sind erst gar nicht erschienen, alle anderen sehe ich heute zum ersten Mal. Trotzdem lautet der allgemeine Tenor, dass ich schuld bin. An allem. Ich hatte immer gedacht, auf der Gesamtschule sei allen alles völlig egal, besonders hier im Süden von Crange. Hier gibt es doch fast ausschließlich diese Kategorie Schüler, für die man eine eigene Sprache erfunden hat, damit sich nicht alles immer so negativ anhört. Man sagt jetzt politisch korrekt »Arbeiterkinder mit Migrationshintergrund aus einem Wohnquartier mit besonderem städtebaulichem Erneuerungsbedarf«. Und sie »stören« auch nicht mehr, wenn sie den halben Klassenraum in Schutt und Asche legen, sondern sie sind »verhaltensoriginell«. Man kann sich die Welt mit Sprache eben so zurechtbiegen, wie man sie gerne hätte, doch führt genau das dazu, dass ich als Lehrer an einem Tag wie diesem in allgemeine Erklärungsnot gerate. Alle reden auf mich ein, wollen plausible Antworten für das Versagen ihrer verhaltensoriginellen Kinder und rauben mir so meine letzten Kraftreserven. Ich musste erklären, warum Seylep »ist so kluge Mädschen« und bei mir trotzdem nur lauter Fünfen schreibt. Erklären, warum Phil nicht mehr neben seinem besten Freund Tarek sitzen darf. Erklären, warum ich Tudor in jeder zweiten Stunde für zehn Minuten über den Schulhof rennen lasse. Gute Frau, Seylep hat nur durch meine aktive Mithilfe in der letzten Arbeit noch die 5+ geschafft, Phil und Tarek haben nicht aufgehört, mit Mehmets Handy Videos auf *YouPorn* anzugucken und Tudor hat meiner Meinung nach verdammt noch mal ADHS und muss sich ab und an die überschüssige Energie ablaufen.

Das alles hätte ich sagen können, aber ich ließ es bleiben. Ich wollte keinen Ärger. Keine unnötigen und zeitraubenden Diskussionen. Ich wollte nur, dass alles endlich aufhört.

»Und mit Klassenfahrt? Er nicht darf? Warum er nicht darf?«

Bei mir dämmert es. Ich glaube, vor mir sitzen die Eltern von Sercan. Jedenfalls ist er der Einzige, der nicht mit auf diese Klassenfahrt darf. Das geht nicht von mir aus, mir ist das scheißegal, aber Herr Direktor Kaiser will es so. Sercan hatte nämlich vor ein paar Wochen nach den Sportstunden im Nachmittagsunterricht unbemerkt die Leiter von unserem Hausmeister Manni zusammengeklappt und auf den Boden gelegt, als dieser gerade auf dem Dach herumhantierte. Als er gegen Abend mit seiner Arbeit fertig war und entdeckte, dass seine Leiter nutzlos in fünf Metern Tiefe lag, musste er angeblich vier Stunden in der Kälte warten, bis ein Fußgänger seine Schreie hörte und die Leiter wieder aufstellte. Hier in Wanne-Eickel gibt es halt wenige Gründe, sein Haus zu verlassen und spazieren zu gehen. Erst recht abends. Da muss man etwas länger warten, bis Hilfe kommt.

»Ich werde da noch mal mit dem Direktor drüber reden, Frau Ünal. Also, denk ich mal.«

Ha, ja klar. Hüten werde ich mich. Die Beziehung zwischen dem Direktor und mir ist noch immer ein bisschen so wie die zwischen der Titanic und dem Eisberg. Höchste Kollisionsgefahr. Da werde ich sicherlich nicht wegen Sercan noch Kohle in den Ofen schütten, um das Ganze zu beschleunigen.

»Und noch mehrere Sache isch habe …«

Ich schalte wieder auf lautlos. Das wird mir zu viel. Herunterfahren. Energiesparmodus. Alles ist leise. Kein Mucks ist zu hören. Nur das Klacken der Heizung. Ich starre vor mich hin. Die Gesichter verschwimmen. Die Augenpaare sind zusammengekniffen, die dazugehörigen Münder bewegen sich in Zeitlupe. Der Raum hinter ihnen beginnt zu flimmern und zu wabbeln, dehnt sich in alle Richtungen. Die Körper der Eltern ziehen sich in die Länge, werden riesig. Sie verklumpen sich Schulter an Schulter, wie eine nicht zu durchbrechende Mauer. Ich komme mir vor wie ein Winzling, stehe am Fuße des Berges und sehe hinauf zum Auge Saurons. Na ja, streng genommen sind es ja vier Augen. Das muss man sich mal vorstellen: vier brennende Augen! Frodo drehte ja schon bei einem einzigen vollkommen am Rad. Unermüdlich versuchen sie, mich, den Ringträger, mit glühenden Pfeilen aus wütenden Vorwürfen gnadenlos zu durchbohren. Dabei will ich doch nur den verfluchten Schatz mit geringstmöglichem Kraftaufwand lässig in die glühende Lava werfen und endlich zurück ins Auenland, schlafen.

Ich reibe mir die Augen und der Raum gerät allmählich wieder in Normallage. Die dumpfe Stimme vor mir wird lauter, klarer, höher. Das Geräusch entwickelt sich zu einem grellen Piepsen, ein Pfeifton, Gezerre, als wäre ich auf einer Goa-Party. Ich grapsche nach dem Bleistift, schreibe »Jogi Löw« neben den durchgestrichenen Berti Vogts und der Lärm in meinem Ohr verschwindet. Jogi Löw ist in Deutschland trotz des WM-Titels so beliebt wie Brechdurchfall, dafür ist er aber immer top gestylt. Objektiv betrachtet, ist er im Prinzip die jüngere Version von Erich Ribbeck. Allerdings ist das mit dem Style ja auch wieder irgendwie subjektiv. So richtig zufrieden bin ich mit der Wahl noch nicht.

Ich blicke hoch. Vor mir liegen ein dicker Stapel von Heften, Dutzende Ordner und was ich sonst noch so in den Schränken auftreiben konnte, um daraus einen Schutzwall zu errichten. Die Eltern müssen tatsächlich denken, ich mache mir hinter meiner Verschanzung Notizen zu ihren Bemerkungen. Ich höre etwas von Klassenarbeiten. Ich nicke. Ich senke den Kopf. Ich höre wieder weg. Franz Beckenbauer, meldet sich ein Geistesblitz zu Wort, und ich streiche »Jogi Löw« und schreibe »Kaiser Franz«. Das dürfte kaum zu schlagen sein. Der Franz, der hat doch alles erreicht. Auf den kommt Gibbel aber trotzdem nicht. Weil er keine Ahnung hat. Der nimmt eher den Klinsi, die alte Schwabenpfeife.

Ich strecke mich zufrieden und schaue auf meinen mit Kaffeeflecken verzierten Zeitplan. Die Sprechstunde dauert offiziell noch etwas mehr als zwei Stunden. Da jedoch der Großteil der Eltern bis jetzt sowieso nicht erschienen ist und jeder Termin der letzte sein könnte, könnte ich auch jederzeit FREI haben. Der Gedanke zaubert ein flüchtiges Lächeln auf mein Gesicht. Ich denke: Läuft. Im Moment ist alles super. Der Beckenbauer bleibt, jetzt wird die Torwartposition überarbeitet und wer weiß, vielleicht kann ich gleich nach Hause. Dann werde ich wieder aus meiner Lethargie gerissen.

»Warum *SIE* sind noch Lehra?«

Ich schaue hoch und runzle die Stirn. Die erste gute Frage heute. Provozierend, aber gut. Sie kam von der Mutter. Wie bis jetzt *alles* am heutigen Tag von den Müttern kam. Ich glaube, Männer sprechen am Elternsprechtag grundsätzlich nicht. Sie sind wie Hunde, die mitgenommen werden mussten, weil man sie nicht alleine zu Hause lassen darf. Frau Ünal hat allerdings recht. Es ist nicht selbstverständlich, dass ich heute hier sitzen »darf«. Ich will antworten, doch da materialisiert sich die weibliche Hälfte der Mauer laut schnaufend, gefolgt von der männlichen. Herr Ünal lächelt entschuldigend, ich erwidere das Lächeln und beide verschwinden. Während ich erleichtert durchpuste, glotzen mich schon die nächsten Augenpaare aus der Tür an. Ich verschiebe wild und wahllos ein paar Zettel auf dem Schreibtisch und sage: »Einen Moment noch, ich muss hier noch ... ich ruf Sie gleich ...«, und die Tür schließt sich wieder.

Ruhe kehrt ein. Ich atme aus, lasse meinen Kopf auf die Tischplatte fallen, die Arme unter mir in der Luft baumeln und verweile so einen Augenblick. Die Frage der Mutter lässt mich nicht los, weckt Erinnerungen. Namen schwirren mir durch den Kopf. Valentin Frühling, Herr Direktor Kaiser, Hannes, Tine, Gibbel, der Weise Horst, Poseidon. Warum ich noch hier bin? Ja, warum eigentlich? Wie konnte ich diesen Karren noch aus dem Dreck ziehen? Vor zwei Monaten war noch alles in bester Ordnung. Sicherer Job, Verbeamtung vor Augen, feste Beziehung, tolles Auto, noch nie einen Beamten geschlagen und auch noch nie einen gestohlenen Ameisenbären im Garten hocken gehabt. Ich war sorgenfrei, unbekümmert und glücklich, so wie die Menschen in diesen Lätta-Werbespots. Damals saß ich in der identischen Stellung an meinem Pult, Kopf auf dem Tisch, die Arme herunterbaumelnd. Nur, dass kein Elternsprechtag war, sondern meine Klasse vor mir saß. Es war ein Montagmorgen, das ist sowieso schon die schlimmste Zeit für einen Lehrer. Wer an einem Montag gut drauf ist, muss ein scheiß Wochenende gehabt haben. Dass es aber gleich so hart kommen würde, damit konnte ich nicht rechnen.

2

Ich wandle durch die müden Gassen,
Alle Häuser steh'n verlassen
Einfach da.
Ich laufe über Steine, ich laufe über Scherben,
Komm der Arbeit, dem Verderben,
Viel zu nah.

»Herr Dreher?!«

Ich schrecke hoch, hebe den Kopf und schaue nach rechts und links. An meiner Stirn klebt noch das Blatt, auf das ich mich gelegt hatte, kurz bevor ich eingedöst bin. Es flattert an den Seiten. Ich wische es mit meiner Hand ab, schüttle mich und versuche, die Augen aufzureißen.

»Ja, was ist los?!«, schmatze ich ins Nichts und strecke mich.

»Wallah, isch schwör, isch versteh das hier mal uberhaupt nischt …«, winselt Tugba aus der vorletzten Reihe.

Meine Augenlider werden wieder schwerer. Ich muss mich erst einmal sammeln. Tugba ist in meiner sechsten Klasse. Das heißt also zunächst, dass ich gerade in der Schule sitze und Unterricht habe. Das Thema der Stunde will mir allerdings nicht einfallen. Tugba versteht relativ häufig etwas »uberhaupt nischt«, daraus lässt sich nichts ableiten. Ich pule in meinen Augen herum, streiche über meinen Dreitagebart und schaue aus dem dreckigen Fenster. Der Regen plätschert gelangweilt vor sich hin, die Bäume wehen schwach im Wind und irgendwo schreien ein paar Jungs irgendwelche Namen.

Ich wende mich an Tugba und frage sie: »So, was war jetzt?«

Die Schulglocke lässt mich zusammenfahren. Sofort quietschen und knarren die Stühle, Tische werden verschoben, Bücher zugeschlagen und Etuis zugezogen. Mit einem lauten Getöse stehen nach und nach alle Schüler auf, auch Tugba. Sie lässt noch ein »Egal, ja!« in den Raum gleiten und wirft ihren Ranzen über die Schulter. Ich räuspere mich und will etwas sagen, weiß aber gar nicht genau, was. Die Hälfte der Klasse ist schon draußen, die restlichen Schüler sind auf dem Weg dorthin. Ich höre Gesprächsfetzen wie »Was los mit den Opfers ...« oder »Er ist Mistgeburt ...« und hoffe, dass nicht ich gemeint bin. Niemand achtet mehr auf mich und mir bleibt nichts anderes übrig, als ihnen ein »Macht's gut ...« hinterher zu rufen. Vereinzelt kommen genuschelte Grunzer zurück, ab und an auch ein »Hade« oder »Hade Tschü«. Ich sage »Ja, ja, hade, hade« und winke ab. Mit einem lauten Knall fällt die Tür zu und ich bin allein. Das Kindergeschrei aus dem Flur dringt dumpf durch die Holztür, ansonsten ist es ungewöhnlich still. Ich mustere mein Pult und sehe eine Menge vollgekritzelter Blätter. Bevor ich eingenickt bin, hatte ich mir die Zeit damit vertrieben, Gedichte zu schreiben. Auf diese Weise überbrücke ich seit meinem Studium aufkommende Langeweile. Irgendwann hilft allerdings selbst das nicht mehr, um wach zu bleiben. Auf einem der Blätter lese ich das erste Gedicht, das ich zu Beginn der Stunde aufgeschrieben hatte:

»Ich bin des Unterrichtens leid.
Ich glaub, ich mach heut Freiarbeit.«

Das hatte ich dann auch tatsächlich gemacht. Jeder konnte das tun, was er gerne tun wollte. Das Konzept soll ja ganz modern sein. Im Sinne von »Schülerzentriertem Unterricht«, »Selbstreguliertem Lernen« und so weiter. Ich konnte mit meiner Entscheidung gut leben. Auch wenn ich sie eher aus egoistischen Gründen getroffen hatte, war es eine sehr fortschrittliche Methode. Da gibt es nichts zu kritisieren. Doch als Chaneira ans Fenster ging, sich eine Kippe ansteckte und auf meine Frage, was das bitte soll, antwortete, »Iss doch Freiarbeit«, da könnte sie ja machen, was sie will, musste ich dringend etwas ändern. Auch die anderen hatten sich mehr oder weniger unterrichtsfernen Dingen zugewandt. Ich wertete dies als Gefahr der Einzelarbeit und griff aktiv ins Unterrichtsgeschehen ein. Unter dem ersten Gedicht steht mein zweites Werk:

»Ich sah Chaneira mit 'ner Fluppe,
Jetzt gibt's Arbeit in der Gruppe.«

Und dass Gruppenarbeit im Moment voll im Kommen ist, kann niemand bestreiten. Somit war auch dies eine Entscheidung, die durchaus didaktisches Wissen offenbarte.

Ich packe die Blätter zusammen und überprüfe meinen Stundenplan. Gleich kommen die Neuner. »Meine« Neuner, die ich als Klassenlehrer fast jeden Tag lustlos und missmutig vor mir sitzen habe. Sie sind nicht wirklich das, was man erwartet, wenn man durch das Eingangstor mit dem vergilbten Schriftzug »Albert-Einstein-Gesamtschule« schlendert. Sie sind sogar eher das genaue Gegenteil davon. Deswegen sind diese Stunden immer die härtesten. Es gibt hier keinen von diesen Jungen, der eine dicke Hornbrille trägt, das Hemd bis oben hin zugeknöpft hat oder selbst noch zu warmen Jahreszeiten mit Pullunder kommt. Keines von diesen Mädchen, das zwei süße Zöpfe hat, sich angemessen kleidet und nicht überschminkt ist. Niemanden, der mit Motivation in die Schule kommt, sich benimmt oder seine Stifte, Bücher und Arbeitsblätter geschweige denn seine Hausaufgaben dabeihat. So jemanden gibt es hier nicht. Nicht hier in Wanne-Eickel. Nicht hier in dieser Klasse. Wollte ich meine Lage beschönigen, würde ich sagen, dass genau das den Reiz ausmacht. Doch wie hat Jesus immer gesagt: Du sollst nicht lügen.

Um nicht vollkommen durchzudrehen, habe ich in den letzten Monaten das Ritual entwickelt, in der Pause vor diesen Stunden ins Lehrerzimmer zu gehen und einen Kaffee zu trinken. Das hat etwas von einer Henkersmahlzeit. Selten treffe ich einen anderen Lehrer an, sodass ich in Einsamkeit und Stille vor mich hin brüten kann, bevor der Terror beginnt. Hier finde ich alle Elemente der Muße: Ruhe. Gelassenheit. Freiheit. Glück. Das sind die schönsten sechs Minuten meines Arbeitstags.

Und auf genau diese sechs Minuten freue ich mich nun wie ein kleiner Schneekönig. Schade nur, dass mein Klassenraum so weit vom Lehrerzimmer entfernt ist und ich wertvolle Minuten für den Weg verschwenden muss. Ich schließe die Augen, die Heizung gibt durch ihr Klacken das Startsignal, ich stütze mich mit den Händen vom Pult ab und werfe einen letzten Blick ins Klassenzimmer. Ein Bild, bei dem man sich einfach nur denkt: Boah, gut, dass ich hier nur Lehrer bin und nicht aufräumen muss. Dutzende offene Wasserflaschen liegen im Raum verteilt und laufen teilweise noch immer aus, die Stühle und

Tische, die in der Gruppenarbeit zusammengestellt wurden, sind entweder umgekippt oder stehen falsch herum und der gesamte Boden ist mit Arbeitsblättern übersät, als wäre er ein von Laub bedeckter Waldweg. Ich schüttle den Kopf und drehe mich um. »Und dafür kopiere ich die ganze Scheiße …«, sage ich und drücke die kalte Klinke herunter. Kraftlos schiebe ich die Tür auf, betrete den Flur und hasse den Geruch. Meine Nackenhaare stellen sich auf, die Nasenschleimhäute beginnen zu brennen und ich bekomme schlagartig Kopfschmerzen. Es ist eine warme Mischung aus vielen Bestandteilen, die meinen geschwächten Körper angreift. Ein Konglomerat aus unterschiedlichsten Aromen, die von den intensivsten unter ihnen beherrscht werden: »Kinder«, »Schweiß«, »Urin« und »Mühsal«. Ich weiß, dass Mühsal geruchlos ist. Aber hätte es einen Geruch, es wäre dieser.

3

In den Pausen sind die Flure meistens leer. Es gibt an unserer Schule eine »Hof-Pflicht«, das heißt, jeder Schüler muss das Gebäude verlassen und unabhängig vom Wetter draußen herumlungern. Wenn man nicht gerade Pausenaufsicht hat, ist das sehr angenehm, weil dann nicht so ein Gebrüll im Gebäude ist. Die ersten zwei Minuten ziehen und zerren zwar noch immer irgendwelche Fünft- und Sechstklässler aus anderen Klassen an meiner Jacke, fragen mich nach meinem Vornamen, ob ich Türke bin, ob ich Fußball spiele, ob ich iPhone habe und ob ich denn »wallah in echt jetzt« kein Türke bin. Kurz darauf werden die Kinder jedoch von einem meiner Kollegen ermahnt und müssen murrend auf den Schulhof verschwinden. Heute handelt es sich dabei um Herrn Mahnke, einen viel zu dünnen Philosophielehrer, der trotz seiner erst vierzig Lebensjahre mit einem Monokel im Auge durch die Flure streift und andauernd Dinge sagt wie: »Das Geheimnis des Lebens liegt im Suchen nach Schönheit.« Auch wenn wir im Prinzip gleichrangig sind, flößt er mir einen solchen Respekt ein, dass es an Furcht grenzt. Immer wenn ich ihn sehe, fühle ich mich wie ein Betrunkener bei einer Verkehrskontrolle. Da lautet die Devise: Kopf gesenkt halten und reumütig gucken. In diesem Augenblick erscheint er in den wenigen Sonnenstrahlen, die sich durch die verkrusteten

Fenster quetschen, wie Ludwig XIV., nur dass er anstatt des Lilienzepters einen Rotstift in der Hand hält und anstatt des purpurnen Krönungsmantels einen wehenden Zigarettendunst hinter sich herzieht. Voller Ehrfurcht nicke ich ihm zu. Mit gesenktem Kopf und reumütigem Blick. Herr Mahnke hebt den Arm, zieht die Mundwinkel für den Bruchteil einer Sekunde hoch, als hätte er einen kurzen Stromschlag bekommen, und wendet sich von mir ab. »Mahlzeit …«, sage ich leise und drehe mich um.

Obwohl inzwischen fast alle Schüler draußen sind, möchte ich kein Risiko eingehen und richte meinen Blick weiterhin starr auf den Boden, um bloß nicht angesprochen zu werden. Es reicht, dass ich innerhalb der Unterrichtszeit auf jeden Mist eingehen muss. Mit dem Klingeln der Schulglocke werde ich zum Zivilisten, und erst wenn die Pause vorbei ist, existieren die Schüler wieder für mich. Klingt hart, aber ansonsten geht man hier kaputt. Und wer will das schon?

Ich atme durch den Mund, gehe los, scharfe Linkskurve, durchschreite den ersten hohen Flur, Rechtskurve, Treppe hoch. Hier oben ist es mucksmäuschenstill, man kann das schwache Kindergeschrei vom Schulhof nur erahnen, abgedämpft durch die massiven Wände und Fenster des zweiten Stocks. Bloß keine Aufmerksamkeit erregen, sage ich mir wieder und wieder, bis ich endlich auf dem Flur des Lehrerzimmers angekommen bin. Ich betrachte die Wände, sehe eingerahmte Zeichnungen von Vogelscheuchen und frage mich, warum man so etwas aufhängt. Schülermotivation, klar. Aber trotzdem. Man muss ja nicht ausgerechnet die hässlichsten Bilder der untalentiertesten Schüler dafür benutzen. Ich veröffentliche als Musikproduzent ja auch nicht die Outtakes einer Aufnahmesession von irgendwelchen Flachpfeifen als Special-Edition-CD. Allerdings bin ich kein Kunstlehrer. Vielleicht erkenne ich als Laie einfach nicht den Zauber und die Harmonie in den Werken der Kinder.

Ich richte den Blick wieder nach vorn, und kurz bevor ich an der Tür angekommen bin, halte ich die Luft an, hoffe, dass wieder niemand im Lehrerzimmer ist, und drücke die Klinke herunter. Vorsichtig stecke ich meinen Kopf hinein und inspiziere die Lage. Als ich mich überzeugt habe, dass es leer ist, atme ich erleichtert aus, schleiche hinein und schließe behutsam die Tür hinter mir, als wäre ich ein Bankräuber, der endlich im Tresorraum angekommen ist. Der Gang zur Kaffeemaschine am Ende des lang gezogenen Raums kommt mir vor wie eine wunderschöne Ewigkeit. Links und rechts stehen bunte Ordner in den Regalen, hoch aufgestapelte Hefter sind in die einzelnen Schubladen gestopft und die oberste Fläche wird von der Duden-Reihe geziert, auf der die Staubschicht dicker ist als ein Rumpsteak. An der Kaffeemaschine angekommen, sehe ich durchs Fenster, wie auf dem Lehrerparkplatz ein paar Kinder im Regen spielen und sich gegenseitig in die Pfützen schubsen. Ich nehme meine »I Love Wanne«-Tasse aus dem klappigen Holzschrank über mir, die ich bei der letzten Schüler-Tombola gewonnen habe, und greife nach der Kanne. Der Kaffee rauscht dampfend hinein und ich schließe die Augen, um mich besser auf den Duft konzentrieren zu können. Die Hitze wärmt meine Hände, ich summe »What a beautiful morning«, öffne wieder meine Augen und lächle. Draußen quakt irgendwo ein Frosch, während eine kleine Kohlmeise am Fenster vorbeifliegt, geschickt den Regentropfen ausweicht und mir über die Schulter hinweg lässig zuzwinkert. Ich zwinkere zurück und winke. Dann geht alles ganz schnell. Unmittelbar hinter mir höre ich ein lautes »BUH!«, spüre einen Stoß im Rücken, pralle mit dem Knie gegen den Tisch, lasse vor Schreck die Tasse aus der linken Hand fallen, schütte den heißen Kaffee direkt auf meine Hose, lasse die Kanne aus der rechten Hand fallen, weil der Schmerz auf meiner Haut zu groß wird, und fange an zu schreien.

»AAAAAAHHHH!«

Ich reiße die Hände in die Luft, drehe mich um, noch immer kreischend, und sehe in die funkelnden Augen von Herbert. Mein Geheul bricht langsam und kratzig ab. Stille. Nur die Kaffeemaschine summt. Wir stehen so dicht beieinander, dass ich fast klaustrophobisch werde. Meine Beine brennen vor Hitze, die Hose klebt an den Oberschenkeln und der Kaffee läuft langsam Richtung Waden. Herbert bricht das Schweigen.

»Bor krass, wat hasse dich erschreckt, du alte Pussy!«

Sein Körper schwabbelt wie der einer angeschossenen Qualle durch den Raum und er gluckst in sich hinein. Sein dicker grauer Bart wackelt bei jeder Bewegung. Er nimmt seine Brille ab, wischt sie an seinem Hawaii-Hemd sauber und reibt sich ein paar Tränen aus den Augen. Meine Füße brennen, weil der heiße Kaffee meine blauen Chucks komplett durchnässt hat. Herbert haucht kichernd auf seine Brillengläser, wischt sie ein weiteres Mal am Hemd ab, setzt das wackelige Gestell wieder auf die dicke Knollennase und sieht mich mit seinen großen runden Augen an.

»Ey, is alles gut?!«, fragt er.

Ich sehe an mir herab und reibe an meiner Hose, obwohl ich weiß, dass das nichts bringt. Unfassbar, das alles. Da hat man *einmal* den Ansatz von Erholung in diesem nervtötenden Blödelbunker und dann so was. Würde

Herbert nicht so dämlich grinsen, ich würde ihn anschreien. Stattdessen kann ich vor Schmerz nur piepsig antworten.

»Herbert, Mann. Das ..., ich mein, wo kommst du denn her?!«

»Ha! Hab mich hinter der Tür versteckt und gehofft, dat du hier reinkomms! Bis um die Zeit do immer hier!«

»Bor, Herbert ...«, sage ich und reibe weiter auf meiner nassen, heißen Hose herum. Alles klebt und meine inzwischen tief dunkelblauen Chucks quietschen, als ich auf der Stelle trete, um die Hitze an den Füßen zu verteilen.

Auf so eine Scheißhaus-Idee kann in diesen heiligen Hallen nur Herbert Balthasar Sonnenberg kommen. Er gibt die Fächer Biologie und Deutsch und ist mit seinen 63 Jahren einer der Ältesten im Kollegium. Doch wenn man ihn morgens aus seinem orangefarbenen VW-Bus aussteigen sieht, in kurzen Khaki-Hosen, knallbuntem Hemd und Sandalen mit Klettverschluss – sogar bei diesem Sauwetter –, könnte man meinen, er hätte sie nicht mehr alle. Er erzählt andauernd von der schönen Zeit in Woodstock, von dem Frieden dort, dem Einklang und irgendeiner Margret, die er da gebumst hat. Ich kann es nicht mehr hören. So richtig von dort zurückgekehrt ist er nie. Und auch, wenn er ein total netter Kerl ist: Manchmal habe ich wirklich etwas Angst vor ihm.

»Ach komm! Lass sein, dat trocknet doch! Erzähl mal lieber, wat mit dein Kumpel is. Hat der den Job bekommen?«

Herbert spricht von Gibbel. Ich erinnere mich, wie ich ihm vor einer Woche von der misslichen Lage meines besten Freundes erzählt habe. Keine Freundin, kein Job, keine Kohle. »Miese Wiese«, wie Gibbel dazu sagt. Und das, obwohl er sein Jura-Studium relativ passabel hinter sich gebracht hat. Anschließend meinte er, er würde gerne »ein halbes Jährchen Pause machen« und seinen Triumph genießen, aber von Tag zu Tag ohne Job rutschte Gibbel immer tiefer in einen dahinvegetierenden Zustand des Nichtstuns, den er und ich noch von unserer Zivildienstzeit allzu gut kannten. Wer jemals Zivildienst geleistet hat, weiß, wie schwer es ist, nach einem Jahr völliger Antriebslosigkeit zurück ins Leben zu finden. Ob ausgerechnet Gibbel diesen Schritt eigenständig leisten könnte, hatte ich von der ersten Sekunde an vehement bezweifelt. Nach ein paar Monaten fing er endlich an, Bewerbungen zu schreiben, kassierte jedoch nichts als Absagen. Daraufhin schmiedete er mit unserem ebenfalls arbeitsuchenden Kumpel Sebi den Plan, eine Kneipe aufzumachen. Doch bereits nach kurzer Zeit legten die beiden ihr Vorhaben ad acta und so kam es, dass sich Gibbel wieder seinen Bewerbungen widmete. Zum Glück. Ich hatte mich schon gefragt, was das wohl für eine Kaschemme werden sollte. Ein arbeitsloser Jurist und ein arbeitsloser Psychologe als Kneipenbesitzer? Um Himmels willen!

»Komm, sachma!«

Herbert schlägt mir freundschaftlich auf die Schulter. Die Berührung bringt mich aus dem Gleichgewicht.

»Ja, das Bewerbungsgespräch von Gibbel, stimmt, hab ich dir ja von erzählt.«

Ich hebe die Tasse und die Kanne vom Boden auf, stelle sie auf die Fensterbank und streiche ein letztes Mal über meine Kleidung, endlich vollkommen überzeugt, dass das alles überhaupt nichts bringt.

»Ja, also, lief nicht so prickelnd …«, sage ich, mache

einen Satz auf das kleine Tischchen, auf dem die Kaffeemaschine steht, und lehne mich nach hinten an den Wandschrank. Unter mir saugt sich der Teppich langsam mit Kaffee voll.

»Oh Mann, dat tut mir leid!«

Herbert macht ein trauriges Gesicht und schüttelt den Kopf.

»Ja, ist halt etwas kompliziert. Ich mein, Juristen gibt's im Moment wie Sand am Meer und außerdem gehört Gibbel nicht zu den besten sieben Achteln der Branche, das wird alles nicht einfach. Aber er packt das schon …«

Ich grinse. Herbert grinst. Dann schlägt er mir auf die Schulter. Wieder. Genau auf die gleiche Stelle. Ich unterdrücke den Schmerz, auch wenn er eine willkommene Abwechslung zu den Verbrennungen am unteren Teil meines Körpers ist.

»Na, dann munter ihn mal auf. Du weißt doch: Yolo, you only live once!«

Er lacht. Ich grinse aus Höflichkeit mit. Die anschließend aufkommende Stille wird von der Schulglocke zerschlagen. Als ich mich innerlich zum Aufbruch bereit mache, kommt Herbert noch näher und senkt seinen Kopf zur Seite. Ich rieche seinen Kaffee-Nikotin-Pfefferminz-Atem und höre: »Und wat is mit *dir*? Alles klar so weit?«

Ich kneife die Augen zusammen und antworte: »Ja, alles gut … nur, ehm, wir können ja später … der Unterricht …«

Herbert unterbricht mich mit einem »Ach, komm …«, winkt ab, deutet ein Spucken in die Hand an und wirft den Arm nach hinten.

»Is do egal …«

»Ja, schon, aber …«

»Wie läuft et denn mit der Ferndings, der Fernbeziehung?«

Eigentlich muss ich wirklich wieder zurück zum Unterricht. Die Neuner nutzen im Normalfall jedes Fitzelchen Freiheit für klassenraumzerstörerische Aktionen. Aber wenn Herbert einmal im Plaudermodus ist, dann kommt man schwer weg. Ich sehe aus dem Fenster hinunter in den Schulhof, wo mittlerweile eines von den spielenden Kindern weinend in der Pfütze liegt und die anderen lachend daneben stehen. Ich zucke mit den Schultern. Da bin ich doch lieber hier oben im Lehrerzimmer mit Herbert. Und was soll's, dann komme ich halt zu spät zum Unterricht. Er hat recht. Yolo. Warum abhetzen?

»Also, ganz ehrlich, 'ne Fernbeziehung ist nicht so mein Ding. Den intensivsten Austausch pflegen wir jetzt schon eine Weile nicht mehr. Am Anfang, ja, da bin ich immer extra um vier Uhr aufgestanden, um zu skypen. Nur ist das irgendwann nicht mehr das Wahre.«

»Ja, und Sex is ja au wichtich«, sagt Herbert und nickt gedankenverloren zur linken Wand. »Den hasse ja au nich mehr …«

Danke für die Erinnerung, Herbert. Seit acht verfluchten Monaten ist Tine nun schon in Mexiko. Vier kommen noch dazu. Das sind zwölf Monate ohne Sex. Tine und ich sind zwar schon seit sieben Jahren zusammen, da hat sich das mit der Häufigkeit ja sowieso irgendwie erledigt. Trotzdem hatten wir ab und an körperlichen Kontakt gehabt. Und auch sonst lief alles gut, bis sie auf die Idee kam, für ein Jahr nach Mexiko zu gehen, »um eine neue Kultur kennenzulernen«. Als ob man hier in Wanne-Eickel nicht schon genug Kulturen kennenlernen könnte. Tine ließ sich auf diese Argumentation allerdings nicht ein und mir blieb nichts anderes übrig, als ihren Wunsch zu akzeptieren.

»Ja, Sex ist schon wichtig, Herbert, aber es geht mir ja um sie und ihre Dings …, ihre Zukunft und so …«, lüge ich.

Herbert schlendert gemächlich zum Fenster, öffnet es und steckt sich eine Zigarette an. Direkt vor dem rot umrandeten »Rauchen verboten«-Schild würde das ein schönes Fotomotiv abgeben.

»Hab ich dir schon mal von Margret erzählt?«, fragt er.

Ich verdrehe innerlich die Augen und hoffe, dass es nicht wieder so schlüpfrig wird wie die letzten Male.

»Ja, ich mein schon, die von Woodstock, oder …?«

Ich kratze mich am Hinterkopf und überlege, wie ich das Gespräch am geschicktesten abbrechen könnte.

»Ja, genau …, meine Margret …«, sagt Herbert und schüttelt den Kopf. »Dat war 'ne Frau. Und Sex hatten wir! Kerl, überall! Immer wieder!«

Ich springe vom Tisch und lande mit einem schmatzenden Geräusch auf dem Teppichboden.

»So, ich werd jetzt mal!«, sage ich.

Herbert scheint wieder in der Gegenwart angekommen zu sein und hebt seine Hand, während er an der Zigarette zieht. Ich interpretiere diese Geste als »Warte mal!« und warte. Herbert stößt Rauch aus.

»Brauchste Stoff?«, fragt er.

Ich reiße die Augen auf und suche das Lehrerzimmer instinktiv nach Abhörgeräten und Überwachungskameras ab. Dann schüttle ich den Kopf.

»Ehm, nee, Herbert, lass ma …«

Mit einem Seitenblick überprüfe ich meine Armbanduhr. Die Kinder aus unseren Klassen sitzen inzwischen seit über zwölf Minuten alleine in ihren Räumen. Mit einer Mischung aus Bewunderung und Ungläubigkeit registriere ich Herberts Desinteresse an dieser Tatsache. Er zieht genüsslich an seiner Zigarette, pustet den Qualm ins Zimmer und ich schaue hinauf zum Rauchmelder.

»Alles klar. Sag einfach nächstes Mal das Code-Wort, wenn jemand anderes dabei ist und du was brauchst. Dann weiß ich Bescheid!«

Herbert drückt die Zigarette aus und zwinkert mir zu. Ich lächle so gequält, wie jemand lächelt, der bei einem Blind Date merkt, dass sein Gegenüber eine totale Vollmeise hat. Während ich mit diesem Gesichtsausdruck rückwärts zur Tür laufe, sage ich: »Wir quatschen da nächstes Mal drüber, Herbert. Ich muss jetzt echt mal wieder runter. Die Neuner …«

»Kla, Fabi, aber denk dran: Yolo, you only live …«

»… once«, sagen wir gleichzeitig.

»Ja, ja, ich weiß schon, Herbert. Ich werd's im Hinterkopf behalten!«

4

Will der Direktor mit dir sprechen,
Solltest du das Eis rasch brechen.
Am besten einen Witz erzählen,
Du solltest einen guten wählen,
Damit er lacht und glatt vergisst,
Dass du eine Niete bist.

Ein Blick auf die Uhr. Ich habe sechzehn Minuten Verspätung. Das ist für unbeaufsichtigte Schüler eine halbe Ewigkeit. Und eine halbe Ewigkeit ist ziemlich lang. Auf jeden Fall lang genug, um den kompletten Klassenraum zu entkernen. Ich laufe los und meine Schuhe singen bei jedem Schritt ein kurzes, quietschendes »Ptsch«, als wäre ich gerade aus einem Hafenbecken gestiegen. Und bis auf die dicken Regentropfen, die mit lauten »Pocks« an die Fensterscheiben klatschen, ist auch alles still. Ich gehe die Treppen hinunter, Linkskurve, Flur entlang, Rechtskurve. Auf dem letzten Gang angekommen, hallen klackernde Schritte durch das Gebäude, die sich mit den »Ptschs« meiner Schuhe und den »Pocks« der Regentropfen zu einem beunruhigenden Beat zusammensetzen. »Ptsch«-»Pock«-»Klack«, »Ptsch«-»Pock«-»Klack«. Wie in einem Horrorfilm-Intro, das man zu Hause sofort ausschalten würde, um nicht in Panik zu geraten. Nur habe ich jetzt leider keine Fernbedienung zur Hand.

Da ich dieses Klackern viel zu gut kenne und mein

Körper darauf konditioniert ist, legen sich sofort meine Ohren an und alle meine Sinne sind geschärft. Ich höre dieses Geräusch ungefähr ein bis zwei Mal die Woche. Meistens weiche ich dann auf einen anderen Flur aus oder verstecke mich irgendwo, aber auf diesem Gang ist das nicht möglich. Ich hebe den Kopf und taste mich am Boden Steinplatte um Steinplatte nach vorn, bis mein Blick von den weiß-schwarzen Schlangenlederschuhen meines Direktors gebremst wird. Direktor Kaiser. Oder wie ich ihn nenne: *Herr* Direktor Kaiser.

Es ist zum Verrücktwerden, ausgerechnet jetzt läuft er durchs Schulgebäude. Jetzt, wo ich zu spät dran bin und aussehe, als hätte ich mich draußen im Schlamm gewälzt oder als wäre ich inkontinent. Ich könnte natürlich irgendeine Ausrede erfinden, irgendetwas Witziges, intellektuell Witziges, damit er kurz nachdenken muss, zögernd lächelt und ich dann schon so gut wie an ihm vorbei bin. Allerdings ist es beinahe unmöglich, einer Konversation mit Herrn Direktor Kaiser aus dem Weg zu gehen. Seit ich an dieser Schule bin, hat er kaum einen einzigen Satz gesprochen, der nicht als Frage formuliert war. Das heißt, man muss immer irgendwie antworten. Dazu darf es nicht kommen. Außerdem gebraucht er andauernd die Verwendung »dieses jenes«. Keine Ahnung, warum. Ich habe den Sinn bis heute nicht verstanden und wahrscheinlich werde ich ihn nie verstehen.

Es »ptscht«, »pockt« und »klackt« unregelmäßiger, da sowohl Herr Direktor Kaiser als auch ich langsamer werden. Nur noch wenige Meter ist er von mir entfernt und ich Idiot baue aus Versehen Sichtkontakt zu ihm auf. Jetzt ist alles zu spät, denke ich und lächle. Er lächelt nicht. Stattdessen bleibt er stehen. Ich gehe noch einen Schritt weiter, dann komme auch ich unwillkürlich zum Stillstand. Das musikalische Intro des Horrorfilms ist verklungen. Nur der Regen »pockt« noch. Trotzdem habe ich Angst. Wie verbissen suche ich nach einem lustigen Spruch, einem guten Witz.

»Hallo, Herr Kaiser, Herr Direktor, kennen Sie …, ich, also, treffen sich zwei …«

»Herr Dreher, was ist denn bitte mit Ihrem Hemd und Ihrer Hose passiert? Und Ihre Schuhe? Tz, tz, tz.«

Scheiße.

»Ja, also das, das war jetzt, ehh …«

»Denke ich, dass das eine annehmbare Außendarstellung ist? Dass das als Repräsentation dieser jener Schule angemessen ist? Nein, das denke ich nicht. Und was haben Sie denn da an der Stirn? Ist das Tinte?«

Ich reibe wild mit den Fingern über besagte Stelle und sage dabei »Ja, ehm, nein, keine Ahnung«, was immer noch besser ist als die Wahrheit: »Das kommt sicherlich davon, dass ich während der letzten Unterrichtsstunde mit dem Kopf auf meinem Gedichtblatt eingeschlafen bin!«

Ich lecke meine Finger ab und sage beim Abwischen: »Das ist Wassermalfarbe. Wir haben vorhin versucht, die Schlussszene von Goethes *Iphigenie auf Tauris* zeichnerisch aufzuarbeiten.«

Herr Direktor Kaiser sieht mich an, als wäre es ihm zu anstrengend, meine Lüge aufzudecken. Stattdessen fragt er, was ich zu dieser jener Zeit im Flur machen würde und warum ich nicht im Unterricht sei. Ich antworte, dass ich etwas habe kopieren müssen und deute mit ausgestrecktem Daumen nach hinten auf meinen Nike-Rucksack. Der Regen wird stärker und hämmert fester gegen die Fenster, als wollte er mich warnen: »Hau da endlich ab!«

»Versuch ich ja!«, antworte ich ihm laut und tipple Zentimeter um Zentimeter an meinem Direktor vorbei. Er dreht sich mit.

»So, Herr Dreher, genug Small Talk. Kann es sein, dass ich dringend mal mit Ihnen sprechen möchte? Zum Beispiel am Mittwoch? Übermorgen? Wie sieht es da bei Ihnen aus?«

Ich erstarre. Meine Pupillen weiten sich, mein Herz pumpt unregelmäßiger und mein rechtes Augenlid beginnt zu zucken. Warum will er denn bitte mit mir sprechen? Das hat der doch noch nie getan! Warum jetzt? Warum dringend? Der Regen flüstert von draußen ein gehässiges »Ich hab's dir ja gesagt ...« und wird wieder schwächer. Ich ignoriere ihn und versuche in den Augen von Herrn Direktor Kaiser abzulesen, ob das Gespräch positiv oder negativ für mich ausgehen könnte. Positiv? Negativ? Keine Ahnung. Er sieht mich abwartend an. Ich grinse wie doof und weiß nicht, was ich sagen soll.

»Worum geht es denn, wenn ich fragen darf?«, bringe ich endlich heraus.

»Worum es geht?«, fragt er. »Tja ... worum geht es wohl?«

Herr Direktor Kaiser mustert mich von Kopf bis Fuß wie ein Scanner. Ich schaue auch an mir herunter und stottere leicht: »Ehm, ja, genau ...«

Als nichts passiert, versuche ich präziser zu werden.

»Tja, das war halt so meine Frage, die ich jetzt hatte ...«

Ich nicke ihn an, presse die Lippen zusammen und das scheiß Augenzucken hört nicht auf.

»Sie haben keine Ahnung, worum es geht, Herr Dreher?«

»Ehm, nein, keine Ahnung ...«, sage ich.

»Aber sollten Sie das nicht wissen?«

»Ehm, ich weiß nicht. Sollte ich das?«

»Na ja, sollten Sie das?«

Ich bin verwirrt. Auf diese Weise an Informationen zu gelangen, ist ein bisschen wie ein Fußmarsch nach Hause im volltrunkenen Zustand. Ein Schritt vor, zwei Schritte zurück und einfach irgendwann mal links abbiegen. In die eingetretene Stille hinein dringt lautes Geschrei aus meinem Klassenraum. Dann Applaus und Freudengesänge. Herr Direktor Kaiser dreht sich um und ich höre: »Ihre Klasse?«

Der mit seinen scheiß Fragen, denke ich, und knurre leise. Doch es nützt alles nichts. Jetzt gilt es, sich an den Gesprächsduktus anzupassen und sein Gegenüber gehörig durcheinanderzubringen.

»Ich weiß nicht«, sage ich, »meine Klasse?«

Ich ziehe eine Augenbraue hoch und warte. Eine Pause entsteht. Herr Direktor Kaiser öffnet langsam den Mund.

»Denken Sie nicht, dass dieses jenes Ihre Klasse ist?«

Er zeigt mit seinem Finger über seinen Rücken nach hinten und ich versuche meinen fragenden Gesichtsausdruck einzufrieren. Nach anstrengenden Sekunden entspannen sich meine Züge wieder.

»Okay, kann sein …«, flüstere ich.

»Also, Herr Dreher, sagen wir übermorgen, Mittwoch, 14 Uhr?«

Da sein Angebot eher ein Befehl ist, bleibt mir nichts anderes übrig, als zuzustimmen. Er nickt, ohne eine Miene zu verziehen, steckt die Hände in seine Hosentaschen und schreitet an mir vorbei. Das Klack-Echo der Schlangenlederschuhe erfüllt wieder den gesamten Gang. Kurze Zeit später ist es leise. Bis auf den Lärm aus meinem Klassenraum.

»Kacke …«, flüstere ich und mein Magen beginnt sich zu drehen. Was will der denn bitte mit mir besprechen? Und wieso nicht jetzt eben schnell? Wieso in seinem Büro? Mich überkommt ein Brechreiz. Das kann nichts Gutes bedeuten. Das kann definitiv nichts Gutes bedeuten. Ich wiederhole das Mantra noch ein paarmal und schwebe wie paralysiert zur Tür des Klassenraums. Dann höre ich wildes Geschrei, atme noch einmal tief den Mühsal-Geruch auf dem Flur ein und drücke die Klinke herunter.

5

Folgende Frage:
Wer weiß, was ein Haiku ist?
Drei Zeilen, kein Reim!

Der Anblick lässt mich erstarren. Tarek und Phil stehen auf dem Pult, oberkörperfrei. Sie spannen ihre Bauchmuskeln an. Von unten feuern die anderen Jungs sie an. Manche werfen mit Papierfliegern und zusammengeknüllten Arbeitsblättern nach ihnen. Mehmet macht mit seinem Handy ein Video und lacht laut. Tudor trommelt wie wild mit seinen Händen auf die eigene Schädeldecke ein und rennt im Kreis. Ich wende mich nach rechts. Die meisten Mädchen sitzen ganz hinten im Raum am offenen Fenster und rauchen. Michelle zeigt den anderen gerade ihr Tattoo und zieht dafür die Hose ein Stück herunter. Ich blinzle und erkenne einen gekringelten Schriftzug. Die Jungs grölen, mein Blick schwenkt zu ihnen zurück. Phil hat Tarek im Schwitzkasten. Dann befreit sich der Fünfzehnjährige und die beiden klatschen einander lachend ab.

Ich knalle die Tür zu und die Köpfe drehen sich zu mir. Michelle zieht ihre Hose hoch, Süleyman und Quinn werfen Phil und Tarek ihre Shirts zu und die Mädels drücken hastig die Kippen auf der Fensterbank aus, um sie anschließend auf den nassen Hof zu schnipsen.

»Sorry«, sage ich und arbeite mich zum Pult vor.

»Hatte noch was zu tun. Schulbehörde und so weiter …«

»Ahhh, drauf gescheißt, ja!«, schmatzt Süleyman kaugummikauend und wirft sich auf seinen Stuhl. Auch Jennifer meint, alles kein Problem, da sie sowieso gerade erst gekommen ist.

»Der Sercan, der hat der Seylep getretet, Herr Dreher!«, kommt es empört von links.

»Weil Seylep mir Mistgeburt gesagt hat!«, kommt es noch empörter von rechts.

In das allgemeine Gemurmel fragt Abdul: »Abooo, Herr Dreher, was mit deine Hose passiert, wallah?!«

Ich ignoriere alles und jeden und lasse meinen Rucksack auf das Lehrerpult klatschen. Ein Gespräch mit Herrn Direktor Kaiser. Viel schlimmer geht's echt nicht, denke ich und krame im Rucksack herum. Ich ertaste eine Flasche Wasser, meine Gedichtblätter, einen Allzweckblock, ein Deutschbuch Klasse 6 und eine *Sport Bild*. Ich überprüfe ein weiteres Mal den Inhalt und merke, dass ich die Materialien für die Neuner zu Hause vergessen habe. Das einzig halbwegs Brauchbare könnte mein Allzweckblock sein. Beim Durchblättern finde ich allerdings nichts Sinnvolles. Um Aufmerksamkeit vorzutäuschen, schaue ich in die Klasse und tue so, als liefe alles nach Plan. Dann senke ich den Blick wieder auf den Block. Auf jeder zweiten Seite ist ein überdimensional großer Penis aufgemalt. Das könnte mein Kumpel Ben in seiner unendlichen Weisheit fabriziert haben. Vielleicht war Gibbel ebenfalls daran beteiligt. Sebi nicht, der tut so etwas nicht. Wenn wir zu viert bei mir sitzen und Ben solche Dinge macht, wie Geschlechtsteile auf meine Unterrichtsmaterialien zu zeichnen, sagt Sebi meistens, das sei Bens Art, mit seiner Sexualität umzugehen. Weil dieses Thema in seiner frühen Kindheit ein Tabu gewesen sei, habe er nun eine Phallus-Fixierung. Ben reagiert immer gleich. »Tolle Analyse, Sebi, aber erstens bin ich nicht schwul und zweitens bekommste durch so ein Gelaber auch keinen Job …«

Ich blättere noch einmal durch den Block und finde einen Wikipedia-Artikel über Haikus. Die wollte ich ursprünglich irgendwann mal mit meiner sechsten Klasse machen, aber egal. Flexibilität ist im Lehrbetrieb eine entscheidende Fähigkeit, die man im Schlaf beherrschen sollte. Man kann nicht immer alles bis ins kleinste Detail planen. Außerdem könnte ich den Arbeitsauftrag erteilen, dass jeder so ein Haiku schreiben muss, damit ich in aller Ruhe über den Termin bei Herrn Direktor Kaiser nachdenken kann. Eine Win-win-Situation nennt man so etwas in Fachkreisen.

»So, Leute, heute machen wir Haikus!«, sage ich also und entknittere den Artikel.

»Wat is dat denn?«, fragt Tudor.

Er mustert mich wie ein NASA-Mitarbeiter ein gerade entdecktes UFO.

»Hai … kus? Was das, lan?!«

Tareks Frage wendet sich eher an Phil als an mich. Phil zuckt gelangweilt die Achseln.

»Herr Dreher, der Süleyman hat mich Mutterficker gesagt!«, beschwert sich Abdul und Fatma bestätigt Abduls Anschuldigung mit einem Nicken. Süleyman sagt, Abdul sei ein Fischfotzengesicht, und ich rufe »Ist gut jetzt!«, um wieder Ruhe in den Laden zu kriegen.

»Also, Haikus sind japanische Gedichte!«, mache ich unbeirrt weiter und sehe Tudor, Tarek und dann Phil an, der wieder mit den Achseln zuckt, als wäre ihm alles so was von scheißegal. Von hinten höre ich Stöhnen.

»Voll schwul, wallah, isch schwöre …«

Ich schnalze mit der Zunge.

»Wann kriegen wir unsere Arbeiten wieder?!«, fragt Quinn vorwurfsvoll und bringt mich damit aus dem Konzept.

Die Klassenarbeiten, ja. Die habe ich ganz vergessen. Beziehungsweise verdrängt, da sie ziemlich ernüchternd waren. Ich habe die Latte im Nachhinein so tief gehängt, dass man nicht einmal den Fuß hätte heben müssen, um sie überwinden zu können. Trotzdem gab es einige, die in ihrer vertrottelten Art losrannten, darüber stolperten und mitten aufs Gesicht fielen. Kevins Arbeit war die absolute Krönung. Da half nicht einmal mein Entgegenkommen. Da musste eine drastischere Form der Unterstützung stattfinden.

»Die sind im Prinzip fertig«, erwidere ich, »der Herr Direktor muss die noch unterschreiben. Ihr bekommt die nächste Woche. Sonst noch Fragen?«

Ich schaue mich um. Keine Reaktionen. Also zurück zum Thema. Am besten wäre es, erst einmal ein bisschen Struktur in die Stunde zu bekommen. Fangen wir mal mit dem Background an, überlege ich, und frage: »So, wer von euch weiß denn, wo Japan überhaupt liegt?«

»Wieso Japan?«, fragt Süleyman.

»Ja, wegen der Haikus!«, sage ich.

»Ach ja …«, sagt er.

Ich nicke und sehe anschließend in die Runde. Ein paar Schüler kramen noch in ihren Rucksäcken, andere schauen verträumt aus dem Fenster und der Rest starrt mich katatonisch an.

»Na? Japan?«, hake ich nach. Dabei fällt mein Blick auf das überschminkte Gesicht von Michelle. Ich ziehe die Augenbrauen hoch und lächle sie ermunternd an.

»Michelle?«, frage ich und sie reißt die Augen auf.

»Ja, nich in Deutschland, ne?!«, sagt sie wie aus der Pistole geschossen.

»Nein, Michelle. Nicht in Deutschland ...«

Sie sieht mich mit diesem Blick an, der triumphierend sagt: »Ich wusste es doch!«

»Gut, Michelle ...«, sage ich und frage, ob sonst noch jemand etwas weiß. Allerdings blicken alle zielsicher an mir vorbei oder haben sich inzwischen eine andere Beschäftigung gesucht. Jennifer kritzelt in ihrem Block herum, Mehmet spielt mit seinem Handy, Tarek flüstert Phil etwas ins Ohr und Kevin faltet einen Papierflieger, der nie im Leben auch nur einen halben Meter weit fliegen wird. Mir ist klar, dass ich jemanden ermahnen muss, damit ansatzweise so etwas wie Konzentration entstehen kann.

»So, Mehmet, jetzt pack ma dein kack Handy weg!«

Mehmet sieht mich vorwurfsvoll an.

»Abooo, was los mit dir? Das kein Handy, ja! Ist iPhone!«

Er hält das Gerät hoch, wie die Freiheitsstatue die Fackel.

»Ja, super, pack's weg, sonst kreist hier gleich der Hammer!«

Ich knalle mit der flachen Hand aufs Pult.

Das hat gesessen. Ein Knurren geht durch die Bänke und ich streife mir gekonnt durchs Haar.

»Tschüüüsch ...«, brummt Mehmet.

Immer wieder dieses Wort. Es kommt jedes Mal, wenn ich die Hausaufgaben aufgebe, Arbeiten ankündige oder in irgendeiner Weise herummeckere.

»Mehmet, was genau bedeutet überhaupt ›tschüsch‹? Was willst du damit sagen?«

»Ja, ›tschüsch‹ heißt, isch bin voll überrascht so, weil war voll streng!«

»Aha, ok, aber ich dachte, dann sagt man ›abooo‹?«

Auf einmal sind alle Schüler wie elektrisiert bei der Sache. Sercan schüttelt energisch den Kopf und auch Süleyman mischt sich ein. Er lacht grunzend.

»Nee, wallah, ›abooo‹ ist anderes …«

Tarek fuchtelt mit den Händen herum und ergreift wieder das Wort.

»Also ›tschüsch‹ ist, wenn wir voll überrascht sind so, und ›abooo‹ ist, wenn wir so *richtisch* voll überrascht sind. Weißt du, wie isch mein?«

»So richtig voll …«, wiederhole ich und nicke.

Macht Sinn. Und außerdem hat es aus sprachökonomischer Perspektive durchaus seine Vorteile. Meine Oma hatte früher immer »Ach du lieber Kokoschinsky!« gesagt, wenn sie überrascht war. Heute geht das deutlich schneller. Heute sagt man einfach nur »tschüsch«.

»Ja, und wenn man …«

»Ja, alles klar«, unterbreche ich Tarek. »Machen wir mal weiter. Weiß jetzt wirklich niemand, wo Japan liegt?!«

»Wieso Japan?«, fragt Süleyman.

Ich knurre. In der Gewissheit, dass *Phase 1: Anknüpfung an Vorerfahrungen* nicht wie erhofft geklappt hat, gehe ich zum nächsten Schritt über.

»Also …«, starte ich, »Japan ist zunächst einmal eine Insel.«

Ich überlege und frage: »Wer kann mir sagen, was eine Insel ist?«

Michelle meldet sich.

»Malle?«, fragt sie verunsichert.

»Genau. Ehm, Mallorca gehört ja zu Spanien. Kennt denn jemand ein *Land*, das eine Insel ist?«

Ich habe das Gefühl, dass niemand nachdenkt, trotzdem kommt eine Meldung.

»Ja, Kevin?«

»Japan?!«

»Ja, genau …«, seufze ich. »Und Island zum Beispiel.«

»Island ist doch keine Insel …«

Quinn schüttelt energisch den Kopf. Ich ignoriere es. Marcel kommt, ohne anzuklopfen, durch die Tür gestolpert. Wie immer zu spät. »Sorry …«, sagt er, wirft den Ranzen vor sich auf den Boden und setzt sich. Die Jacke lässt er an.

»Also …«, beginne ich wieder und überspiele damit souverän die kurze Störung durch Marcel. »Wir wissen jetzt: Japan ist eine Insel. Und nun kommen wir wieder zur anfänglichen Frage: Weiß jemand, wo Japan liegt? Zum Beispiel, auf welchem Kontinent?«

Niemand meldet sich.

»Jennifer, packst du bitte dein Handy weg?«

Sie spricht, ohne aufzuschauen: »Hm, sofort …«

»Jennifer? Pack's weg! Guck mal, Mehmet hat seins auch weggepackt.«

Ich zeige auf Mehmet, der sein Handy allerdings schon wieder in der Hand hat und auf das Display einschlägt.

»So, Mehmet, Jennifer, Handys weg jetzt, sofort.«

Beide murren und stecken ihre Mobiltelefone nach ausgiebigem Zögern in die Hosentasche. Mehmet flüstert genervt ein »Is iPhone …« hinterher.

»Meine Fresse, ist das anstrengend«, nuschle ich in meine Handfläche und atme tief durch.

»Also, Japan ist eine Insel in Asien. In Asien liegen neben Japan zum Beispiel noch China, Indonesien und so weiter«, rattere ich herunter.

Bis auf vereinzeltes gelangweiltes Nicken passiert

nichts in der Klasse. Die Heizung klackert, draußen höre ich einen Rasenmäher arbeiten und frage mich, wer zum Teufel bei strömendem Regen Rasen mäht. Dann meldet sich Tarek. Ich nehme ihn dran.

»Und Tukkei!«, sagt er.

»Ja, genau, die Türkei liegt zum größten Teil in Asien.«

Elmin seufzt von hinten und sieht aus dem Fenster. Bei ihm frage ich mich immer, warum er überhaupt hier ist. Er hätte locker aufs Gymnasium gehen können. Ich glaube, er hat es nur nicht getan, weil all seine Freunde auf die Albert-Einstein-Gesamtschule gegangen sind, und da hat er sich mitziehen lassen. Die Konsequenz ist, dass ich ihn nun seit fast einem Jahr mit meinem Unterricht gekonnt unterfordere.

»So, Elmin, du hast dich bis jetzt herausgehalten. Weißt du noch irgendetwas über Japan?«

Sein Kopf dreht sich in meine Richtung, er kneift die Augen zusammen, spielt mit seinem Kugelschreiber herum und sagt: »Also, Japan ist, glaub ich, der viertgrößte Inselstaat der Welt, oder? Und liegt so vor Südkorea und unter Russland. Sie sind 1956 den Vereinten Nationen beigetreten, soweit ich weiß, und heute ist Japan ein ziemlich hoch entwickeltes Industrieland … und … ja.«

Er schaut mich ausdruckslos an. Aus dem Augenwinkel sehe ich, wie Tarek nickt, als stimme er Elmins Aussagen in vollem Umfang zu. Die restliche Klasse starrt ihn verwirrt an, als hätte er Aramäisch gesprochen.

»Ganz genau …«, sage ich. »Ich hatte beim Eintritt in die Vereinten Nationen jetzt irgendwie 1954 im Kopf, aber egal.«

Natürlich ist das eine Lüge. Wer bitte weiß, wann Japan den Vereinten Nationen beigetreten ist? Außer Elmin natürlich.

»Was sind die Vereinten Nationen?«, fragt Quinn.

»Hm?«, frage ich zurück, obwohl ich seine Frage sehr wohl verstanden habe. Doch ich benötige Zeit, da ich keine Ahnung habe, was genau die Vereinten Nationen sind, außer, dass sie vereinte Nationen sind. Wie gut, dass man als Lehrer in solchen Situationen so seine Möglichkeiten hat.

»Das …«, fange ich langsam an, »… könnt ihr zu Hause mal selbst recherchieren.«

Quinn runzelt die Stirn und flüstert ein ehrfürchtiges »Ach so …«

Ich werfe einen Blick auf meinen ausgedruckten Wikipedia-Artikel und komme zu dem Schluss, dass das an Hintergrundinformationen ausreicht.

»So. Und ein Haiku ist jetzt also eine traditionelle japanische Gedichtform, die heute weltweit verbreitet ist. Sie gilt als die kürzeste Gedichtform der Welt.«

Ich merke, wie die Langeweile die Herrschaft über den Raum erlangt.

»Das sind lustige Verse!«, sage ich, um dagegen zu steuern. »Und es ist ganz kurz! Da reimt sich noch nicht mal irgendwas, das kann sogar ein Affe! Und deswegen soll jetzt jeder von euch eines schreiben!«

Einige Augen richten sich verstört auf mich. Viele Schüler stöhnen, andere scheinen den Arbeitsauftrag gar nicht mitbekommen zu haben. Ich höre Gemurmel.

»Mahh …«

»In escht jetzt?«

»Tschüüüüüüüsch …«

Ich übernehme wieder die Kontrolle.

»Jetzt wartet doch erst mal, bis ich fertig bin. Also, ein Haiku besteht aus drei Zeilen …«

Ich grapsche nach dem letzten Stückchen Kreide, um

die wichtigen Informationen an der Tafel zu notieren. Als ich mich von der Klasse wegdrehe, erhöht sich die Lautstärke, als hätte jemand am Regler eines Radios gedreht. Ich höre ein Lachen, Flüche, Beschimpfungen und einen Furz. Dann wieder Lachen.

»So!«, sage ich und drehe mich um. »Süleyman! Wie viele Zeilen?«

Er stockt. Dann biegt er den Kopf an mir vorbei zur Tafel und liest ab.

»Ja ... drei, oda?!«

Ich nicke, wende mich wieder um und schreibe: 1. Zeile: 5 Silben, 2. Zeile: 7 Silben, 3. Zeile: 5 Silben.

»Also, was Silben sind, wisst ihr? Wie viele Silben hat das Wort Türkei, Tarek?«

»Ehm ..., zwei. Tu – kei.«

»Genau!«

Damit das mit den Silben perfekt sitzt, nehme ich noch Tudor dran.

»Tudor? Wie viele Silben hat denn das Wort, äh, Wikipedia?«

Tudor hört auf zu trommeln.

»Wi-ki-pe-di-a«, stammelt er, überlegt, wiederholt das Wort etwas leiser und zählt mit den Fingern ab: »Wi ... ki ... pe ... di ... a ... Fünf!«

»Genau, super, Tudor! Also, das Wort Wikipedia hat alleine schon fünf Silben! Das heißt, in der ersten Zeile könnte einfach nur ›Wikipedia‹ stehen. In der zweiten dann ein Satz mit sieben Silben und dann wieder fünf.«

Auch wenn mir niemand folgt, zeige ich auf die entsprechenden Informationen an der Tafel. Dann fällt mir ein, dass, wenn ich nichts mehr sage, jeder in der ersten Zeile seines Haikus das Wort »Wikipedia« stehen haben wird.

»Aber ihr sollt jetzt nicht ›Wikipedia‹ in die erste Zeile schreiben. Ziel ist …«, Kontrollblick auf meinen Ausdruck, »… Ziel ist, ein Gedicht beziehungsweise ein Haiku mit Bezug auf die Gegenwart zu schreiben. Ihr könnt das Thema frei wählen! Wichtig ist nur, dass ihr die Struktur einhaltet! Und wie gesagt, Haikus reimen sich noch nicht einmal …«

Ich mache eine Pause.

»Alle verstanden?«, frage ich in den Raum und bekomme kaum Antworten. »Gut, dann fangt mal an …«

Ich lasse mich auf meinen Stuhl plumpsen, schaue aus dem Fenster und höre wieder den Rasenmäher. Scheiß Lärm. Wo zum Teufel ist hier eine Wiese? Und wer in drei Teufels Namen mäht Rasen, wenn es regnet? Ich schüttle den Kopf und merke, dass es relativ leise im Raum ist, was mich verwundert. Ich sehe hoch und stelle erstaunt fest, dass es tatsächlich so aussieht, als würden alle verbissen an ihren Haikus arbeiten. Das war eine Fifty-fifty-Chance. Bei kreativen Aufgabenstellungen hat man entweder Glück und alle machen mit, oder man hat Pech und wirklich niemand macht auch nur einen Finger krumm. Die entscheidenden Faktoren in diesem Zusammenhang sind Süleyman und Quinn. Wenn ich der Klasse eine gewagte Aufgabe stelle, wie zum Beispiel ein Haiku zu schreiben, wird sie von meinen Schülern in der Regel erst einmal als total scheiße eingestuft. Erst wenn Süleyman und Quinn Anstalten machen, die Aufgaben lösen zu wollen, macht es bei allen anderen »klick!«, und plötzlich ist die Aufgabe cool. Allerdings ist das purer Zufall. Heute habe ich Glück, Süleyman und Quinn haben als Rudelführer die Akzeptanz der Aufgabe offiziell bestätigt und seitdem herrscht Ruhe im Klassenzimmer. Sie beugen sich über ihre Tische wie Tintenfische, die gerade ihre Beute verschlingen, und kratzen krakelige Buchstaben in ihre Hefte. Tarek und Phil flüstern einen Mix aus Türkisch und Deutsch. Dann lachen sie und vertiefen sich wieder in ihr Blatt. Tudor nickt in einem fort mit dem Kopf wie eine umherspazierende Taube und etwas weiter links starrt Jennifer mit zusammengekniffenen Augen angestrengt zur Decke. Viele zählen mit ihren Fingern die Silben, der Geräuschpegel ist so niedrig wie selten und momentan gibt es keine Anzeichen für eine Schlägerei in der Klasse. Wenn das nicht mal ein Anblick ist! Warum kommt Herr Direktor Kaiser denn nicht mal in einer solchen Situation zur Inspektion vorbei? Da könnte er sich seine doofen Fragen schenken.

Nach zehnminütigem Nachdenken, ob dieses jenes Gespräch mit ihm zwangsläufig problematisch verlaufen wird, stehe ich auf, um zu sehen, ob die ersten schon etwas geschrieben haben. Ganz vorne sitzen Tarek und Phil. Ihnen gebe ich noch ein paar Minuten. Ich schwenke nach links zu Süleyman.

»Und, Süleyman? Haste schon eins fertig?«

»Also eins isch habe schon!«, sagt er mit breitem Grinsen.

»Ja, toll! Darf ich mal gucken?«

»Wallaaah, naturlisch!«

Er dreht das Heft zu mir und ich lese:

»Wikipedia
Und dann komm sieben Silben
Und jetzt isch hör auf.«

Ich lese es ein weiteres Mal und überprüfe, ob wenigstens die Struktur eingehalten wurde.

»Ja. Gut, Süleyman. Struktur stimmt. Und … ja. Versuch doch noch eins!«

Er nickt stolz und reißt das Heft wieder an sich. Voller Tatendrang, der junge Mann. Ich wandere weiter und sehe Quinn über die Schulter. In der ersten Zeile steht wieder »Wikipedia«. Ich räuspere mich.

»Noch mal ganz kurz für alle ...«, rufe ich in die Klasse. »Ihr sollt euer Haiku nicht, ich wiederhole: *nicht* mit dem Wort Wikipedia beginnen!«

Einige Köpfe erheben sich irritiert in meine Richtung, als hätte ich gesagt, dass das Zuckerfest dieses Jahr ausfällt. Ich rudere entschuldigend mit den Armen.

»Also, wer so angefangen hat, ja, ist auch gut. Aber dann schreibt noch eins, das anders anfängt!«

Die Köpfe senken sich wieder und lassen mich nutzlos im Klassenraum stehen. Ich setze meine Runde fort und gehe zurück zum ersten Tisch.

»Und, Tarek? Wie weit bist du?«

»Ja, hab fertisch erste!«

»Ja, klasse! Lies mal vor!«

Tarek kneift die Augen zusammen und stammelt in metrischem Rhythmus:

»Isch – hab – But – ter – fly
Mein – Bru – der – Ach – med – hat – auch
Schreib – isch – Hei – ku – von.«

Er sieht mich mit seinen Hundeaugen an und lächelt. Ich erwidere sein Lächeln: »Supi ... und jetzt noch eins ohne Waffen!«

»Alles klar!«, sagt er.

Ich sehe, dass Phil neben ihm alles bis jetzt Geschriebene wieder durchgestrichen hat, also wandere ich weiter zu Michelle. Auf ihrem Blatt steht:

»Ich will ein Tättu
An liebsten an mein Rücken
Oder auf mein Bauch.«

Um Himmels willen, denke ich. Reicht nicht dieser hässliche Schriftzug auf dem Hintern? Lieber schnell weiter. Neben ihr sitzt Seylep. Auch ihr Haiku lese ich.

»Ein Mann steht am Zaun

Er schaut zu mir herüber

Er sieht traurig aus.«

»Wow, Seylep. Das ist ein schönes Haiku! Wie bist du denn da drauf gekommen? Das finde ich klasse!«

Ich bin tatsächlich verblüfft. Keine Grammatikfehler, keine Waffen und nicht plump. Definitiv das beste Haiku bis jetzt.

»Na ja, da!«

Sie zeigt mit ausgestrecktem Finger aus dem Fenster. Im Nachbargarten steht ein klatschnasser Mann vor einem niedrigen Holzzaun und guckt bedröppelt aus der Wäsche. Hinter ihm steigt Rauch aus einem Rasenmäher. Ha, das geschieht ihm recht!

»Super, Seylep! Wirklich toll. Wenn du möchtest, kannst du es ja gleich der Klasse vortragen!«

Jennifer am Nebentisch lacht laut.

»Kannst du mir erklären, was daran so witzig ist, Jennifer?«

»Nein. Das müssen *Sie* mir mal erklären!«

Ihr Lächeln verschwindet und ihre Augen fixieren mich. Ich bin paralysiert.

»*Sie* müssen mir das mal erklären!«, wiederholt sie.

6

»Hallo? Ob Sie mir das irgendwie erklären können?«

Ich komme zu mir. Elternsprechtag. Kacke. Was zum Teufel hat die Mutter denn jetzt schon wieder gesagt? Die Kater-Kopfschmerzen brennen, ich rutsche auf meinen Pobacken hin und her und suche fieberhaft auf meinem Pult nach Anhaltspunkten. Ich finde keine. Also versuche ich, in den Blicken meines Gegenübers zu analysieren, *inwieweit* ich genau *was* erklären soll.

»Ja, gut, Frau ehhhh, aber Sie müssen mich ja auch irgendwie verstehen …«

Ich sage es und hoffe, dass ich nun ein paar Informationen zugespielt bekomme. Etwas Konkretes. Zum Beispiel ihre Identität. Doch die Frau schüttelt nur den Kopf. Ich starte einen neuen Versuch.

Ich sage: »Sie müssen das mal von meiner Seite sehen …«, und schiebe den Zettel mit meiner Aufstellung zur Seite.

»Also ich finde ja, dat die Michelle ein supa intelligentes Mädchen is!«, ertönt es und ich überprüfe, ob ich diese subjektive Meinung tatsächlich in meine objektive einfließen lassen sollte. Ich entscheide mich für eine Ausweichstrategie.

»Ja, Frau Kaschalleck, hier, die Michelle, die hat ein tolles Haiku über ein Tattoo geschrieben, daran musste ich gerade denken!«

Die Wut verschwindet aus ihrem Gesicht und Ungläubigkeit macht sich breit.

»Ach?«

»Ja, wirklich!«, sage ich. »Passen Sie auf. Ich gucke noch mal und behalte im Hinterkopf, was Sie jetzt gerade gesagt haben, und dann schauen wir weiter, in Ordnung?«

Ich lächle sie an.

»Also, dat finde ich supa! So machen wir dat!«

Auch sie lächelt. Ich klopfe mir innerlich auf die Schulter.

»Kerl, Sie müssen Ihren Beruf aber gerne machen, wo Sie so viel Zeugs jetzt mitgeschrieben haben.«

Sie deutet mit einem Kopfnicken auf meinen Zettel mit der langen Liste von Namen, die in meiner Jahrhundertmannschaft als Abwehrspieler in Betracht kommen.

»Man tut, was man kann!«, erwidere ich.

Ich winke ihr, um zu verdeutlichen, dass sie jetzt bitte gehen soll. Sie winkt ein wenig unsicher zurück und verlässt mit schweren Schritten das Klassenzimmer. Erleichtert lasse ich den Arm auf das Pult fallen und atme aus.

Mit der These, ich würde meinen Beruf »gerne machen«, hat Michelles Mutter den Nagel vielleicht nicht auf den Kopf getroffen, doch um es klarzustellen: Ich bin schon sehr zufrieden damit und mag das Unterrichten. Zugegeben, »mögen« ist ein schwergewichtiger Begriff, aber wenn man davon ausgeht, dass jeder zwangsläufig irgendeine Art von Arbeit ausüben *muss*, beziehungsweise sollte, dann ist diese Wahl schon in Ordnung. Auch wenn ich nie den dringenden Wunsch gehabt hatte, Lehrer zu werden. Es soll ja solche Leute geben. Die wollten das schon immer machen und sind quasi dafür geboren. Für mich standen nach dem Abitur noch immer

Astronaut und Feuerwehrmann ganz hoch im Kurs. Doch kurz darauf änderte ich meine Meinung und hatte endlich ein echtes Ziel vor Augen: Ich wollte unbedingt einen Beruf ergreifen, bei dem man relativ viel Freizeit hat, dafür aber relativ viel Geld bekommt. Für diese Zukunftsvision erschien mir der Lehrerberuf als der am meisten geeignete. Ich entschied mich für die Kombination von Deutsch und Erdkunde, da ich diese beiden Fächer bereits im Abitur belegt hatte und ich mir sicher war, dass der Zeitaufwand hierfür im Bereich des Machbaren liegen würde.

Das Studium war toll. Jedes Wochenende gab es entweder eine Semester-Start-Party, eine Semester-Out-Party, eine Mitten-im-Semester-Party oder eine Party, um mit dem ganzen Stress zwischen den anderen Partys klarzukommen. In meinem Freundeskreis hat keiner jemals für die Uni gelernt, dafür waren wir einfach zu cool. Also wusste man nach dem Studium genauso viel wie vorher. Und dieses geballte Wissen sollte man dann auch noch irgendwelchen Kindern beibringen. Da macht man seine Praktika, steht an der Tafel und merkt, dass Dreiviertel der Schüler mehr Ahnung vom Thema haben als man selbst. Das ist dann erst einmal ziemlich unangenehm.

Der Enthusiasmus, mit dem ich studiert habe, erklärt die Endnote. Die Konsequenz war, im Referendariat Gas zu geben. Allerdings bekam ich einen Brief, der mich darüber informierte, dass es für mich an eine Gesamtschule gehen würde. Die Anfangseuphorie schlug schlagartig in vollkommene Motivationslosigkeit um. Mir hatte es von der ersten Sekunde an gegraust. Der ursprüngliche Plan war ja, auf einem Gymnasium zu unterrichten und anspruchsvolle Themen zu behandeln, Literaturpreisträger heranzuzüchten und Geschichte zu schreiben, anstatt jeden Tag die deutsche Grammatik durchzukauen. Das Referendariat hatte trotz allem mehr oder weniger gut funktioniert und ich war heilfroh, dass ich mit meiner Abschlussnote hier in Wanne-Eickel an der Albert-Einstein-Gesamtschule eine feste Stelle bekam. Wanne-Eickel ist mit Sicherheit keine schöne Stadt, über die es irgendwann einmal Bildbände in renommierten Buchläden oder Dokumentationen auf *VOX* und *Phoenix* geben wird. Würde ja auch niemand gucken. Niemand will hier hin und keine Sau bleibt länger, als sie muss, wenn sie sich nach Wanne verirrt hat. Man muss hier geboren sein, um die Stadt zu lieben. Und genau das bin ich. Geboren und aufgewachsen. Ich bin ein Pottkind und das ist meine Heimat. Außerdem wohnt meine gesamte Familie in Wanne-Eickel. Dazu noch Gibbel, Sebi und Ben. Und wenn Madame nicht gerade auf einem Selbstfindungstrip in Mexiko herumgeistert, ist auch Tine hier. Also wollte ich auf keinen Fall weg und wusste, was ich für ein Glück hatte, hier einen Platz bekommen zu haben. Mit meinem klapprigen Opel Corsa, den ich liebevoll den »Weisen Horst« nenne, fuhr ich außerdem ungern lange Strecken. Ich liebte das Auto zu sehr und wollte nicht riskieren, dass es auf dem Arbeitsweg in eine fremde Stadt sein Ende fand. Einerseits beschränkte sich dadurch mein Aktionsradius auf Wanne-Eickel und unmittelbare Umgebung, andererseits schonte ich einen halb verrosteten Freund, mit dem ich mehr erlebt hatte, als es mit Geld aufzuwiegen gewesen wäre. Die Arbeitsstelle hier in der Nähe war somit auch deswegen Gold wert. Und, meine Güte, da beißt man halt in den sauren Apfel und arbeitet an einer Gesamtschule und nicht an einem Gymnasium. Was soll's.

Nach fast einem Jahr Lehrtätigkeit ohne besondere Zwischenfälle – das heißt keine Toten, mich eingeschlossen – zerstörte der bevorstehende Termin bei Herrn Direktor Kaiser den alltäglichen Trott und machte mich nervös. Ich nahm mir vor, mal mit meinen Jungs darüber zu sprechen und mich von ihnen beruhigen zu lassen. Der Tag, an dem ich die spontane Haiku-Unterrichtsstunde abhielt, war der dritte Montag des Monats und damit der Tag unserer Poker-Runde bei mir zu Hause. Einen Termin unter der Woche fanden alle »endgut«, weil am Wochenende oft mal »wat ansteht«. Sebi und Gibbel haben ja sowieso frei, was sich auf Dauer wohl kaum ändern wird. Ben war es egal. Er arbeitet seit Jahren bei Siemens, wobei niemand von uns weiß, was er da genau macht. Aber jeden dritten Dienstagmorgen des Monats scheinbar nichts Weltbewegendes. Na ja, und ich bin Lehrer. Mir war es also auch egal.

Die Tür geht schon wieder auf und zwei Frauenaugen blinzeln mich an meinen schützenden Ordnern vorbei an.

»Kann reinkommen?«

Ein etwas klein gewachsener Mann steht auf Zehenspitzen hinter der Frau und erwartet angestrengt meine Antwort. Ich ziehe den Zettel mit meiner Aufstellung zu mir und schreibe »Manuel Neuer« ins Tor. Dann seufze ich und sage kopfschüttelnd: »Entschuldigen Sie, aber ich brauche noch fünf Minuten. Heute ist echt verdammt viel los …«

7

Ein Freund, der zuhört und versteht,
Der hilft, dass es dir besser geht.
Und hast du dann von dieser Art
Gleich drei um dich herum geschart,
Ist ganz egal, was dir passiert,
Denn Hilfe ist dir garantiert.

»Wer aus der Kirche austritt, der kommt in die Hölle!«

Ben hält Sebi seinen erhobenen Zeigefinger unter die Nase. Ich lege meine Pokerkarten beiseite, weil ich weiß, dass diese Diskussion länger dauern wird. Sebi hat schon wieder sein nervöses Lippenbeben, das immer auftaucht, wenn er sich in die Enge getrieben fühlt. Und das passiert schnell.

»Ja, wie? Hölle?«, sagt er. »Wieso Hölle? Warum … das ist doch nur, ich mein, weil …«

Ben unterbricht ihn extra nicht. Das macht er sehr häufig in letzter Zeit, damit Sebi ins Leere redet und sich seine Angst dadurch ins Unermessliche steigert. Dabei hat Sebi gerade nur erzählt, dass seine Eltern aus der Kirche ausgetreten sind, weil sie keine Lust haben, jeden Monat zwanzig Euro Kirchensteuer zu bezahlen, obwohl sie so langsam nicht mehr an diesen ganzen Kram glauben. Sebi meint allen Ernstes, dass uns das interessieren könnte. Er wohnt noch immer in dem kleinen Kinderzimmer bei Mama und Papa, und obwohl er inzwischen siebenundzwanzig Jahre alt ist, hat sich nicht viel verändert, seitdem ich als kleiner Junge zum ersten Mal durch seine Zimmertür gestolpert bin. Noch immer ziert die Formel-1-Bordüre die Wände, diverse *Star Wars*-Figuren bevölkern das hellbraun lasierte Holzregal, und die verstaubte *kicker*-Stecktabelle der Saison 1998/99, mit dem Wappen seines Lieblingsvereins MSV Duisburg auf dem achten Steckplatz, hängt heute wie damals über seinem Bett. Außerdem wird mittags immer mit den Eltern gegessen, nachmittags wird zusammen gepuzzelt und sonntags schließlich zu dritt *Tatort* geguckt. Wenn in der *Truman-Show*-Welt des Hauses Friedemann dann so eine Entscheidung getroffen wird wie die, aus der Kirche auszutreten, hat mein Kumpel Redebedarf. Normalerweise fertigt Ben solche Einwürfe mit einem prägnanten »Langweilig!« ab. Mittlerweile hat er sich allerdings weiterentwickelt. Die Tatsache, dass Sebi seit vierzehn Jahren auf ein und derselben Altersstufe stagniert, nervt ihn so dermaßen, dass er sich etwas Neues hat einfallen lassen.

»Sebi, die Hölle ist für Verräter bestimmt …«, sagt er mit einem Gesicht, das auch ich aufsetze, wenn jemand zum dritten Mal hintereinander die Hausaufgaben nicht gemacht hat. Sebi hechelt nervös wie ein verschnupfter Mops und kann erst nach einer kurzen Pause wieder sprechen.

»Also … ich, ich f-find das echt nicht witzig …«

Ben schmunzelt mich an und sagt streng: »Die Hölle ist ja auch nicht witzig, Sebi.«

Ohne von seinem Handy aufzuschauen, greift Gibbel nach seinem Whisky-Glas und nippt daran. Ich schließe mich an und muss husten, nachdem die brennende Flüssigkeit sich ihren Weg durch meinen Hals geätzt hat. Meine Kontaktlinsen schmerzen vom Zigarettenqualm, den Ben in einem Zehn-Sekunden-Intervall durch mein Wohnzimmer bläst, und ich überlege, sie rauszunehmen und meine Brille aufzusetzen. Aber dafür müsste ich aufstehen.

»Sie haben es doch nur wegen den Steuern gemacht …«, trällert Sebi wie ein kleines Kind, das gerade seinen Eltern erzählt, dass es mit seinem Ball die Scheibe des Nachbarhauses zerschossen hat. Ich belehre, dass man korrekterweise »wegen *der* Steuern« sagen müsste, da »wegen« eine Präposition ist, die einen Genitiv erfordert. Doch wie im Klassenraum geht niemand auf meine Verbesserung ein und Ben antwortet Sebi: »Gott unterscheidet da nicht …«

Ich stelle das Glas Whisky zurück auf mein Methodenhandbuch für das Unterrichtsfach Deutsch, damit keine Kringel auf dem Filz entstehen.

»Komm, Ben, is gut …«, sagt Gibbel und tippt auf seinem Handydisplay herum.

Ben zuckt mit den Schultern und sagt: »Alles klar. Ich will ja nur, dass Sebi weiß …, na ja, wenn sein Vater aus der Kirche austritt, kommt eben nicht nur er selbst dafür in die Hölle. Seine gesamte Sippe ist am Arsch, und damit auch Sebi!«

Sebis Kinnlade fällt herunter.

»Niemand kommt in die Hölle …«, sage ich wie ein Vater, der seinem Sohn versichert, dass das mit der Fensterscheibe des Nachbarn schon in Ordnung geht. Sebi atmet aus, lächelt ein wenig gezwungen und nickt mir zu.

»Wie schaut's denn jetzt mal wieder mit Pokern aus?!«, frage ich in die Runde und nehme meine Karten auf.

Das geht mir heute alles viel zu langsam. Gibbel ist mal wieder nur mit seinem Handy beschäftigt, Ben hat bis jetzt in einer Tour abartige Sexgeschichten erzählt und Sebi ist spätestens seit Bens Infernoszenario vollkommen verängstigt. Wie soll da eine vernünftige Pokerrunde entstehen?

»Bin raus!«

»Ich auch!«

»Bin au raus.«

»Super …«, sage ich und ziehe die wenigen Chips aus der Mitte zu mir. Dann schmeiße ich genervt mein Königspaar offen auf den Tisch. Das hätte ein ordentlicher Pott werden können, wenn die Herren Feiglinge mitgegangen wären. Hätte Ben Sebi nicht so verunsichert, hätte der bestimmt etwas gesetzt und ich hätte ihm ein paar Euro aus der Tasche ziehen können. Sollte Herr Direktor Kaiser mich am Mittwoch entlassen, wäre das nur hilfreich.

»Jungs, ich glaub, ich würde gern mal eure Meinung hören …«, sage ich und lehne mich vor.

»Worum geht's?«, fragt Sebi, während Ben knurrt und Gibbel noch immer sein Handy bearbeitet.

»Also in der Schule, da war heute …«

»Laaaaangweilig!«, stöhnt Ben und nimmt die Karten auf. Dann sagt er: »Wusstet ihr eigentlich, dass in ›Analyse‹ das Wort ›Anal‹ drinsteckt?«

Ben grinst über seinen eigenen Witz wie ein Pferd auf LSD und wir anderen nicken.

»Anal!«, wiederholt er und beginnt zu lachen. »Drinstecken!«

Ich lächle mit, auch wenn ich von Bens ständigen Wortwitzen die Schnauze vollhabe.

»Wer isn Dealer?«, fragt Gibbel, ohne aufzuschauen.

»Keine Ahnung, Leute, wer ist Dealer?«, wiederholt Sebi.

»Ich weiß es nicht«, entgegne ich, »aber das heut war …«

»Gibbel ist Dealer«, unterbricht Ben.

»Gibbel, du bist Dealer«, wiederhole ich.

»Dann gib Gibbel doch die Karten, Ben!«, sagt Sebi.

»Heute kam Herr Direktor Kaiser zu mir und …«

»Gibbel, nimm die Karten …«, sagt Ben.

Gibbel legt das Handy hin, nimmt die Karten auf, wiegt sie kurz in seiner Hand wie eine Hantel, legt sie wieder auf den Tisch und sagt: »Ich hatte heute ganz, ganz ekligen Durchfall …«

Ich rolle mit den Augen. Da will man *ein Mal* ein ernsthaftes Gespräch mit seinen Freunden führen und wird so was von ignoriert.

»Ja, Gibbel, keiner will etwas über deinen Durchfall wissen, bei mir ist es außerdem ein bisschen wichtiger, da geht's nämlich …«

»Hast du was Schlechtes gegessen?«, unterbricht mich Ben erneut und ich bin fassungslos.

»Das interessiert dich jetzt, oder was?«, frage ich ihn.

Ohne den Blick von Gibbel abzuwenden, sagt er: »Ja, schon!«, und ich schnalze laut mit der Zunge.

»Es hat richtig gebrannt, am Ende war auch Blut am Toilettenpapier.«

Ich höre weg. Ich vermisse Tine, zum ersten Mal seit Monaten. Bisher lief alles in meinem Leben wie gewohnt, reibungslos, unspektakulär. Aber genau das könnte sich in zwei Tagen ändern. Wenn Tine jetzt hier wäre, würde ich wie früher immer meinen Kopf in ihren Schoß legen, sie würde mich kraulen, ich würde mein Herz ausschütten, sie würde mich trösten, ich würde mich besser fühlen. Und jetzt? Jetzt muss ich zuhören, wie Gibbel von seinem Durchfall erzählt, dass er gestern beim Chinesen gewesen ist, wie er über Nacht schon »so'n Blubbern im Magen drin« gespürt hat und dass heute alles »rausgeschossen« kam.

»Gibbel, du bist Dealer«, quatsche ich in seine Schilderungen über die Konsistenz seiner Ausscheidungen. Er sieht kurz hoch, zupft an seinen gekräuselten Koteletten und redet einfach weiter.

»Na ja, und als ich vorhin aufs Klo gegangen bin, hatte ich ganz viele Klabusterbällchen.«

»Klabusterbällchen?«, fragt Sebi und reibt sich die Stirn. Ich stöhne, lehne mich vor, schiebe die Karten zu Gibbel und zische ein »Misch!«.

»Ja, Klabusterbällchen. Wie soll ich es erklären? Sagen wir mal, wenn man sich den Arsch abputzt und feste reibt oder reiben muss, dann reibt sich ja etwas von dem Papier ab und bleibt teilweise am Hintern kleben. In den Haaren.«

»Ja, das stimmt.«

Sebi und Ben nicken interessiert.

»Ja, und dann, beim nächsten Abputzen, also beim nächsten Stuhlgang sozusagen, irgendwann ein paar Stunden später, da merkt man, dass am Arsch so kleine Knübbelchen kleben. Die kann man dann mit dem neuen Papier rausziehen und sieht, dass diese Knübbelchen Papier von dem letzten Abwischen sind. Oft ziehe ich die auch unter der Dusche raus.«

Ich schiebe die Karten noch weiter in Gibbels Richtung.

»Manchmal hat man viele kleine, manchmal einen richtig großen, kommt halt drauf an, ne.«

»Leute, können wir nicht einfach weiterpokern?«, frage ich pathetisch und richte die Hände zum Himmel, so wie Moses, als er das Meer teilte. Drei Gesichter starren mich an, als hätte das mit dem Meer nicht funktioniert. Ich lasse die Arme wieder fallen und Sebi fragt Gibbel, worauf es denn genau ankäme. Ich nehme einen großen Schluck Whisky. Einen kurzen Augenblick lang dreht sich alles.

»Zum Beispiel auf die Qualität des Papiers vom letzten Abwischen. Oder auf die Qualität des Papiers vom gegenwärtigen Abwischen. Auf deine Bewegungen zwischen den Toilettengängen, was du so anhast, ob du dich zwischenzeitlich mal gekratzt hast oder so.«

»Ja, Jungs, das haben wir ja dann jetzt geklärt ...«, sage ich laut und flüstere anschließend Gibbel ein zweites »Misch jetzt!« zu.

Mein bester Kumpel lehnt sich stöhnend nach vorn, grapscht nach den Karten und tut endlich das, was ich die ganze Zeit verlangt hatte. Dabei sagt er: »Hat man also erst einmal die Scheiße gemacht und war zum Beispiel beim Chinesen fettig essen, muss man mit den Konsequenzen leben und dann kann es echt mühsam und schmerzhaft werden, all die Dinger nacheinander rauszuziehen ...«

»Ja, danke, Gibbel«, sage ich, »sehr aufschlussreich das Ganze! Ich hoffe, du bist jetzt knubbelfrei. Wisst ihr Granaten eigentlich, was auch noch sehr mühsam ist? Mit euch über Probleme zu sprechen, die wirklich wichtig sind, die nichts mit Analsex, Alkohol oder Durchfall zu tun haben. Meint ihr, ihr könntet mir mal zuhören, nur *ein einziges* Mal?«

Ich nehme die drei in die Pflicht, indem ich zu jedem Einzelnen Blickkontakt aufnehme. Wie in der Schule, wenn mal wieder niemand aufpasst. Die Reaktionen sind ähnlich. Ben seufzt genervt, Sebi fühlt sich ertappt, Gibbel ist schon wieder mit seinem Handy beschäftigt. Wenigstens hat er die Karten ausgeteilt.

»Gibbel, pack doch mal dein kack Handy weg! Nur *ein einziges* Mal!«

Ein paar Sekunden dauert es, bis er »iPhone …« sagt und es beiseitelegt. Sebi schlägt die Beine übereinander und fragt mit sanfter Stimme: »Was ist los, Fabi?«

Das hat er bestimmt im Psychologiestudium gelernt. Und tatsächlich: Es tut seine Wirkung. Ich bekomme bei seiner Pose das dringende Bedürfnis, mich in einem mit riesigen Bücherregalen gefüllten Raum auf eine abgeranzte Ledercouch zu werfen und von meinen Befürchtungen zu erzählen. Eine Tasse Tee in der Hand, Kekse im Mund und ein Gemälde im Goldrahmen vor Augen, mit Punkten, Strichen und Formen, bei dem keiner durchblickt, was es genau zu bedeuten hat.

»Ich wollte sagen, dass heute der Kaiser meinte, er müsse mal dringend mit mir sprechen …«

»Wer isn Kaiser?«, fragt Gibbel, während er angestrengt seine Karten mustert. »Kaiser Franz?«

Er kichert. Ich nicht.

»Das ist mein Direktor, Gibbel. Hab ich dir schon ein paarmal gesagt.«

Gibbel nickt, Ben nimmt seine Karten auf und sogar Sebi scheint es jetzt schon zu langweilen.

»Wer ist dran?«, fragt Ben.

»Ich weiß nicht. Wer ist dran?«, fragt Gibbel.

Sebi fuchtelt mit seinen Händen herum und sagt: »Jetzt lasst halt mal den Fabi erzählen …«

»Danke, Sebi. Jedenfalls meinte er, er will mal mit mir reden …«, setze ich erneut an, lehne mich zurück und warte. Die Couch knarrt, niemand bewegt sich, alles ist leise. Für Pointen ist es zu spät. Ben wirft seine Karten auf den Tisch.

»Ja, und?«, fragt er vorwurfsvoll. »Ist doch furzegal!«

»Vielleicht will der ja nur wissen, wo du deine Haare schneiden lässt, damit der deinen Friseur meiden kann!«, gluckst Gibbel und Sebi grinst mich breit an. Ich finde es nicht besonders witzig. Wenigstens habe ich noch volles Haar. Bei Sebi wird's langsam dünn.

»Verstehste?«, hakt Gibbel nach.

»Ja, versteh ich, Gibbel. Aber das ist es nicht. Der redet normalerweise nicht viel mit einem. Und wenn, dann ist das immer ein schlechtes Zeichen. Sein letzter Wortbeitrag an mich war: ›Kann es sein, dass Sie auf meinem Parkplatz stehen? Musste ich deswegen heute Morgen sehr lange einen anderen suchen?‹ Daraufhin durfte ich den Weisen Horst umparken, obwohl mein Unterricht schon angefangen hatte. Seitdem herrschte Funkstille. Bis heute Morgen.«

Ben fragt Gibbel, wer dran ist, und Gibbel sagt, Sebi. Der sagt: »Ich geh raus«, und ich frage, ob mir hier überhaupt irgendjemand zuhört. Ben sieht mich an.

»Ja, wenn das alles ist? Heißt du Sebi? Bist du ein Mädchen?«

Sebi protestiert, Ben schnaubt: »Ist doch so!«, und Gibbel greift wieder nach seinem Handy. Ich stöhne laut auf.

»Bitte …«, flehe ich, »nur ein Mal ernsthaft!«

»Also gut Fabi, du Weichei …«, erbarmt sich Ben, »meine Meinung: Mach dir keinen Kopf. Du bist Lehrer, dir kann nix passieren, also scheiß dir nicht inne Buchse …«

Sebi rät: »Verhalte dich ruhig im Gespräch, geh selbstsicher da rein, das ist die halbe Miete.«

Gibbel rät: »Rein rechtlich kann dir da nix passieren.«

Ich kratze mich am Hinterkopf und überlege.

»Ja, Gibbel, keine Ahnung. Was aber, wenn der mich rausschmeißt oder so?«

»Ach, da hat der gar kein Recht zu …«

Gibbel schüttelt energisch den Kopf. Dann runzelt er die Stirn und tippt sich mit seinem Zeigefinger an die linke Schläfe.

»Allerdings müsste ich das noch mal nachschlagen. So sicher bin ich mir jetzt auch wieder nicht.«

»Gibbel, das macht mich nur noch nervöser, wenn du da mit deinem juristischen Halbwissen herumjonglierst!«

»Tatsache ist, du hast keine Ahnung, worum es geht. Vielleicht will er dich ja nur loben oder so …«, wirft Ben ein, greift wie alle anderen nach den Karten und beendet damit das Thema. Auch wenn ich nicht wüsste, wofür ich gelobt werden könnte, haben sie recht. Warum soll ich mich jetzt verrückt machen, wenn ich noch gar nicht weiß, was Herr Direktor Kaiser überhaupt von mir will? Ich greife nach meinen Karten, konzentriere mich wieder auf das Pokerspiel und Ben sagt, ich solle an »Kreuz Breitscheid« mal ein »e« anhängen. Ich sage »Kreuz Breitscheide« und Ben beömmelt sich vor Lachen.

8

Konfuzius hat gesagt:
»Was du liebst, lass frei.
Kommt es zurück, gehört es dir – für immer.«
Doch kommt's zurück und nichts ist, wie es war,
Befind'st du dich in groß' Gefahr:
Es geht einfach nicht schlimmer.

Als Tine und ich zusammenkamen, war ich einundzwanzig Jahre alt. Ich könnte jetzt sagen, ich hätte sie ganz romantisch auf dem Rummelplatz kennengelernt, mit Zuckerwatte, Popcorn und schokoladeüberzogenen Erdbeeren. Ich hätte für sie ein Plüschtier an einem dieser Greif-Automaten gewonnen und sie anschließend auf dem Riesenrad geküsst, als unsere Gondel gerade oben anhielt und unter uns die Skyline von Wanne-Eickel blinkte. Doch das wäre eine Lüge. Manche Frauen würden so etwas ja gerne hören, aber ich bin ein Mann. Und das Leben ist nun mal kein Disney-Film. Die ernüchternde Wahrheit ist: Ich bin in der abgeschmacktesten Disko der Stadt bei *Fuck the Police* von *Rage Against the Machine* ziemlich betrunken in sie hineingestolpert und habe dabei meine gesamte Whisky-Cola über ihr weiß-rotes Blumenkleidchen geschüttet. Sie war sauer und verschwand auf dem Klo, ich war sauer und bestellte mir einen neuen Drink. Eine halbe Stunde später entschuldigte ich mich lallend bei ihr und kurz darauf brachte sie mich nach

Hause. Am nächsten Morgen waren wir ein Paar. Das ist dann wohl der Zauber, den man Liebe nennt.

Fünf Jahre lang waren wir glücklich und zufrieden, bis Tine eines Abends in unserer Stammkneipe *Zum friedlichen August* etwas von einer »neuen Ebene der Beziehung« faselte und ich ihr dämlich grinsend zuprostete. Zwei Tage später stand ich mit einer miesepetrigen Vermieterin in einer heruntergewirtschafteten Wohnung mitten in Wanne-Eickel und hörte Tines freudiges »Wir nehmen sie!« von den schimmelfleckigen Wänden hallen. Seitdem wohnen wir hier, im dritten Stock, als einzige echte Mieter. Unter uns haben sich zwei asiatische Massagestudios eingerichtet, wobei sie gefühlt nur alle zwei Monate mal einen Kunden haben, was daran liegen könnte, dass sie so gut wie nie geöffnet haben. Als Takeshi vom *Aloevera Feeling Massage Studio* aus dem zweiten Stock mal bei uns auf einen Kaffee vorbeikam, erklärte er uns, dass es in seinem Heimatdorf in Japan üblich sei, die Öffnungszeiten eines Geschäfts möglichst variabel zu gestalten und sie auch willkürlich zu ändern. »Hat psychololgische Glünde. Wenn Geschläft nie hat auf, Mensche wolle unbledingt lein!« Takeshi nennt es übersetzt die Nicht-verfügbar-also-will-ich-es-unbedingt-Taktik. Allerdings hat das bisher noch keine Wirkung gezeigt, was Tine und mir absolut in die Karten spielte. Für uns waren Takeshis *Aloevera Feeling Massage Studio* im zweiten Stock und das *Feel the Aloevera Massage Studio* im ersten Stock, das Takeshis Taktik sofort übernahm, ein echter Glücksfall, da wir dadurch den kleinen Garten hinter dem Haus für uns alleine hatten. »Jackpot!«, rief Tine und wir klatschten ab.

Ein ganzes Jahr später waren wir noch immer zufrieden, obwohl offene Zahnpastatuben, Bartstoppeln im

Waschbecken und falsch eingeräumte Spülmaschinen zu der ein oder anderen Diskussion führten. Als wir beide schließlich unser Lehramtsstudium abgeschlossen hatten und Tine schon wieder etwas von einer »neuen Ebene der Beziehung« faselte, wurde mir kotzübel. »Wohin steuern wir?«, fragte sie mich. Wie wohin? Keine Ahnung. Auf die Couch? Gleich kommt Bundesliga. Ich wollte es sagen, ließ es aber bleiben.

Nach Tines Hochzeitsandeutungen hatte ich vier Tage lang schwere Depressionen und verbrachte jeden Abend bei Sebi, um seine Stecktabelle zu entstauben. Seine Mutter machte Plätzchen und wir spielten ununterbrochen Playstation oder puzzelten mit seinen Eltern. Als meine Panikattacke überstanden war und ich mit einem Blumenstrauß und sauteuren Pralinen von der Tankstelle wieder angekrochen kam, war es Tine, die sich nicht mehr sicher war. Sie brauche mal eine Auszeit, das gehe ihr alles zu schnell, sie wisse nicht, wo ihr Leben hinsteuere, ob sie wirklich Lehrerin werden wolle, ob es nichts anderes gebe, ob sie glücklich sei. Mit *mir* sei sie glücklich, keine Frage, sie meine eher so generell, das Leben und so weiter. Ich hatte keinen blassen Schimmer, was sie damit meinte. Ihre Freundin Bigi brachte sie dann auf die Idee, für ein Jahr »ma raus ausm Pott« in die weite Welt zu fahren, zum Beispiel nach Mexiko. »Mexiko?«, fragte ich noch doof, aber für Tine war es bereits beschlossene Sache. Wir begannen, uns alles schönzureden, versicherten uns, wie aufregend es sei, sich nach zwölf Monaten wiederzusehen, und dass nach sechs Jahren Routine alles wieder neu und spannend sein würde. Kurz darauf stolperte sie mit einem halb vollen Sektglas Richtung Gepäckkontrolle und zweiundzwanzig Stunden später hörte ich ihre Skype-Stimme aus meinem

Laptop krächzen. Wir quatschten eine Weile, beschworen zum Abschied unsere Liebe und ich starrte noch lange ins Schwarz des Monitors, bevor ich den Laptop zuklappte. War ich glücklich? Traurig? Ich wusste es nicht. Als ich mich im Laufe der Zeit an die Situation gewöhnt hatte und die Skype-Telefonate von Woche zu Woche seltener wurden, begann ich, das Leben als Single auf Zeit zu genießen. Wenn man achtundzwanzig Jahre alt ist und schon so lange mit jemandem zusammenlebt, wird auf jeder Familienfeier auf die noch fehlenden Enkelkinder und die noch nicht vorhandenen Hochzeitspläne hingewiesen und es wird generell hinterfragt, worauf man denn insgesamt überhaupt wartet. Das Jahr ohne Tine wollte ich intensiv dazu nutzen, der Frage nach der Familiengründung auf den Grund zu gehen. Weit war ich noch nicht gekommen, aber das war kein Problem. Schließlich hatte ich ja noch drei Monate Zeit. Dachte ich jedenfalls ...

»Tine?!«

Ich umklammere den kalten Knauf meiner – unserer – Wohnungstür und starre ungläubig in das braune Gesicht meiner Freundin. Sie steht da und lächelt schief. Ungeschminkt. Sie trägt ein Kopftuch, das seine Farbe irgendwo zwischen Senf und Eiter gefunden hat und an dem ein Button mit einer grinsenden Karotte steckt: »*Eat your veggies – not your friends*«. Dabei reckt die Gemüsefigur ihren orangefarbenen Daumen feierlich in die Höhe. Unter dem Kopftuch kommen kurze braune Haarfetzen zum Vorschein statt langer blonder Wellen. Ich habe auch den Eindruck, dass ihre Brüste kleiner geworden sind. Das weiße Oberteil sitzt sehr locker, fällt bis über die Hüften und hat Fransen, die bis zu den

Oberschenkeln reichen. Ihre lilafarbene Satinhose wäre selbst Reiner Calmund zu groß und in den mit drei Klettverschlüssen zugezogenen Outdoor-Sandalen, die mich an Herberts Schuhwerk erinnern, stecken ihre Füße mit kurz geschnittenen, unlackierten Zehennägeln. Rechts und links daneben liegt je eine neonfarbene Reisetasche mit Freundschaftsarmbändern an den Enden der Reißverschlüsse. Insgesamt ist ihr Style so geschmacklos wie Leitungswasser. Ich unterdrücke den Drang, ihr ungeschönt meine Meinung ins Gesicht zu sagen, und erhebe wieder meinen Blick, als wäre ich lediglich leicht verwundert statt maximal fassungslos.

»Tine …«, wiederhole ich.

»Fabi!«, sagt sie.

Sie strahlt mich an und springt mir in die Arme. Ich kann sie nicht halten, das konnte ich noch nie. Auch wenn sie federleicht ist. Dafür habe ich zu wenig Kraft in den Armen. Das ist was Erbliches. Die Drehers waren noch nie Muskelpakete. Seit Generationen. Seit schon immer. Natürlich liegt es auch daran, dass ich noch nie in meinem Leben in einem Fitnessstudio war. Aber mir gefällt der Gedanke, dass ich genetisch determiniert bin. Sie umarmt mich, ich streichle ihr über den Rücken und sie drückt sich an mich. Nach ein paar Sekunden gehen wir wieder auseinander.

»Tine. Was … wie … ich dachte, du kommst erst in drei Monaten?!«

»Tja, der Plan hat sich geändert!«

»Ehm, okay. Welcher Plan denn?«

»Ach, Hase, ich hab dir so viel zu erzählen!«

Sie greift nach ihren Reisetaschen und geht an mir vorbei in meine – unsere – Wohnung.

»Ehhh, okay …?!«, wiederhole ich.

»Es war unglaublich! Mexiko ist einfach nur toll! Die schönen Strände, die Natur, die netten Leute und, ach … ich weiß gar nicht, wo ich anfangen soll!«

Sie sagt es, lässt die Reisetaschen fallen und sieht sich mit geschürzten Lippen im Wohnzimmer um. Ihre unerwartete Rückkehr könnte jetzt durchaus Probleme verursachen. Unmittelbar nach ihrer Abreise hatte ich die Wohnung ent-tint und zu meinem eigenen Reich gemacht. Ich hatte für die Pokerabende den Wohnzimmertisch mit Filz überzogen, das Audrey-Hepburn-Poster an der Wand durch ein *Pulp-Fiction*-Pop-Art-Bild ersetzt und die Fotocollage aus dem Regal genommen, damit meine Whiskysammlung mehr Platz hat. Dass bis auf den Kaktus sämtliche Pflanzen im Raum ihre bröseligen gelb-braunen Blätter traurig zu Boden hängen lassen, komplettiert den maskulinen Touch des Wohnzimmers.

Ich atme laut aus und kneife für ein paar Sekunden die Augen zu.

»Hat sich ja einiges verändert hier …«, sagt Tine.

Ich brumme so etwas wie Zustimmung.

Woher hätte ich denn bitte wissen sollen, dass sie drei Monate früher als geplant zurück nach Hause kommt? Ihr ganzes Zeug ist im Küchenschrank und im Abstellraum verstaut, das hätte ich locker wieder aufbauen können. Aber wenn man so überrumpelt wird?

»Na ja, ist ja nicht so schlimm …«

Tine lächelt mich gezwungen an, so wie ich meine Schüler anlächle, wenn sie mir stolz eine dermaßen falsche Lösung der Hausaufgaben präsentieren, dass man schon gar nicht mehr böse sein kann.

Den restlichen Tag verbringen wir damit festzustellen, wie sehr wir uns optisch verändert haben, wobei ich immer wieder dezente Andeutungen mache, wie scheiße ich ihre neue braune Kurzhaarfrisur finde. Anscheinend handelt es sich jedoch um ihre »Naturhaarfarbe« und kürzer sei für sie »einfach praktischer«, was mir den Wind aus den Segeln nimmt. Meine häufig eingestreuten Verführungsversuche wehrt Tine elegant ab, sodass ich kurz davor bin, für ein paar Minuten im Badezimmer zu verschwinden und Druck abzulassen. Die Erregung nach der sexlosen Zeit habe ich eindeutig unterschätzt. Je länger der Tag andauert, desto mehr verwandelt sich die Leidenschaft in beißende Ungeduld.

Am Abend, 1402 Strand- und Tierfotos und zwei Badezimmerbesuche später, schlägt Tine vor, etwas zu essen, was ich gutheiße.

»Alles, bloß keine Fotos mehr«, flüstere ich.

»Was?«

»Wirklich, total schöne Fotos vom Meer.«

Sie freut sich, steht auf und kramt in ihrer kleineren Reisetasche, aus der sie zwei Plastiktüten hervorholt. Auch ich stehe auf, um mich an sie zu schmiegen, was erneut von ihr abgewehrt wird.

Sie legt die Tüten auf den Filztisch.

»Worauf hast du Lust?«

Auf dich in Strapsen, denke ich.

»Keine Ahnung, Steak?!«, sage ich stattdessen.

Ohne Vorwarnung gefriert Tine zu einer Eissäule, als hätte man beim Stopptanzen auf Pause gedrückt. Mehrere Sekunden passiert gar nichts.

»Oder was anderes?«, frage ich verunsichert. »Mir egal.«

Ich kann auch gar keinen klaren Gedanken fassen, weil ich alle möglichen Sexpraktiken durchspiele, bei denen sich ihre Haare außerhalb meines Sichtfeldes befinden. Die Musik wird wieder eingeschaltet und Tine beginnt sich langsam zu bewegen. Sie verzieht das Gesicht und sieht mich mit Entsetzen an.

»Steak? Fleisch? Du willst ein Tier essen?«, ruft sie und ich drücke meine Erektion mit der flachen Hand zurück.

»Äh … warum jetzt nicht, wenn ich fragen darf?«

»Na ja, Fabi, ich will ehrlich sein«, sagt Tine und bei mir macht sich Anspannung breit. »Ich habe seit über einem halben Jahr kein Fleisch mehr gegessen. Und auch sonst keine Tierprodukte. Ich hab's dir über Skype nicht erzählt, wollte es am Anfang erst mal ausprobieren und dann war es so selbstverständlich für mich, da hab ich vergessen, es dir zu sagen.«

Es dauert einige Sekunden, bis ich realisiert habe, was Tine von sich gegeben hat.

»Kein Fleisch?«, frage ich. »Ist das, ich mein, ist das jetzt dein Ernst?«

Mein Herz schlägt schneller. Ich schlucke.

»Ja.«

»Wirklich?«

»Ja, wirklich. Ist das ein Problem für dich?«

»Nein. Ja. Was?«

Ich muss an einen Abend zurückdenken, an dem wir nach der Disko total betrunken im *McDonald's* saßen und uns gegenseitig lachend mit Burgern fütterten.

»Fabi, es ist halt einfach so, dass ich mich entschlossen habe, vegan zu leben und …«

»Vegan? Wie, vegan? Das heißt, auch keine Milch und so?«

»Wie ich gerade schon gesagt habe, keine Tierprodukte. Milch ist ein Tierprodukt!«

Um Himmels willen, *Eat your veggies – not your friends*, jetzt wird mir einiges klar. Was zum Teufel ist denn bitte *kein* Tierprodukt? Grinsende Karotten mal ausgenommen. Mein Blick fällt intuitiv wieder auf ihre Brüste. Keine Frage, dieser vegane Scheiß hat sie auf dem Gewissen.

»Tine, ist das jetzt so eine Phase oder wie soll ich das verstehen? Das ist doch …«

»Das ist keine Phase, Fabian«, sagt sie streng. »Mir wurde in Mexiko vor Augen geführt, dass man aus moralischen Gründen einfach keine Tiere essen sollte!«

»Ja, Tine, ich esse Tiere ja auch nicht aus moralischen Gründen, sondern weil ich Hunger habe und sie lecker sind, aus ernährungs- und befriedigungstechnischen Gründen sozusagen …«

»Fabi, das kannst du nicht ernst meinen! Solche unreflektierten Aussagen sind der Grund dafür, warum sich niemand damit beschäftigt.«

»Na ja, du tust es ja anscheinend jetzt.«

»Ganz genau!«

Sie funkelt mich an. Ich bin mir unsicher, ob ich mich auf eine solche Grundsatzdiskussion einlassen möchte. Doch es scheint bereits zu spät zu sein.

»Fabi, wenn du ein Steak isst, dann bist du dir hoffentlich darüber im Klaren, unter welchen Bedingungen diese Tiere gehalten werden! Aber nicht nur Kühe, nein, auch Hühner, Schweine und was du sonst noch so isst!«

Mir wird das alles zu stressig. Ich habe schon genug Probleme wegen des morgigen Termins bei Herrn Direktor Kaiser. Eigentlich wollte ich mich bei einer Runde FIFA und einer Tiefkühlpizza auf der Couch entspannen und mich auf das Gespräch vorbereiten. Stattdessen ist Tine wieder da, sieht aus wie Herberts Schwester, zeigt mir vier quälende Stunden lang Fotos, schläft nicht mit mir und stellt mich anschließend als unmoralischen Tiermörder hin. Ich versuche, ihren Vortrag mit einem »Ja, Mäuschen, ist okay« abzubrechen, aber Tine hat sich warm geredet.

»Nein, Fabi. Nix ist okay, nix mit Mäuschen. So wie Tiere behandelt werden, nur damit wir sie am Ende essen können, das hat doch nichts mehr mit Menschlichkeit zu tun! Das ist fürchterlich! Das ist Mord! Jedes Tier hat das Recht auf ein freies Leben und auf eine glückliche Entfaltung.«

Hör auf, aus dem Tierschutzkatalog zu zitieren, will ich schreien, beiße mir aber auf die Lippen.

»Okay, jedes Tier hat das Recht auf freie Entfaltung«, sage ich stattdessen, um die Situation zu beruhigen. »Alles klar. Dann isst du halt kein Steak.«

»Ich würde es begrüßen, wenn du ebenfalls keines essen würdest.«

Meine Alarmglocken gehen an. Das ist schlecht. Ganz, ganz schlecht. Schafft sie gerade einen Präzedenzfall? *Eat your veggies – not your friends*? Vorsichtig sein. Ganz, ganz vorsichtig sein. Jetzt bloß nichts Falsches sagen. Ich überlege. Und überlege. Und überlege. Dann frage ich: »Bitte was?!«

»Ich sagte, ich würde es begrüßen, wenn auch du kein Steak mehr essen würdest.«

»Ja, und ich würde es begrüßen, wenn du, also … wenn du nie wieder sagst, dass du irgendetwas *begrüßen* würdest!«

Ich fuchtle mit den Armen herum, lasse sie schließlich fallen und starre meine Freundin an. Stille. Sie setzt sich an den Wohnzimmertisch, seufzt und weist mit ihrer Hand auf den gegenüberliegenden Couchplatz, als wäre ich ein Schüler, der aber mal so gar nicht versteht, was er schon wieder falsch gemacht hat. Ich setze mich trotzdem.

»Ich will dich nicht zum Veganer machen, in Ordnung? Aber ich habe in Mexiko erfahren, wie schlimm es momentan um die Tierwelt steht. Da geht es nicht nur darum, Tiere zu essen, sondern generell um die Artenvielfalt.«

Ich muss also doch diskutieren. Und vor allem muss ich gut diskutieren. Kühe sind nicht *my friends*, also darf ich sie essen. Ich habe keine Lust, wie ein Kaninchen nur noch grinsende Karotten zu futtern.

»Pass auf, wusstest du zum Beispiel, dass allein in Mexiko über zehn Schildkrötenarten vom Aussterben bedroht sind?«

»Ehm, nein«, antworte ich. »Ich wusste ehrlich gesagt gar nicht, dass es überhaupt mehr als zehn verschiedene Arten gibt. Das ist doch toll!«

Tine verschränkt die Arme und runzelt die Stirn.

»Das ist nicht witzig!«, doziert sie weiter. »Die Schwarze Suppenschildkröte zum Beispiel. Es gibt kaum noch weibliche Tiere, in den letzten zwei Jahren wurden sie nur drei Mal gesichtet!«

»Mit dem Namen würde ich mich auch nicht in der Öffentlichkeit zeigen!«, werfe ich grinsend ein. Tines Miene versteinert. Das war nicht klug.

»Fabi, entweder wir reden vernünftig oder gar nicht …«

»Mah, ja. Aber Schildkröten? Was haben wir denn hier mit Schildkröten am Hut?«

»Siehst du! Genau das ist ja das Schlimme! Schildkröten sind eigentlich eine einheimische Tierart, doch das wissen wir schon gar nicht mehr, weil sie hier vollkommen ausgerottet wurden!«

»Ja, ist ja okay …«, lenke ich ein.

»Und in Mexiko ist es noch viel schlimmer! So viele

verschiedene Arten, die einfach aussterben. Und niemanden interessiert das! Die Tabascoschildkröte, die Unechte Karettschildkröte, die Karibische Bastardschildkröte …«

Ich lache auf und Tine guckt mich böse an. Meine Mundwinkel fallen wieder herunter und ich frage mich, warum man denn bitte auch noch *unechte* Schildkröten schützen muss.

»Diese Tiere gelten als Delikatesse und wurden gejagt, bis ihre Populationen komplett zusammengebrochen sind!«

»Klar ist das irgendwie scheiße, aber …«

»Ja, genau das ist es! Seit über 150 Millionen Jahren leben Schildkröten auf diesem Planeten. Und dann kommt der Mensch und vernichtet sie!«

»Tine, mal 'ne andere Frage. Woher weißt du überhaupt so viel über Schildkröten?«

Tine greift nach meinem *kicker*-Sonderheft auf dem Wohnzimmertisch und wedelt sich Luft zu, als wären wir irgendwo im Regenwald. Dabei ist es hier in unserer Achtundsechzig-Quadratmeter-Wohnung mitten in Wanne-Eickel ziemlich kühl.

»Ich habe dir doch von den Leuten erzählt, die ich kennengelernt habe. Jorge und so. Weißt du?«

»Ja!«, lüge ich.

»Ja. Und die arbeiten alle für die PETA. Ich habe an ein paar Projekten teilgenommen und mich sehr intensiv damit beschäftigt. Und jetzt weiß ich: Das ist meine Bestimmung!«

Oh Gott. Das nimmt langsam dramatische Züge an. Bestimmung? Was denn für eine Bestimmung? Wenn Frauen von »Bestimmung« reden, dann ist das immer schlecht. Und PETA? PETA? Also, das ist doch … also, eigentlich weiß ich gar nicht genau, wer oder was PETA überhaupt ist. Ich nehme mir vor, es später bei Wikipedia nachzuschlagen.

»Deine Bestimmung? Tine, nichts für ungut, aber übertreibst du nicht vielleicht ein bisschen?«

»Übertreiben? Wie bitte?«

Tine bewegt sich auf dem Stuhl, als würde sie einen Bullen reiten. Hoch und runter, schnappt nach Luft, starrt mich an.

»Fabi, ich übertreibe mit Sicherheit *nicht*. Tag für Tag sterben Dutzende Tierarten aus. Der Regenwald schrumpft und mit ihm unsere Artenvielfalt. In ein paar Jahren gibt es keine Pandas mehr!«

»Wieso denn jetzt auf einmal Pandas?«

Ich schlage die Hände über dem Kopf zusammen und stöhne wie ein angeschossener Hirsch.

»Fabi, auch streunende Katzen, Zehntausende …«, fährt sie fort und dieses Mal unterbreche *ich* sie.

»Dann geht es doch weniger um den Tierschutz als um den Menschen. Dem Panda ist es doch scheißegal, ob er ausstirbt oder nicht. Der bekommt noch nicht mal was davon mit! *Du* willst, dass der überlebt, damit *du* deine Artenvielfalt hast!«

Das war gut, Tine überlegt und muss ausweichen.

»Ja, Fabi, wir schützen ja auch nicht nur bedrohte Tierarten, sondern alle Tiere! Das ist uns genauso wichtig!«

»Wir? Uns? Wer sind denn bitte *wir* und *uns*?!«

Ich werde langsam wütend. Kratze mich am Kopf, streiche meine Haare nach hinten und presse die Lippen zusammen.

»Wir, die sich um die Tiere kümmern …«, sagt sie eindeutig zu pathetisch. Und damit ist es amtlich. Sie und ihre PETA sind die Guten und ich bin das Riesenarschloch, das Tiere ermordet. Tine steht auf, greift die beiden Plastiktüten, die sie zuvor aus ihrer Reisetasche geholt hat, und geht in die Küche. Ich folge ihr.

»Was machst du?«, frage ich.

»Ich mache Essen, so wie ich es gesagt habe.«

»Und *was* machst du?«

»Ich wollte uns einen Gemüseteller machen. Und vegetarisches Pilzgulasch, weil ich weiß, wie gerne du Champignons magst!«

Sie sieht mich mit feucht flimmernden Augen und bebender Unterlippe an. Ich kenne diesen Blick, kurz vorm Heulen. Dabei hat sie recht, ich mag in der Tat gerne Champignons. Und außerdem sieht sie sogar ungeschminkt noch ziemlich gut aus. Vielleicht bilde ich mir das auch nur ein, doch das spielt keine Rolle. Bevor es mit dem Sex gar nichts mehr wird, sollte ich einlenken.

»Na ja, ich kann's ja mal probieren«, biete ich an.

Sie atmet laut aus und kommt auf mich zu. Wir umarmen uns.

»Ich habe dich vermisst!«, sagt sie.

»Ich dich auch!«, sage ich.

Wir lösen uns wieder voneinander. Sie knipst das Licht über der Küchenzeile an und ich frage mich, seit wann sich dort ein Lämpchen befindet.

»Also, neben dem Gemüse, das du so kennst, habe ich ganz viel ausgefallene Sachen für uns mitgebracht! Yacón aus Peru, Topinamburknollen aus Mexiko, Rambutanfrüchte aus Thailand. Dann noch Wassermimose aus einem kleinen Städtchen, in dem ich zwei Wochen war, und als besondere Kleinigkeit noch gekochte Jambú-Blätter aus Brasilien! Das habe ich alles durch den Zoll geschmuggelt!«

Sie zwinkert mir zu und ich erkenne zum ersten Mal

meine alte Tine wieder. Dennoch habe ich ein ungutes Gefühl. »Neben dem Gemüse, das du so kennst«, hat sie gesagt. Das einzige Gemüse, das ich kenne, sind Erbsen und Möhren. Warum dann gleich Topidingsbumsknollen und Rambutanfrüchte? Und Gibbel, der unter Wasser seine Augen nicht aufmachen kann, weil er eine »empfindliche Bindehaut« hat, reicht mir als Wassermimose.

»Prima. Und was sind diese Jambú-Blätter genau?«, frage ich in der Hoffnung, dass es sich interessiert anhört.

»Ui, die sind lustig. Davon schläft dir die Zunge ein! Weißt du, Jorge kommt aus Brasilien und da essen die diese Blätter andauernd auf irgendwelchen Festen!«

»Ui, lustig!«, sage ich und sie antwortet mit einem euphorischen »Ja!«.

»Danke, dass du mitmachst! Für mich gibt es einfach keinen moralisch vertretbaren Grund, Tiere zu essen. Tiere empfinden Schmerz, genauso wie wir. Und wenn wir das gemeinsam durchziehen, dann schweißt uns das nur noch mehr zusammen!«

Moment, denke ich. Gemeinsam durchziehen? Was denn bitte gemeinsam durchziehen? Ich habe gesagt, dass ich es *heute* mal probiere. Ich habe nichts von »gemeinsam durchziehen« gesagt! Ich bekomme Panik.

»Ey, Tine, jetzt bleib doch mal locker! Nichts ziehe ich durch! Heute probiere ich den ganzen Blödsinn da, aber das war's dann auch! Nur weil du von irgendeinem komischen Jorge eine Gehirnwäsche bekommen hast, hör ich doch nicht auf, Kühe zu essen!«

Aus Tines Augen spricht blanke Verachtung.

»Aha!«, sagt sie und zeigt mit dem Finger auf mich. »Jetzt weiß ich wenigstens, wie du wirklich denkst!«

»Ja, genau, das weißt du jetzt!«

»Aber wie *kannst* du nur so denken?«

»Wie ich so denken kann? Wie kannst *du* nur so denken? Wenn man nichts essen darf, was Schmerzen empfindet, warum darf man denn dann deine scheiß Tupinamdingsknollen essen?«

»Erstens heißen die Topinamburknollen! Und zweitens sind das Pflanzen, Fabian! Die empfinden keine Schmerzen!«

»Ach nein? Und Frau Professorin weiß das, ja? Kann sich in Kühe hineinversetzen, die Schmerzen haben, aber nicht in diese kack Knollen, die angeblich keine Schmerzen haben? Woher weißt du das denn? Wo ist der Unterschied zwischen einem Seestern und einer Topin… Topindingsbumsknolle? Leben Pflanzen nicht genauso wie Tiere?«

»Du hast keine Ahnung, Fabi!«

»Tolles Argument!«

Ich applaudiere ihr und winke einem imaginären Publikum zu. Dann applaudiere ich wieder. Das Klatschen meiner Hände hallt von den Wänden. Das mit dem Sex hat sich nun endgültig erledigt.

»Eins sag ich dir, von meinem Gemüseteller bekommst du nichts!«

Sie sagt es, zwängt sich an mir vorbei und verlässt die Küche.

»Schön, das will ich auch gar nicht!«

Ich höre, wie sie im Schlafzimmer verschwindet.

»Bekommst du auch nicht!«

»Will ich auch nicht! Und damit dein Gemüsekack nach was schmeckt, kannst du da ja eine Tabascoschildkröte drüber ausdrücken, um dem Ganzen die gewisse Schärfe zu verleihen!«

»Leck mich, Fabi!«

Die Schlafzimmertür knallt zu und ich stehe allein in meiner – unserer – Küche. Der Kühlschrank summt und irgendetwas aus Tines Tüte stinkt bestialisch. Ich schüttle den Kopf, stütze mich auf der Küchenzeile ab und starre an die Decke. Vielleicht sollte ich *Tine* morgen zu Herrn Direktor Kaiser schicken. Die wird ihm gehörig den Marsch blasen, wenn der erst in seinen Schlangenlederschuhen das mitgebrachte Leberwurstbütterchen aus dem Alupapier wickelt. Ich lächle, wühle ohne nachzudenken in Tines Tüte, nehme eines von den Jambú-Blättern in den Mund und kaue zufrieden drauflos.

9

Das Nächste, was ich höre, ist die brüllende Sirene des Krankenwagens. Ich liege ausgestreckt auf einer Trage und ruckle hin und her. Das kleine Licht über mir flackert und neben mir sehe ich aus dem Augenwinkel eine orange leuchtende Jacke. Sie kommt auf mich zu, setzt sich auf einen Hocker und blendet mir mit einer Taschenlampe mitten ins Gesicht. Winzige Fingerchen gucken aus den Ärmeln und fummeln auf einem kleinen silbernen Tischchen herum. Ich will fragen, was los ist, öffne den Mund und sage: »Wawa, hasa?«

Speichel läuft mir aus dem Mundwinkel, ich will ihn abwischen, aber meine Hände sind festgebunden. Alles dreht sich im Kreis, mein Kopf wackelt unkontrolliert durch den Raum und plötzlich erscheint Tine verschwommen über mir. Von ihrem angsterfüllten Gesicht hallt ein dumpfes, wabbeliges »Alleeehes wiihiiihiird wiiihiiedeeer guuuhuuut!« in meine Richtung, ohne dass ihre Mundbewegungen zu dem Gesprochenen passen würden. Die Worte fliegen durch das Auto, ich bekomme Panik und frage mich, ob Erich Ribbeck aktuell irgendwo als Trainer unter Vertrag steht. Dann tätschelt Tine mir die Hand, doch ich merke es kaum, weil mein ganzer Körper kribbelt. Im Hintergrund sehe ich eine Spritze in den Fingerchen der orangefarbenen Jacke. Ein paar Tropfen schießen aus der Kanüle in die Luft, wie in einem Psycho-Thriller, in dem irgendjemand kurze Zeit später von einem verrückten Arzt ermordet wird. »Alles, nur keine Spritze!«, will ich schreien und wimmere: »Hawaaaa … k-k-laaa!«

Tine wischt mir mit einem Tuch den Mund ab und wiederholt: »Alles wird wieder gut!« Ich versuche sie böse anzugucken. Dann ballert die orangefarbene Jacke die Spritze in meine Vene. Es tut scheiße weh, ich will schreien, ruckle verzweifelt mit den festgebundenen Armen und höre das Quietschen der Eisenstangen unter der Trage. Ich gebe auf. Für einen kurzen Moment ist alles still und dann frage ich mich: Wie geil ist denn bitte dieser hypercoole Krankenwagen? Alles hallt und leuchtet, das ist hier so unfassbar krass und ich bin die absolut geilste Schnitte vor Ort! Morgen werde ich mir auf jeden Fall ein Klavier kaufen und spielen lernen und ich will unbedingt mal wieder in den Zoo, Pandas angucken, ich liebe Pandas, die sind affenstark und außerdem liebe ich die frische Luft, ich bin viel zu selten an der frischen Luft, aber jetzt will ich gar nicht an die frische Luft, ich will hier sein, hier ist es einfach nur genial, obwohl, nach Paris würde ich eigentlich gerne mal wieder, irgendwann, im Sommer am besten, im Winter nicht, da würde ich viel lieber Schlitten fahren, ich sollte mir einen kaufen oder mieten oder leasen, wobei ich gar nicht so genau weiß, was leasen überhaupt bedeutet, ich sollte das mal bei Wikipedia nachlesen, oder vielleicht sollte ich mir eine Carrera-Bahn kaufen, damit habe ich früher immer so gerne gespielt, mit Loopings und Steilkurven, oder ich mache mal ein 3-D-Puzzle, das habe ich noch nie gemacht, eventuell von der Tower Bridge, dem Eiffelturm oder von Wanne-Eickel, ganz Wanne-Eickel, in vielen kleinen Teilen. Meine Fresse, IST DAS GEIL HIER!!

Ich lache laut auf, soll doch der Speichel tropfen, ist mir kackegal. Dann wird mir schwarz vor Augen.

»Halloohoo? Herr Dreeeeeher?«

Etwas, das wie ein verbrannter Pfannkuchen aussieht, grinst mir ins Gesicht und ich habe Angst. Ich habe Angst, weil verbrannte Pfannkuchen normalerweise nicht sprechen können. Ich schließe die Augen, öffne sie wieder und das Bild entzerrt sich, wird schärfer. Die Konturen fügen sich zusammen und mir fällt auf, dass der Pfannkuchen nur ein ziemlich rundes, sonnenstudiobraunes Gesicht einer Frau in weißer Kleidung ist, mit einem blau leuchtenden Nasenpiercing.

»Ich – bin – Krankenschwester – Ursula …«, sagt der Pfannkuchen in dem metrischen Rhythmus, in dem Tarek gestern sein Haiku vorgelesen hatte. Dann wiederholt sie laut: »UR!-SU!-LA!«, als hätte ich sie nicht mehr alle.

»If – hawe – Angft – vor – Ihnen!«, ahme ich ihren monotonen Stil nach. Das Sprechen ist sehr anstrengend und ich dürfte mindestens genauso verwirrt gucken wie Schwester Ursula.

»Spricht der immer so?«, fragt sie und Tine taucht neben ihr auf.

»Nee, eigentlich nicht«, sagt Tine und sieht mich an. »Hase, warum sprichst du so komisch?«

»T-Ine, woher woll if daff wiffen?«, sage ich etwas lauter.

Die Schwester ruft: »Doktoooor?!«

»Waff if hier paffiert?«, frage ich Tine wütend.

Sie zieht die Augenbrauen zusammen und sagt: »Was? Du musst deutlicher sprechen!«

Ich denke, dass Tine das doch wohl nicht ernst meinen kann.

»T-ine, if kann niff deulik … deulichter sfprechen …«

Tine kratzt sich am Kopf und Schwester Ursula fragt Tine, ob sie etwas trinken möchte.

»Sehr gerne, vielen Dank!«, lächelt sie. Auch Schwester Ursula lächelt und tätschelt Tines Schulter.

»Soooo, da sind wa wieder …«

Ein weißer Kittel platzt ins Zimmer, beugt sich über mich und zwinkert mir über eine dünne Brille hinweg zu. Schön, dass alle so super drauf sind, denke ich, als mir der Sabber vom Kinn tropft.

»Also, Herr Dreher, ver – ste – hen – Sie – mich?«, fragt er laut und genauso abgehackt wie Schwester Ursula.

»Wawum reden allwe wo mit mir, alf wäre if befeuert?«, frage ich zurück.

»Gut!«, antwortet er.

Tine fragt ihn, ob ich wieder gesund werde, und Schwester Ursula kommt mit dem Wasser.

»If hätte aufch gernwe Waffer …«, sage ich zu Schwester Ursula und wieder läuft Speichel aus meinem Mund. Sie sieht mich fragend an und der Doktor erklärt ihr, dass ich einen Allergieschock hatte.

»A – ller – gieeee – schock!«, wiederholt er in meine Richtung.

»If bin nifft taut oder dlöt …«, rufe ich.

Der Doktor ignoriert mich und wendet sich an Tine.

»Die Werte sind so weit in Ordnung. Trotzdem sollte er die Nacht über hierbleiben, zur Kontrolle. Morgen kann er dann wieder nach Hause!«

Ich will fragen, ob ich dann wieder normal sprechen kann, und fokussiere das Schildchen auf dem weißen Kittel. Persönliche Gesprächsebene und so weiter. Wenn ich den Doktor mit seinem Namen anspreche, dann freut ihn das vielleicht und ich bekomme mehr Informationen. Meine Augen stellen die Buchstaben langsam scharf, ich lese Santaki oder Souvlaki und stelle fest, dass er tatsächlich etwas griechisch aussieht. Ohne eine Frage gestellt zu haben, bekomme ich eine Antwort: »Mit der Schwellung am Mund ..., keine Ahnung, wann das weggeht. Ich bin eigentlich in der Orthopädie zu Hause, habe Bereitschaft ...«

Er hebt und beugt das linke Bein und deutet mit dem rechten Zeigefinger auf sein Kniegelenk. Dann zuckt er mit den Achseln. Mit aller Kraft recke ich den Daumen in die Höhe, um ihm deutlich zu machen, wie klasse ich es finde, dass jemand aus der Chirurgie für Kniegelenke meinen Allergieschock behandelt. Doktor Souvlaki streckt wie ein verzögertes Spiegelbild ebenfalls den Daumen in die Luft, dreht sich anschließend um und marschiert Richtung Tür.

»Iff hawe morwen einen T-T-Termwin bei Herrn Wirektor Kaiwer!«, rufe ich ihm nach. Ohne sich umzudrehen, sagt er: »Ja, genau ...«, und ist kurz darauf verschwunden.

»Bei Wirektor Kaiwer ...«, wiederhole ich weinerlich und schaue Schwester Ursula flehend an. Aber der braune Pfannkuchen schüttelt nur angewidert den Kopf.

»T-Ine, iff hawe morgen einen T-ermin ...«

»Ist schon gut, Hase, der Doktor hat gesagt, gleich ist alles wieder gut!«

Das ist doch eine Lüge, denke ich und wische mir über den Mund.

»Ich hatte so eine Angst, Hase. Hast du denn irgendwas zu dir genommen, was du nicht vertragen hast? Hm? Überleg mal!«

Lange überlegen muss ich nicht.

»Ja, deine feiff Bläffer! Die Fambú-Bläffer!!«, sage ich und versuche, den Finger auf sie zu richten.

»Was?«, fragt sie.

»Die Fambú-Bläffeeeeeeer«, wiederhole ich aufgebracht, den ausgestreckten Zeigefinger in der Luft.

»Bitte was?«

»Niffx ...«

Ich lasse den Arm fallen.

»Ich verstehe dich nicht!«

»Iff sagte, iff schon gut!«

»Ja, Hase, alles wird gut!«

Da meine Kehle inzwischen trockener ist als die Pflanzen in meinem Wohnzimmer, sage ich: »Iff hawe Durfst.«

Tine spart sich jetzt das »Was?« und zieht nur entschuldigend die Schultern hoch. Ich biete eine bühnenreife Pantomime vom Trinken aus einem Glas und verstärke mit »Duuuuuurfst!«

Tine sagt: »Ja, ich bin ja hier, alles wird gut ...«

10

Ein Allergieschock also. Von Jambú-Blättern. Das sei ganz ungewöhnlich, versicherte mir Doktor Souvlaki nach eingehenden Recherchen am nächsten Morgen. Tine stieg auch gleich mit ein, faselte etwas von den Festen in Brasilien und dass man diese Blätter dort immer essen würde und Jorge sowieso und das jeden Morgen wie Butterbrot. Schwester Ursula meinte daraufhin, sie sei noch nie in Brasilien gewesen, aber sie würde gerne mal, und Doktor Souvlaki warf ein, die beste Reisezeit für Brasilien sei September oder Oktober, und dann sagte Tine, dass man auch Peru auf jeden Fall mal besuchen sollte. Mit einem lauten »HAA-OOO« versuchte ich, die Aufmerksamkeit wieder auf mich zu lenken. Mein Mund war noch immer geschwollen und ich konnte kaum sprechen. Und ich hatte nur noch sechs Stunden Zeit bis zu meinem Gespräch mit Herrn Direktor Kaiser. Der würde mich doch für vollkommen verrückt halten.

»Vahhrückt!«, giftete ich Richtung Schwester Ursula, die mich ratlos anstarrte.

»Alles wird wieder gut …«, wiederholte Tine ihr Mantra und vergewisserte sich beim Doktor. »Nicht wahr?«

Der weiße Kittel starrte auf sein Klemmbrett und massierte sich das Kinn.

»Also, das könnte noch ein bis zwei Tage dauern mit dem geschwollenen Mund, danach dürfte alles wieder beim Alten sein. Aber ich weiß es auch nicht so genau. Jedenfalls würde ich mich in der Zwischenzeit nicht mit Jambú-Blättern einreiben!«

Alle im Raum lachten, sogar der Mann mit dem gebrochenen Bein im Bett nebenan, der mit seinem Gips an einem Kran befestigt war.

Eine Stunde später konnte ich das Krankenhaus verlassen, ohne den blassesten Schimmer, wie ich das Gespräch mit Herrn Direktor Kaiser bewältigen sollte.

Meine zwei Unterrichtsstunden habe ich dann weitestgehend durch Filmmaterial und Gruppenarbeit überbrückt, um nicht sprechen zu müssen. Nun sitzt Herr Direktor Kaiser mit großen Augen vor mir und hat seine Hände gefaltet, als wollte er für mich beten.

»Iff sagfte, iff hatteh einen Allwerwieschwock!«

Mit beiden Zeigefingern deute ich auf meine herausgestreckte angeschwollene Zunge und ahme Doktor Souvlaki und Schwester Ursulas Gesprächsführung nach: »All – Wer – Wie – Schwock!«

Herr Direktor Kaiser schüttelt langsam und mit gerunzelter Stirn den Kopf. Warum muss meine Diagnose auch so schwer auszusprechen sein? Gerade dann, wenn aus den Beschwerden eine verminderte Verbalisierungsfähigkeit resultiert, ist das doch total unpraktisch und erniedrigend. Ich wäre dafür, dass jede Krankheit, die das Sprechen erschwert, einfach »Wawa hasa« heißt, damit man dem jeweiligen Gesprächspartner seine Leiden ohne Probleme schildern kann und keine Kommunikationsprobleme entstehen. Ohne nachzudenken, sage ich also: »Wawa Hasa«, und Herr Direktor Kaiser fragt, was genau mit Hassan los sei, er habe doch immerhin eine Vier plus in der letzten Deutscharbeit geschrieben und sei in letzter Zeit kaum auffällig gewesen. Ich seufze, halte den Daumen hoch und sage: »Allwes Wuper mit Haffsan!«

Herr Direktor Kaiser nimmt die winzige Brille von der krummen Nase und sieht mich an wie ein Tierarzt, der einem kranken Wellensittich gleich den Todesstoß versetzen muss.

»Wie dem auch sei, habe ich heute alle Zeit der Welt? Nein, das habe ich nicht. Habe ich heute keine anderen Termine? Doch, die habe ich. Also will ich nicht lange um den heißen Brei herumreden, es geht um Folgendes: Ich habe mir die Klausuren Ihrer neunten Klasse mal angesehen, und was meinen Sie, wie zufrieden ich mit diesen jenen war?«

»Die Klauwuren ...«, wiederhole ich leise und nicke in Zeitlupe, als sprächen wir über eine geheime Schatzkarte.

Die Klausuren der Neuner. Darum geht es also. Das beruhigt mich zunächst, weil ich mit etwas Fundamentalerem gerechnet hatte. Trotzdem möchte ich über diese Klausuren unter gar keinen Umständen sprechen. Ich frage mich auch, seit wann er sich die *alle* ansieht. Warum tut er das? Und warum hat er mich darüber nicht in Kenntnis gesetzt? Bisher hatte er immer die schlechteste, die beste und eine aus der Mitte durchgesehen, einen Haken druntergesetzt und fertig war die Kiste. Ich legte ihm immer die drei Arbeiten vor, bei denen ich wenig bis kaum geschummelt hatte, um den Notendurchschnitt zu heben, und alles war in Ordnung. Dass er jetzt jedes Heft gecheckt hat, macht mich nervös, da meine Korrekturen dafür nicht konzipiert sind. Meine Hände werden nass und ich muss sie an meiner Jeanshose abwischen. Dann klammere ich mich am massiven Holzschreibtisch fest, richte meinen Blick starr auf den goldenen Brieföffner, der unmittelbar vor mir unheilvoll funkelt, und beschäftige mich mit der Frage, wer heute überhaupt noch Briefe mit einem Brieföffner öffnet. Außer Herrn Direktor Kaiser. Durch die Jalousien dringen äußerst schmale Lichtstreifen in das weitläufige Büro, ansonsten ist alles dunkel. Wie in einem Verhörzimmer. Alle zehn Sekunden macht der Drucker in der Ecke des Raums ein ätzendes »Kriii« und ich merke, dass ich schon viel zu lange nichts gesagt habe. Ich frage, wie spät es ist, und Herr Direktor Kaiser fragt zurück, was das mit der Sache zu tun hat.

»Alwo, dwie Klauwuren waren jetftzt nicht nach Ihrem Geschmwack?«

»Hören Sie, Herr Dreher. Kann man nicht von einer verdammten Katastrophe sprechen, was da bei Ihnen abläuft? Erstens wäre diese jene Arbeit sogar zu leicht für eine durchschnittliche sechste Klasse, zweitens haben Sie nicht einmal die Hälfte der tatsächlichen Fehler der Schülerinnen und Schüler angestrichen, und drittens ist trotz erstens und zweitens der Notendurchschnitt völlig indiskutabel! Man muss sich nur überlegen, dass der Kevin Schippkowski eine der besten Arbeiten von allen geschrieben hat, und das ist eine Drei minus! Haben Sie vergessen, diese jene zu korrigieren? Musste ich das etwa für Sie übernehmen?«

Um Himmels willen, Kevins Arbeit! An die wollte ich nie wieder denken müssen. Kevins Arbeit, die Herr Direktor Kaiser da nämlich korrigiert hat, die wurde im Prinzip nicht von Kevin geschrieben, sondern von mir. Ich habe sein Gekritzel bestimmt vier Stunden lang durchforstet, mit einem ähnlich farbigen Kugelschreiber Kevins »Lösungen« verbessert und dann mit meinem Rotstift als richtig markiert, Tausende Fehler übersehen,

Punkte gegeben, wenn er gar nichts geschrieben hatte, weil ja dann auch nichts Falsches dabei war, und so viel gemacht und getan, wie ich nur konnte. Aber es hatte alles nichts geholfen. Erst die Erkenntnis: Mit Kevins Arbeit ist nichts anzufangen. Dann die Idee: Ich muss sie komplett neu schreiben, damit Herr Direktor Kaiser sie nicht als die Schlechteste in die Finger bekommt. Und das habe ich dann auch getan. Mit links, damit es nicht auffallen würde, wenn sie jemand aus Zufall doch noch irgendwie in die Hände bekommen sollte. In einem neuen Heft. Ich wollte Kevin dann später sein Original wiedergeben und dort die Drei minus drunter schreiben. Er würde die korrigierte Arbeit sowieso nicht noch einmal durchsehen und seine Eltern erst recht nicht, und alles wäre gut gewesen.

»Hm, Käwehns Arweit …«, flüstere ich und warte ab. Als nichts passiert, fixiere ich Herrn Direktor Kaiser und singe auf und ab »Käwehns Arweit, Käwehns Arweit …«, um zu erfahren, ob meine unkonventionelle Unterstützung aufgeflogen ist. Mein Gegenüber schweigt, was ich zunächst als gutes Zeichen interpretiere. Dann fragt er: »Haben Sie nichts dazu zu sagen?«

»Ja, gwut, wie Argwumentwe wiegen ja schwon auff Ihrwer Seiffe, wuss iff ja schwon zwugwewen.«

Eine Pause entsteht und ich weiß nicht, womit ich sie füllen soll. Ich greife nach dem goldenen Brieföffner und überlege, ob ich den Überraschungsmoment nutzen und ihn in die gefalteten Hände meines Direktors rammen könnte. Der Öffner fühlt sich kalt an und schwer, und als ich an ihm schnuppere, steigt mir der Geruch von Kleingeld in die Nase. Ich wiege ihn in der Hand, hebe und senke ihn wie eine Hantel und grinse den Direktor an, als wäre ich vollkommen übergeschnappt. In dem Augenblick flutscht er mir aus den schweißnassen Händen und landet mit einem lauten »Klong« auf dem Holzboden. Ich lächle gezwungen und beuge mich langsam vor. Der Stuhl knarrt, ich bücke mich unter den Schreibtisch, taste blind umher, finde den Öffner, stoße beim Hochkommen mit dem Kopf gegen das Holzbein des Tisches und lege das Unding anschließend neben den Miniaturminigolfpokal und das Modellmotorboot, die beide an der linken vorderen Ecke des Schreibtisches aufgereiht sind. Ich muss mich dafür wieder vom Stuhl erheben, der Schreibtisch ist größer als ein verdammter Billardtisch. Ich stelle den Brieföffner sanft zu den anderen Utensilien, lasse mich wieder zurückfallen und sehe hoch, in die winzige Brille und das auffordernde Augenpaar.

»Hm?«, fragt er.

»Hm?«, wiederhole ich.

Dann fällt es mir wieder ein.

»Achwso!«, fange ich an. »Ja, iff weiff jetfzt auch nifft so genau!«

»Herr Dreher, ich lege die Karten auf den Tisch, in Ordnung?«

»Wehr gerne, Herr Direktor …«

»Also, es geht nicht nur um die Klausuren …«, beginnt er und ich schlucke. »Haben Sie nicht bemerkt, dass ich Sie seit einiger Zeit beobachte? Sie genauer unter die Lupe nehme? Und was ist mir da wohl aufgefallen? Welche Erkenntnisse habe ich gewonnen? Ich werde es Ihnen sagen: keine guten.«

Ich schlucke wieder und unterdrücke dadurch meinen Brechreiz.

»Sie kommen fast jeden Tag zu spät, haben oft noch nicht einmal eine Tasche dabei und Sie wirken durchgehend lustlos, müde und unkonzentriert. Ich sehe Sie ständig am Kopierer, ohne dass Sie etwas kopieren, ständig am Diensttelefon, ohne dass Sie mit jemandem telefonieren, und ständig auf dem Flur, gegen die Wand gelehnt, den Blick verträumt ins Nichts gerichtet. Letzte Woche haben Sie mit dem Kopf im Nacken und mit offenem Mund im Lehrerzimmer geschlafen, während alle anderen Kollegen ihren Unterricht vorbereiteten. Und vor einigen Tagen habe ich beobachtet, wie Sie sich hinter der Turnhalle in der Hocke vor den Schülern versteckten, obwohl Sie Pausenaufsicht hatten!«

»Da hawe ich was gesucht!«, werfe ich entrüstet ein, wissend, dass es mir nicht weiterhilft.

»Wissen Sie, über all dieses jenes würde ich ja hinwegsehen, wenn Sie als Lehrer ein verdammtes Genie wären. Aber sind Sie das? Sind Sie ein verdammtes Genie?«

Ich will antworten, aber Herr Direktor Kaiser erledigt das für mich.

»Nein, das sind Sie nicht. Sie sind kein verdammtes Genie. Immer wieder beschweren sich die Kollegen über das Verhalten Ihrer Neuner bei mir, weil Sie bei Klagen angeblich immer nur sagen: ›Ja, das ist ja was ...‹, und sich einfach nichts ändert. Die Arbeiten Ihrer Schüler werden immer schlechter, zeigen im Vergleich mit allen anderen Klassen die erschütterndsten Ergebnisse. Um die Kooperation mit anderen Lehrern bemühen Sie sich nicht, einige konnten noch nicht einmal etwas mit Ihrem Namen anfangen, kannten Sie gar nicht, obwohl Sie hier seit fast einem Jahr unterrichten. Wenn ich dieses jenes, was Sie da machen, ›unterrichten‹ nennen darf ...«

Der Direktor nimmt seine Brille ab und reibt sich angestrengt die Augen.

»Hören Sie, Herr Dreher, ich habe lange überlegt. In

sechs Wochen sind die zentralen Lernstandserhebungen, das ist Ihre letzte Chance.«

»Leffzte Schwonggs?«, frage ich mit zittriger Stimme. »Wiewo leffzte Schwonggs?«

»Sie haben sechs Wochen. An den Ergebnissen der Lernstandserhebung sehe ich Ihre Klasse im Vergleich mit anderen Klassen dieser und anderer Schulen. Ihre Neunte war noch nie berauschend, aber zumindest war sie im unteren Mittelfeld. Nach allem, was ich von Ihnen bis jetzt gesehen habe, will ich zumindest sichergehen, dass sich das Niveau Ihrer Klasse nicht dramatisch verschlechtert hat. Sollte dieses jenes jedoch der Fall sein, dann war's das für Sie, haben Sie das verstanden?«

»Wie weinen Wie was?«, frage ich und der scheiß Drucker kriiiiet wieder.

»Sollte das Ergebnis der zentralen Lernstandserhebung nicht akzeptabel sein, dann werde ich verhindern, dass Sie verbeamtet werden. Sie werden an dieser jener Schule nicht weiter unterrichten, und sofern Sie nicht irgendwo ins Sauerland wollen, wird es mit einer Stelle als Lehrkraft schwierig. Ist es dieses jenes, was Sie wollen?«

»Wein …«, sage ich.

»Wein?«, wiederholt Herr Direktor Kaiser verunsichert.

»Nicht Wein, sondwern wein, iff sagtwe wein …«, flüstere ich. Zur Unterstützung schüttle ich energisch den Kopf. Direktor Kaiser sieht mich traurig an, so wie ein Tierarzt, der dem Wellensittich tatsächlich den Todesstoß versetzt hat.

»Es geht nicht anders, ich bin verantwortlich für diese jene Schüler, für diese jene Klasse, für diese jene Schule. Ich muss bis Ende des Schuljahres wissen, ob ich mich um neues Personal kümmern muss.«

»Neuwes Perwonal …«, wiederhole ich leise.

»Ich gebe Ihnen einen Rat …«, sagt Herr Direktor Kaiser. »*Reden* Sie. Reden Sie mit den anderen Lehrern. Holen Sie sich Ratschläge, Tipps, wie Sie die Schüler motivieren können, wie Sie methodisch vorgehen sollten. Und was ist mit Ihrem sozialen Umfeld? Ihren Freunden? Können die helfen? Haben Sie eine Freundin? Sagen Sie ihr, dass Sie ihre Hilfe brauchen, dass sie sich voll auf Sie konzentrieren soll. Schildern Sie ihnen Ihre Lage. Sie haben sechs Wochen Zeit, das ist nicht viel, umso mehr müssen Sie sich anstrengen. Ich werde die Lernstandserhebung Ihrer Klasse höchstpersönlich korrigieren. Geben Sie Gas.«

Tarek würde jetzt »Tschüüüsch« sagen. »Sechs Wochen nur Zeit? Tschüüüsch, was los mit dir, Herr Kaiser?!« Ein dickes »Abooo« wäre allerdings deutlich angemessener. Ich denke an Gibbels Durchfall und an Tines Topindingsbumsknollen. Das klappt doch nie. Wer oder was soll mir helfen? Mein Studium etwa, das mir einen Wissenszuwachs von etwas weniger als null beschert hat? Oder mein Methodenhandbuch, das generell eher als Ablage für Bierflaschen und Whiskygläser dient? Was bleibt denn unterm Strich noch? Mit den Kollegen zu sprechen? Mit wem denn? Herbert?

Ich bekomme eine Gänsehaut. Mein soziales Umfeld ist ein einziger Trümmerhaufen. Und die Moral, Motivation und Lernbereitschaft meiner Klasse kann ich doch nicht über Nacht mit einem Zauberlogarithmus zu exponentiellem Wachstum treiben. Aber auch nicht in sechs Wochen! Sollte ich es nicht schaffen, werde ich nicht verbeamtet? Das war doch mein oberstes Ziel! Der Masterplan! Wer will denn bitte ins Sauerland?

»Iff verwuche allwes dieses jenes, Herr Wirektor

Kaiwer, wirklich allwes dieses jenes! Iff will auf keinen Fall infs Wauerland!«

Herr Direktor Kaiser starrt mich an.

»Wohin?«, fragt er.

»Dieses jenes Wauerland!«, wiederhole ich, stehe auf, werfe die Hände in die Luft und rufe laut: »Jefzt gweht's looohoos!«

11

Ich bin wie Odysseus im Meere verlor'n.
Verflucht von Poseidon, getrieben von Zorn.
Mein Schiff nicht instand, so wie es mal war,
Poseidon erscheint und zerstört's ganz und gar.
Es nützt keine Wut und es nützt auch kein Fleh'n,
Ich seh es dir an, du wirst nie wieder geh'n.

»Jetzt geht's los ...«, wiederhole ich, als ich die Wohnungstür aufschließe. Natürlich war dieses jenes Gespräch mit Herrn Direktor Kaiser ein Tritt in die Weichteile und ich brauchte ein wenig Zeit, um es zu verarbeiten. Aber nachdem ich fast vier Stunden apathisch im Kopierraum auf den Blätterreserven und Tintenpatronen gesessen hatte und mir irgendwann in meinen Selbstgesprächen auffiel, dass ich mich wieder normal artikulieren kann, verbesserte sich meine Laune ein wenig. Eine letzte Chance ist immerhin noch eine Chance. Und als Borussia Dortmund im Champions-League-Viertelfinale 2013 gegen Malaga in der neunzigsten Minute noch 1:2 hinten lag, hatte auch niemand mehr daran geglaubt, dass sie das Spiel in den drei verbleibenden Minuten Nachspielzeit noch drehen würden. Trotzdem haben sie es geschafft. Und ich habe sogar noch deutlich mehr Zeit als drei Minuten. Nämlich sechs Wochen. Das ist doch schon mal was. Und Herr Direktor Kaiser hat recht, wenn ich wirklich Unterstützung brauche, dann bekomme ich die auch.

Von Herbert, meinen Freunden, von Tine. Da bin ich mir sicher.

Ich streife die vom Regen durchnässten Schuhe ab, ziehe die feuchte Jacke aus und watschle auf Socken ins Schlafzimmer. Jetzt geht's los. Jetzt geht's wirklich so richtig los. Aber, halt mal, was geht eigentlich los? Und vor allem, *wie*? Wie soll ich denn da genau *was* machen? Streng genommen sind sechs Wochen überhaupt nicht viel. Sechs Wochen sind vielmehr sehr wenig. Vor allem in Anbetracht der Leistungsfähigkeit meiner Schüler. Das Problem ist, dass in Lernstandserhebungen überprüft wird, was die Kinder über einen längeren Zeitraum gelernt haben. Das ist ein eklatanter Unterschied zu Klassenarbeiten, die sich auf die Themen der vorangegangenen Wochen beziehen. Gezielt Lernen kann man für die zentrale Lernstandserhebung auch nicht, denn ich weiß nicht, was da drankommt. Da müssten in einem langfristigen Prozess die Kompetenzen der Schüler entwickelt werden, wie soll ich da in sechs Wochen etwas bewirken, wenn ich das bisherige Schuljahr eher darauf geachtet habe, dass sich die Kinder während des Unterrichts nicht umbringen? Niemand tot, Stunde gut. Und jetzt soll ich auf einmal Kompetenzen aufbauen? Keiner von meinen Schülern könnte das Wort an die Tafel schreiben. Die würden alle durcheinander »Tschüüüsch« rufen. Kompetenzen? Buchstabieren? »Tschüüüsch, wallah, wie soll isch machen …« Kurzfristig ist da gar nichts zu ändern, das muss Herr Direktor Kaiser doch wissen. Aber interessiert ihn dieses jenes? Ich denke nicht. Außerdem geht es bei Lernstandserhebungen gar nicht um eine Bewertung im Sinne von Zensuren oder Ähnlichem. Im Grunde genommen sollen die Schüler lediglich eine Rückmeldung über ihre aktuelle, allgemeine Leistungsfähigkeit bekommen, was auf gut Deutsch heißt: Da wird sich keine Sau anstrengen. Ich muss auf jeden Fall schnellstens herausfinden, was in den letzten Jahren in Deutsch abgefragt wurde. Und dann muss ich schauen, was ich meinen Schülern in der verbleibenden Zeit noch eintrichtern kann. Fest steht jedoch, dass es eine zum Scheitern verurteilte Mission ist. Eine unmögliche Aufgabe. Selbst für einen richtig *guten* Lehrer. Und daran will Herr Direktor Kaiser messen, ob ich eine Verbeamtung verdient habe? Davon macht er abhängig, ob ich an seiner Schule bleiben darf? Eine Stelle hier in der Nähe habe? Was wäre denn die Alternative? Ein neues Studium zu beginnen? Eine Ausbildung? Hartz IV? Das Sauerland? Die gute Laune ist verflogen. Da ruft Tine aus der Küche: »Fabi? Bist du das?«, und ich schlage mir die Hand vor die Stirn. Meine Fresse, Tine, wie kann man denn eine so saublöde Frage stellen? Natürlich bin ich das. Wer denn sonst? Das ist unsere Wohnung, es hat niemand einen Schlüssel außer uns beiden. Also wer zum Teufel sollte es sonst sein?!

»Klar, Mäuschen!«, antworte ich.

Ich schüttele verständnislos den Kopf, werfe meinen nassen Pulli über den schon mit Klamotten überladenen Schreibtischstuhl, ziehe mir frische Socken an und setze mich aufs Bett. Der Lattenrost quietscht und ich sinke tief in die Matratze ein. Dann ist alles ruhig.

Herbert könnte etwas über die Aufgabenstellungen der letzten Jahre wissen, er unterrichtet schließlich Deutsch und kennt die Inhalte. Auch über die Form der Aufgaben müsste ich etwas in Erfahrung bringen. Multiple Choice? Oder offene Fragen? Hoffentlich keine offenen Fragen. Ich muss husten.

Tine hantiert in der Küche herum. Ich höre Töpfe

klappern, Schranktüren zuschlagen und den Wasserhahn rauschen. Bei dem ganzen Stress um meine ungewisse Zukunft habe ich gar nicht daran gedacht, etwas zu essen. Jetzt, mit dem Ansatz eines Plans – Herbert befragen –, meldet sich mein Magen und knurrt. Umso mehr freue ich mich darüber, dass Tine etwas kocht. Solange es keine Jambú-Blätter sind, ist es mir egal, was sie macht. Hauptsache Essen. Essbares. Ohne Krankenwagen. Während ich meine Schläfen massiere, frage ich mich, ob in Reis irgendwelche Tiere verarbeitet sind. Ich glaube nicht. Reis fände ich super. Mit Soße. Und Pilzen. Und Hühnchen. Ach nee …

Ich sehe mich um. Mein Blick fällt auf den Schranktürspiegel. Meine Frisur ist durch den Regen völlig zerstört. Da fällt mir auf, dass es komisch riecht, als hätte Tine länger nicht mehr geduscht. Der Geruch kommt mir auf jeden Fall bekannt vor und zieht aus der Küche ins Schlafzimmer. Ich streife mein Haar nach hinten. Die Kontaktlinsen brennen, ich reibe mir die Augen und blinzle. Neben mir höre ich ein kratzendes Geräusch und drehe den Kopf zur Seite. Dann stockt mir der Atem.

»Scheiße …«, flüstere ich, »ach – du – Scheiße …!«

Ich rutsche ruckartig auf dem Bett nach hinten.

»Tine?!«, rufe ich und ignoriere, wie verzweifelt ich mich anhöre. Meine Atmung wird schwerer und ich bekomme Panik. Tine reagiert nicht. Es ist still. Warum reagiert Tine nicht? Nur die Töpfe klappern. Ich wiederhole lauter: »Tine?!«

Der Wasserhahn rauscht. Ich schlucke laut, meine Kehle brennt.

»TINE?! Hilfe!«, schreie ich. »Was zum … Da ist …!«

Ich kann nichts mehr sagen. Die Worte bleiben mir im Hals stecken. Ich kann nicht fassen, was ich sehe. Ich blinzle, doch es ändert sich nichts. Auf meinem Kopfkissen sitzt eine fette Katze. Sie ist orange, hat ein Ohr heruntergeklappt und starrt mich unverhohlen an. Keiner rührt sich. Stille.

»TINÄ?«, schreie ich so laut ich kann. Rettung scheint nicht in Sicht, also überlege ich, ob ich irgendetwas tun sollte. Vielleicht hektische Bewegungen machen, um den Fettklops zu irritieren und ihn in die Flucht zu schlagen. Oder Kontakt aufnehmen, testen, ob er feindlich gestimmt ist. Lichtzeichen machen, Grimassen schneiden oder miauen. Ich verwerfe alle Ideen, hebe behutsam meinen rechten Arm und winke in Zeitlupe. Nichts passiert.

Scheiß Katze.

»TINE, VERDAMMT!«

»WAS IST DENN?!«

»JA, KOMMA!«

»Gleich …«

Ihre Lässigkeit ruft bei mir eine Mischung aus Bewunderung und Unverständnis hervor.

»Tine, jetzt mal ohne Scheiß. Komm sofort ins Schlafzimmer! Hier ist eine beschissene Katze auf meinem Bett. Beziehungsweise auf *unserem* Bett!«

Ich höre ihre Schritte und drehe ganz langsam meinen Kopf zur Tür, um das Tier nicht nervös zu machen. Man weiß ja nie. Ich mache große Augen, nicke nach rechts und unterstütze es mit einem »Mmhhmmh«.

»Was ist?«, fragt sie genervt.

Ich flüstere: »Daaahaaa. Da ist eine Katze in unserem Beeheeett!«

Tine rollt mit den Augen, schnalzt gleichzeitig mit der Zunge und kommt auf mich zu.

»Fabi, erstens ist das ein Kater, und zweitens ist das

Poseidon …«, stöhnt sie mit einem Tonfall, als versuche sie mir zum tausendsten Mal das Einmaleins beizubringen. Ungläubig folge ich ihr mit Blicken, während sie sich ans Kopfende des Bettes setzt und das fette Tier hochnimmt. Woher sie als frisch gebackene Veganerin eine solche Kraft nimmt, ist mir schleierhaft. Sie lässt Poseidon auf ihren Schoß plumpsen und beginnt ihn zu kraulen. Ich höre ein zufriedenes Schnurren. Dieser Mistsack von Kater macht sich über mich lustig. Jetzt ist Schluss!

»Tine, warum … was …?«

Scheiße. Was soll ich fragen? Die Situation ist so surreal, dass ich keinen klaren Gedanken fassen kann. Ich räuspere mich und beginne von Neuem.

»Tine, wieso … also …!«

Aber Tine hört mir gar nicht zu. Stattdessen krault sie den Dicken. Sie beugt sich zu ihm herunter und blubbert in Kindergartensprache: »Ja, ja, ja, ja, ja, ja! Ja, ja, ja, ja, ja, ja, ja!«

»Tine? Hallo?«

»Fabi«, erbarmt sie sich meiner, »du weißt doch noch, was ich dir von den hunderttausend streunenden Katzen in Mexiko erzählt habe, die ohne Futter und ohne Wasser auf der Straße herumgeistern? Niemand kümmert sich um sie!«

Sie hebt den Fleischberg hoch, lächelt ihn an und gibt ihm einen Eskimokuss.

»Ja, ja, ja, ja, ja, ja …!«

»Tine, jetzt hör auf mit dem Scheiß und sag mir, was hier los ist?!«

Tine dreht sich zu mir.

»Ich habe Poseidon gekauft«, sagt sie mit fester Stimme.

»Wie, du hast Poseidon gekauft?!«

»Ich – habe – Poseidon – gekauft.«

»Ja, Tine, ich hab schon verstanden, dass du Poseidon gekauft hast. Aber um Himmels willen! *Warum* hast du Poseidon gekauft?!«

Sie grinst dem Kater in sein fettes Gesicht. Seine Beinchen baumeln in der Luft und er lacht miauend.

»Weil er kein Zuhause hatte!«, sagt sie.

»Ja, Tine, das hat er noch immer nicht!«

Ihr Kopf schnellt zu mir und ihre Augen funkeln.

»Fabi, er war ganz alleine im Tierheim und ich lasse nicht zu, dass so ein süßes Ding in irgendeinem Käfig sitzt!«

Ich bin fassungslos. Mit Verständnis ist es jetzt aus.

»Tine, jetzt pass mal auf, du kannst doch nicht einfach einen beknackten Kater kaufen! Ohne mich zu fragen!«

Tine holt die Frage nach.

»Darf er bleiben?«

»Nein!«, sage ich wie aus der Pistole geschossen.

»Doch!«

»Nein!«

»Fabi!«

»Tine! Der Kater bleibt nicht hier! Der kratzt mir die Couch kaputt und außerdem bin ich Lehrer. Ich habe viel zu tun. Bin kaum zu Hause! Und vor allem passt es jetzt überhaupt nicht, das Gespräch mit Herrn Direktor Kaiser ...«

»Fabi, du bist *immer* zu Hause. Du hast jeden Tag höchstens bis halb zwei Schule, so lange kann Poseidon alleine bleiben.«

Sie grinst den Wollhaufen wieder an.

Ich bin sprachlos. Langsam, aber sicher nimmt das mit Tines Tierliebe fatale Züge an. Ich schüttle den Kopf,

Tine lässt Poseidon wieder in ihren Schoß fallen, er schmatzt vergnügt. Ich merke, dass mein Mund offen steht, und schließe ihn. Ein Tier in meinem Haushalt kann ich gerade genauso gut gebrauchen wie Genitalherpes. Was hat Herr Direktor Kaiser gesagt? »Sagen Sie Ihrer Freundin, dass sie sich voll auf *Sie* konzentrieren soll!« Super, fängt ja gut an.

»Tine. Das mit den Katzen in Mexiko kann ja sein. Aber ich bitte dich! Ich hab selten so einen fetten Kater gesehen! Der fällt locker durch dein Raster! Beziehungsweise bleibt drin stecken oder so, keine Ahnung. Jedenfalls sieht der nicht so aus, als würde er jeden Moment verhungern. Und ehrlich gesagt war das Gespräch heute mit Herrn Direktor Kaiser der reinste Horror. Danke, dass du fragst. Sollte die Lernstandserhebung meiner Neuner mies laufen, verliere ich meinen Job!«

Ich lasse die Worte wirken, mache eine dramatische Pause. Dann kommt der Schlussakkord: »Tja, was sagst du jetzt, hm?«

Tine und Poseidon sind ineinander vertieft, und erst als ich frage, ob mir überhaupt jemand zuhört, drehen sich ihre Köpfe zeitgleich in meine Richtung, wie beim Synchronschwimmen. Ausdruckslose Blicke. Kopfschütteln.

»Fabi, ich kann nicht glauben, dass du ihn einfach wieder ins Tierheim abschieben willst. Er fühlt sich so wohl hier, den ganzen Tag schon!«

Ich werde zunehmend rastloser. Tine versteht wohl den Ernst der Lage nicht. Mit einem Kater in der Wohnung kann ich mich doch gar nicht konzentrieren und meinen Unterricht vorbereiten. Aber genau das muss ich in den nächsten sechs Wochen tun. Besonders aktiv wirkt Poseidon zwar nicht, doch was kommt als Nächstes? Ein Tigergehege auf dem Balkon? Ich öffne den Mund, aber Tine redet weiter.

»Ich verstehe dich nicht. Lern ihn doch erst einmal kennen! Okay? Und dann sprechen wir noch mal!«

Sie nimmt den Kater, setzt ihn wieder auf mein Kissen, steht auf, gibt mir einen Kuss auf die Wange und verschwindet durch die Tür. Ich schaue ihr nach, dann durchbohre ich das Viech mit meinem Blick.

»Jetzt hör mal zu, du Fettsack!«, flüstere ich. »Das könnte dir so passen, dich hier in mein gemachtes Nest zu setzen, was? Miaust ein bisschen vor dich hin und schleimst dich schön bei Tine ein. Ich sag dir eins: Das wird nicht funktionieren, Freundchen! Mir klaust du nicht meinen Job!«

Poseidon rümpft arrogant das Näschen, dreht sich von mir weg, tänzelt ein paar Schritte auf meinem Kissen herum, lässt sich fallen wie ein Sack Kartoffeln und rollt sich ein. Ich bin beeindruckt. Gut gekontert. Ich springe auf und renne in die Küche.

»Tine, ich habe ihn kennengelernt und ich finde ihn scheiße!«

Der Geruch von verdorbenem Fisch steigt mir in die Nase. Tine dreht sich mit einem Schälchen in der Hand zu mir.

»Ich hoffe, du hast schon gegessen. Ich brauche nämlich beide Töpfe für Poseidons Fisch.«

Ich breche zusammen und halte mich am Kühlschrank fest. Das ist zu viel für mich. Dieser verschissene Kater will Krieg!

»Tine, ich fass es nicht, ehrlich. Du bist erst seit zwei Tagen hier und hast schon alles durcheinandergebracht! Das mit dem veganen Essen ist das eine, aber dann holst du auch noch einen beschissenen Kater in die Wohnung! Dabei habe ich gerade richtige Probleme bei der Arbeit! Aber das interessiert dich ja anscheinend herzlich wenig. Außerdem habe ich noch überhaupt nichts gegessen heute. Ich dachte, du kochst was. Für uns. Stattdessen machst du diesem Fleischberg da Essen. Und dann auch noch Fisch? Warum darf denn Monsieur Speck Fisch essen und ich nicht? Warum muss der nicht auch vegan leben, hä? *Eat veggies – not your friends?!* Ist wohl doch nicht so deine Bestimmung, wenn du für *den* Fische niedermetzelst, was?«

Bei dem Wort »Bestimmung« wippe ich mit dem Körper auf und ab. Tine und ich starren einander eine Zeit lang an.

»Gut, dann hol ich mir jetzt einen Döner. Ich wünsche dir inzwischen viel Spaß mit dem Fettsack!«

Ich drehe mich um, öffne die Wohnungstür und knalle sie anschließend extra laut hinter mir zu. Kurz darauf gellt Tines Gebrüll durchs Treppenhaus.

»ER HEISST POSEIDON!«

12

Dass Alkohol ein Arschloch ist,
Ist wahrlich keine Neuigkeit.
Er stürzet dich mit böser List
In Schmerzen, Kummer, Not und Leid.
Er macht, dass du dir sicher bist,
Freund Gibbel wär ein gut' Jurist,
Und auch du wärst sehr bewundert
Als bester Lehrer, dies Jahrhundert,
Unbesiegbar und begehrt,
Geliebt, gefeiert und verehrt.
Dann wachst du auf am nächsten Morgen,
Dir ist schlecht und du hast Sorgen,
Wandelst zwischen Tod und Leben,
Musst dich ständig übergeben,
Bis bei dir die Tränen fließen
Und du wirklich sicher bist:
Man sollte nicht Verträge schließen,
Wenn man sehr betrunken ist.

»Eine Katze? Bei dir jagt jetzt eine Katze durch die Wohnung?«

Gibbel sieht mich von der Seite an, pustet seinen warmen Atem in die kalten, leeren Gassen Wanne-Eickels und tippt sich mit der linken Hand an die Stirn. Er trägt seine blaue ausgefranste Kapuzenjacke, seine an den Knien eingerissene Lieblingsjeans und die alten Vans, mit denen er schon vor zehn Jahren in der Schule herumlief. Über seine Schulter hat er eine braune Umhängetasche geworfen, was ich an einem Männerabend ziemlich mädchenhaft finde.

»Erstens ist das ein Kater, und zweitens heißt er Poseidon …«, korrigiere ich ihn. »Drittens habe nicht *ich* ihn geholt, sondern Tine, und viertens jagt er auch nicht herum, sondern er *liegt.*«

Gibbel hört schon nicht mehr zu. Ich versuche ihm trotzdem begreiflich zu machen, dass diese Woche ein wahrer Albtraum für mich gewesen ist. Am Montag fing es mit Herrn Direktor Kaisers Forderung nach einem Gespräch an, am Dienstag setzte es sich mit Tines Rückkehr aus Mexiko und der damit verbundenen PETA-»Bestimmung« und dem Veganismus fort. Mittwoch folgte auf meinen Krankenhausaufenthalt die Gewissheit, dass eine tendenzielle Gefährdung meiner beruflichen Zukunft vorliegt, und als Krönung zog dann auch noch das Fellgebirge Poseidon bei mir ein, das seitdem durchgehend stört. Entweder schläft er in meinem Bett oder er frisst, wobei er in der gesamten Wohnung Essensreste verteilt. Außerdem reißt er das Klopapier von der Rolle, springt auf der Playstation herum, bis er mit seinen fetten Pfoten den Aus-Knopf trifft. Ausgeflippt bin ich, als er den halben Filz vom Wohnzimmertisch in seinen dicken Backen hatte. Tine meinte nur, ihr hätte das mit dem Filz sowieso nicht so gut gefallen, und ich flüchtete wieder zur Dönerbude. Zu allem Überfluss schminkt sich Tine auch nicht mehr und benutzt weder Nagellack oder Lippenstift noch Parfum. Sex hatten wir seit ihrer Rückkehr keinen. Gestern habe ich einen erneuten Versuch gestartet, aber den unterbrach sie mit der Ausführung darüber, dass die Kegelrobbe die nördliche Ostsee zwar wiederbesiedelt habe, man aber generell einfach mehr tun müsse. Ich stimmte ihr seufzend zu und drehte mich wieder auf die Seite. Mein *Pulp-Fiction*-Pop-Art haben wir inzwischen durch ein riesengroßes Poster vom WWF ersetzt, auf dem acht hässliche Schildkröten um die Wette glotzen. »Klar, Tine, häng auf, sieht bestimmt klasse aus!«, hatte ich gesagt. Und was passierte? Sie tat es *wirklich*. Dass Poseidon nicht Beifall klatschte, war ein Wunder.

»Ich persönlich finde Katzen ja kacke ...«, sagt Gibbel.

Ich wiederhole, dass Poseidon ein Kater ist, keine Katze, und dass er nur die Spitze des Eisbergs ist. Nicht nur privat, auch beruflich läuft es eher suboptimal. Erst vorgestern haben Seylep und Michelle im Chemie-Vertretungsunterricht die Tische bekritzelt und ich wurde daraufhin von unserer stellvertretenden Schulleiterin, Frau Thomas, dazu verdonnert, die Handschriften abzugleichen und den Fall aufzulösen. Ich ließ mir heute Vormittag von den betreffenden Schülerinnen eine schriftliche Hausaufgabe geben und hielt sie im Lehrerzimmer neben das Foto, das ich von der Co-Direktorin bekommen hatte. Es zeigte einen weißen Tisch, auf dem mit schwarzem Filzstift die Handynummer einer Schülerin aus der 9c stand, Gül Ceylan. Darunter: »ruft alle an!!! ich blase umsonst!!! auch whatsapp!!!« Der Handschriftenabgleich machte Seylep und Michelle eindeutig als Täterinnen aus und ich musste Klassenbucheinträge machen, die niemand lesen wird, Telefonate mit den Eltern führen, denen alles scheißegal war, und Tadel schreiben, die früher oder später im Mülleimer landen werden. Eine Menge verschwendeter Zeit, die ich viel besser für meine Unterrichtsvorbereitungen hätte nutzen können.

Mit den Händen in den Hosentaschen erhöhen Gibbel und ich das Tempo, unsere Schritte hallen durch die verlassenen Straßen, die von leeren Dönerbuden und geschlossenen Handyläden überflutet sind. Am Ende des Häuserblocks kann man bereits das Bitburger-Werbeschild ausmachen, das über dem *Friedlichen August* in Drei-Sekunden-Intervallen aufflackert, als wäre es eine Moskitofalle im Mittelmeerraum. Die angrenzenden Häuser sind zum größten Teil mit heruntergelassenen Rollladen verbarrikadiert. In den anderen bietet sich das immergleiche Bild: das Flimmern des Fernsehers.

Wir haben uns für diesen Freitagabend vorgenommen, uns so richtig volllaufen zu lassen und unsere Sorgen zu vergessen, einfach mal abzuschalten und Spaß zu haben. Das heißt, wir werden total mies drauf sein, ununterbrochen versuchen, über die eigenen Probleme zu sprechen und die Probleme des anderen herunterzuspielen. Das ist ein Wettstreit. Derjenige, bei dem die Scheiße am höchsten quillt, hat gewonnen und darf erzählen. Der andere muss zuhören. Es wird ein harter Kampf, immerhin hat Gibbel gestern wieder einen Stapel Bewerbungsabsagen in der Post gehabt und dementsprechend noch weniger Aussichten auf einen Job als die männliche Suppenschildkröte auf Geschlechtsverkehr. Mein Trumpf heißt Poseidon.

»Ich finde Katzen auch kacke ...«, sage ich, »und Poseidon ist dazu ein besonders ätzender Vertreter seiner Gattung.«

»Wer?«, nuschelt Gibbel in den Kragen seiner Jacke.

»Poseidon!«, wiederhole ich. »Der Kater, du erinnerst dich?«

»Ach so, ja.«

Gibbel nickt und macht ein Gesicht wie die für Tierversuche missbrauchten Orang-Utans auf unserem Desktop-Hintergrund, den Tine ausgesucht hat. Dann sagt er: »Na ja, wenigstens hast du jemanden, der da ist, wenn du nach Hause kommst. Ich habe ja niemanden …«

Eins zu null für Gibbel.

Der *Friedliche August* ist eine der letzten echten Kneipen in ganz Wanne-Eickel und hält sich seit meiner Kindheit mit seinem unkonventionellen Charme über Wasser. Beim Eintreten weht uns der vertraute Geruch von vertrocknetem Bier entgegen und von der Decke rieselt der bröselige Stuck, als die schwere Holztür hinter uns ins Schloss fällt. An den Wänden hängen Fan-Schals vom DSC Wanne, die vermutlich nur in einstelliger Stückzahl produziert wurden, als der Klub vor zehn Jahren eigentlich in die Oberliga hätte aufsteigen sollen, die Lizenz aber aus formalen Gründen nicht zugeteilt bekam. Ein paar Schals sind an die untere Hälfte der Wand getackert, die aus einem wilden Sortiment von Holzbrettern besteht. Alle anderen sind mit verrosteten Nägeln in den kalten Stein geschlagen, der die obere Hälfte der Wand ausmacht. Die Klientel ist wie immer sehr gemischt, da es in unmittelbarer Umgebung nicht allzu viele Alternativen gibt. Die meisten Gäste sind im Rentenalter und knobeln, es haben aber auch ein paar Jugendliche den Weg hierher gefunden. Sie hocken auf ihren winzigen Stühlen und schlürfen an ihren abgestandenen Bieren. Auf den Bänken rechts sitzt eine erhitzte Gemeinschaft Mittfünfziger, die leidenschaftlich über die alten Zeiten des Fußballgeschäfts debattiert, als jeder Spieler nur einen Pfennig gekostet hat. Ein Mitglied der Gruppe links vom Eingang, bestehend aus ansprechend gekleideten Männern unseres Alters mit dicken Ray Bans und Undercut-

Frisuren, verkündet, dass er sich in Zukunft tendenziell häufiger als bisher mit eigenständigeren Projekten beschäftigen möchte, was von den anderen am Tisch lautstark gutgeheißen wird. Im Hintergrund untermalt die *Spencer Davis Group* die Szenerie mit *Keep on Running*.

Der Kronleuchter über uns wackelt bedenklich und ich bin froh, dass Gibbel sich endlich zur massiven Holztheke vorkämpft, seine Jacke abstreift, sie über einen der kippelnden Barhocker wirft und stöhnend »Zwei Bier, zwei Sambuca« bestellt, als wären wir die letzten Versager. Ulla, die schon seit Jahrzehnten wortlos unsere Bestellungen mit Strichen auf Bierdeckeln quittiert, rammt ihren Bleistift in die jungfräuliche Pappe, knallt die Getränke vor uns hin und Gibbel starrt gedankenverloren auf die nicht vorhandene Schaumkrone. Der *Friedliche August* ist eine der wenigen Kneipen deutschlandweit, in denen das frisch gezapfte Bier schon schal serviert wird. Immerhin ein Alleinstellungsmerkmal.

»Fabi, ich hab echt nicht Jura studiert, um in einer Dreißig-Quadratmeter-Wohnung jeden Abend Playstation zu spielen und Müsli mit Wasser zu essen ...«

Gibbel sieht mich an und erinnert mich wieder an die Orang-Utans auf meinem Laptop. Dabei übertreibt er maßlos, wenn er mit dem finanziellen Aspekt anfängt. Klar, ohne Job hat man keine Millionen in der Hosentasche, aber wenigstens ist Gibbels Vater Zahnarzt und unterstützt ihn seit seiner Jugend mit allmonatlichen Raten. Milch für sein Müsli müsste er sich da gerade noch leisten können.

»Ach, Gibbel, das wird schon ...«, sage ich geistesabwesend und höre vom Tisch der Mittfünfziger, dass Erich Ribbeck objektiv betrachtet einer der schlechtesten Nationaltrainer aller Zeiten war. Ich versuche alle Nebengeräusche auszublenden und überlege fieberhaft, wie ich meine Probleme ins Gespräch bringen könnte. Gibbel hat zwar bestimmt keine Unterrichtstipps für mich, aber Herr Direktor Kaiser hat ja gemeint, ich soll *reden.* »Reden Sie!«, hat er gesagt.

»Hömma, Gibbel, bei mir …«

»Ja, Fabi, kannst du dir vorstellen, wie das ist? Ich weiß, ich kann das alles! Ich bin voller Tatendrang! Kennst du das?«

Er hat mich aus dem Konzept gebracht.

»Was meinst du jetzt mit Tatendrang?«, hake ich nach.

»Na, ich meine, ich würde am liebsten irgendeinen verknacken. Oder Verträge schließen, ermitteln, jemanden über seine Rechte aufklären oder …«

»Jaja, irgendwas Juristisches machen, ich versteh schon Gibbel …«

Mein bester Kumpel beginnt, sich in Rage zu reden. Er sagt, er hat für alle Fälle immer einen Laptop, sein BGB und Vordrucke für sämtliche juristische Schreiben dabei, alles in seiner Mädchenumhängetasche. Ich halte das ja für idiotisch, schließlich renne ich auch nicht mit einem Rotstift herum. Außerdem kann ich mir nicht vorstellen, dass jemals an einem stinknormalen Freitagabend in einer stinknormalen Kneipe im stinknormalen Wanne-Eickel ein Notfall eintritt, der ausschließlich durch einen unverzüglichen rechtlichen Beistand gelöst werden kann. Ich schweige in der unangenehmen Gewissheit, dass Gibbel den Wettkampf wohl fürs Erste gewonnen hat. Meine Probleme müssen noch warten und ich lasse meinen Blick durch die Kneipe schweifen. Das Gelächter vom Tisch mit den Ray Bans, die sich in Zukunft tendenziell häufiger als bisher mit eigenständigeren Projekten beschäftigen wollen, wird immer lauter, und ich fasse den Entschluss, nach der fünften bis sechsten Runde meinen Frust an ihnen auszulassen. Ich leere mein Bier, ein neuer Sambuca knallt auf den Tresen und ich nicke in Gibbels Richtung, als hätte ich ihm zugehört.

»Glaub mir, ich wäre ein toller Jurist ...«, sagt er und nippt an seinem Bier. Ich tippe mit meinen Fingern auf dem Tresen herum und warte, bis er seine Ausführungen beendet hat und wir endlich zu den wichtigen Dingen kommen können. *Meinen* Dingen.

Eine Stunde später ist mir kotzübel. Gibbel starrt seit einigen Minuten mit dem Kinn auf der Theke katatonisch auf sein Glas und brabbelt unverständliche Laute vor sich hin. Aus den Boxen dringt verhalten *Wild thing* in mein Ohr, ich singe flüsternd »You make ma heart sing« mit und schlage mehr oder weniger rhythmisch mit der Handfläche auf meinen rechten Oberschenkel. Als der Schlussakkord ertönt, wanke ich vom Barhocker und lalle Richtung Gibbel: »Mussmaklo ...« Der gibt mir mit einem lang gezogenen Knurren seinen Segen. Ich setze ein Bein vor das andere und konzentriere mich darauf, die Strecke ohne Zwischenfall zu bewältigen. Als ich die Klotür aufreiße, weht mir abgestandener Uringestank entgegen und mein Magen zieht sich zusammen. Ich unterdrücke den Brechreiz und torkle zur Pinkelrinne, in der die grünschimmeligen Klosteine weitaus ekelhafter aussehen als die gelben, angetrockneten Pfützen, die sich um sie herum gebildet haben. Die dreckigen Kacheln verschwimmen vor meinen Augen, als ich meine Stirn dagegen knallen lassen. Jemand stellt sich neben mich. Nur unter großen Mühen, alle Körperfunktionen darauf ausgerichtet, gerade stehen zu bleiben, drehe ich den Kopf. Meine Pupillen vergrößern sich, meine Nackenhaare stellen sich auf und der Raum wird vierdimensional. Ich sehe direkt in die Fratze von Valentin Frühling.

Bitte nicht!, schreit es in meinem Kopf. Bitte nicht Valentin Frühling. Von mir aus kann Herr Direktor Kaiser mit seinen weiß-schwarzen Schlangenlederschuhen neben mir stehen und mich mit rhetorischen Fragen löchern. Von mir aus kann Tarek auf meinen Penis starren und sagen: »Tschüüüsch, was für eine dicke Strahl von dir, Herr Dreher!« Von mir aus kann auch Poseidon angetapst kommen und arrogant lächeln oder Tine, die eine Kegelrobbe in den Armen hält und von mir verlangt, sie im Rhein-Herne-Kanal anzusiedeln. Alles, nur nicht Valentin Frühling, nicht dieser Lackaffe, den ich seit dem Kindergarten hasse, der mir mein Leben lang alles nachgemacht hat, nur immer etwas besser. Der in der Grundschule in meinem Freundeskreis herumerzählt hat, ich sei adoptiert worden. Der meiner ersten Freundin in der sechsten Klasse einen Brief geschrieben hat, in dem er von meiner angeblichen Impotenz berichtete. Der in seiner Rede beim Abiball Fotos von der Abschlussfahrt gezeigt hat, auf denen ich betrunken und mit einem Joint in der Hand an einem Kriegsdenkmal in Wien stehe und sexistische Posen mache. Vor Schreck lasse ich meine Stirn wieder gegen die Kachelwand fallen.

»Ey, Fabi, das gibt's ja nicht! HAHA! Wie lange haben wir uns nicht mehr gesehen! Krass, echt! HAHA! Was geht? Everything alright?«

Hau ab, du Penner, will ich schreien. Stattdessen nicke ich dezent in seine Richtung. Anschließend starre ich wieder nach vorne, um Ablehnung zu demonstrieren. Valentin fährt mit dem üblichen Small Talk fort.

»Du hier?« ... »Wie läuft's?« ... »Und sonst?«

Ich antworte mit einigen Grunzern, was Valentin in keinster Weise bremst. Er trägt eine schwarze Ray Ban mit breitem Rand, ein weißes Hemd, unter dem eine üppige Brustbehaarung zum Vorschein kommt, und hat seinen Oberkörper mit rot-grünen Hosenträgern befestigt. Hinter seinem linken Ohr steckt eine Zigarette. Sein blonder Undercut ist von vorne rechts bis nach hinten links gekämmt und einzelne Strähnchen fallen ihm immer wieder in die Stirn. Mit lässigen Handbewegungen streicht er sie zurück.

Was für ein Arschloch.

Ohne die Umstände rekonstruieren zu können, bin ich an den Tresen zurückgekehrt. Gibbel starrt unverändert auf sein Bierglas.

»Ey, Gibbel ...«, lalle ich entrüstet, »du glaubs nich, wer hier is!«

Gibbel knurrt nur und ich löse auf.

»Valentin Frühling ...!«

Ich fuchtle mit den Armen herum, als handle es sich um einen weltweit gesuchten Hass-Prediger oder um eine geile Finalistin von *Germany's Next Topmodel*. Gibbel reagiert nicht, also muss ich dramatisieren.

»Gibbel!« Ich nehme sein Gesicht in beide Hände, drehe es zu mir und quetsche die Backen zusammen. Dann schreie ich in seine Ferkelvisage: »Valentin Frühling!!!«

Die Köpfe der Mittfünfziger am großen Tisch drehen sich zu uns, nacheinander wie bei einer Horde Erdmännchen, bis einer anmerkt, dass Franz Beckenbauer wieder Nationaltrainer werden sollte, und damit erneuten Schwung in die Diskussion bringt.

»Wawa hasa«, sagt Gibbel. Speichel tropft aus seinem Mund auf meine Finger. Ich lasse ihn los und wische meine Hand an seinem Hemd ab.

»Wer?«, fragt er.

»Valentin Frühling ...«, wiederhole ich, mittlerweile weitaus weniger pathetisch.

»Na und?«, fragt er und pult mit dem Zeigefinger in seinem Ohr herum.

»Ja wie, na und? Das ist doch voll der Spacko!«

Gibbel erinnert sich: »Valentin hat immer beschissene Frisuren gehabt.« Ich antwortete, dass mir Valentin ab der fünften Klasse jede Frisur nachgemacht hat. Konsequent bis zum Abitur. Und dass er auch sonst alles getan hat, um mich schlecht aussehen zu lassen.

»Ein Mistsack ist das!«, beende ich meinen Kurzvortrag.

»Auf deine Frisuren ...«, seufzt Gibbel und wir leeren den nächsten Sambuca.

»Hat der nicht auch auf Lehramt studiert?«, nuschelt Gibbel und ich stoße auf, halte mir die Hand vor den Mund und trinke schnell einen Schluck Bier. Verdammte Scheiße. Gibbel hat recht. Valentin hat auch auf Lehramt studiert. Nicht wie ich in Bochum, sondern in Düsseldorf. Hat bestimmt direkt auf der Kö gewohnt, dieser Penner. Das Schlimme ist, dass er überhaupt nicht frustriert aussieht. Wenn ich mich im Barspiegel betrachte, mit den dicken Augenrändern, weil Poseidon mir den Schlaf raubt, und der roten Schnapsnase, weil Gibbel inzwischen eine Art Sambuca-Flatrate ausgehandelt hat, habe ich den phänotypischen Vergleich mit Valentin schon verloren. Und beruflich? Wie sieht es da aus? Das wäre das Schlimmste, wenn ich meinen Frust ersäufen muss und bei ihm läuft alles toll. Was, wenn er super zurechtkommt? Wenn er auf dem Gymnasium unterrichtet, im Kollegium bekannt und beliebt ist und schon mehrere innovative Ideen zur Weiterentwicklung der Schule eingebracht hat? Progressiver Unterricht. Metakognitive Ansätze vor Klassenarbeitsphasen. Anwendung kybernetisch-informationstheoretischer Lerntheorien. Keine Ahnung. All so was. Der Raum dreht sich in alle Richtungen und mir wird so schwindelig, dass ich mich an der Theke festhalten muss. Gibbel schnappt etwas vom Tisch der Mittfünfziger auf und lässt sich zu dem Kommentar hinreißen, dass Bastian Schweinsteiger mit Sicherheit *nicht* der beste deutsche Mittelfeldspieler aller Zeiten ist. Mechanisch antworte ich ihm, dass er die Klappe halten soll, weil er keine Ahnung von Fußball hat. Er starrt mich an und ich sehe die Äderchen in seinen Augen platzen.

»Ich wette um einen Kasten, dass ich eine bessere Aufstellung der besten Top-Nationalmannschaft aller Zeiten machen könnte als du!«, brüllt er.

Sein Zeigefinger kreist vor meinem Gesicht wie ein Pendel und ich schlage ihn weg.

»Ich steig ein!«

Mein Gleichgewichtssinn spielt Hula-Hoop mit mir und ich fälle die Barhocker mit einem Strike. Kurz bevor bei mir endgültig alle Lichter ausgehen, spüre ich eine warme Hand auf meiner Schulter.

Bitte nicht, ist mein letzter Gedanke.

13

»Also *der*«, sagt Ulla am nächsten Vormittag und deutet mit dem Zeigefinger auf Gibbel, als wäre sie bei einer polizeilichen Gegenüberstellung, »der hat dann auf seim Laptop rumgespielt und hinten beim Chef am Kopierer so Zettel ausgedruckt, auf denen ihr alle unterschrieben habt! Und dann hast *du* ...«, ihr Arm schwenkt von Gibbel zu mir, »... du hast dann drei Sambuca bestellt und wolltest, datt ich in dat Glas von diesen Valentin da spucken soll. Aber dat hab ich nich gemacht!«

Ulla hebt entschuldigend die Arme, schüttelt energisch den Kopf und wischt anschließend mit einem dreckigen gelben Lappen die noch dreckigere, klebrige Holztheke, als hätte sie nie etwas anderes getan.

Na klasse. Kurz nachdem Gibbel und ich voll bekleidet auf seinem Wohnzimmerboden aufgewacht sind und uns an praktisch nichts erinnern konnten, entdeckten wir den zusammengefalteten Zettel. Nachdem Gibbel ihn gelesen hatte, hörte er auf zu atmen und starrte mich mit seinen blutunterlaufenen Augen an. Ich riss ihm das Blatt aus der Hand und überflog die Zeilen. Dann packte ich ihn am Hemdkragen, zerrte ihn aus der Wohnung und wir rannten zurück zum *Friedlichen August*, um den gestrigen Abend so schnell wie möglich zu rekonstruieren. Was ich auf dem Blatt gelesen hatte, beunruhigte mich aufs Äußerste.

»Hiermit verpflichte ich, Valentin Frühling, mich für den Fall, dass die 9b des Freiherr-vom-Stein-Gymnasiums in Herne bei den zentralen Lernstandserhebungen in diesem Jahr eine niedrigere Gesamtpunktzahl erreicht als die Klasse 9a der Albert-Einstein-Gesamtschule in Wanne-Eickel, zur Übereignung meines Fahrzeuges, eines BMW Z3 mit dem Kennzeichen HER-VF-1401, an Herrn Fabian Dreher aus 44652 Wanne-Eickel.«
Darunter standen Valentins Personenangaben, das Datum und die Unterschriften von ihm, mir und sechs mir unbekannten Zeugen. Nur den Namen »Michael Gibbelonsky« erkannte ich wieder. Ich ließ den Zettel sinken und starrte Gibbel böse in seine verkaterten Augen. An sich war dieses Schreiben nicht besonders tragisch, ich hatte dabei ja nichts zu verlieren. Allerdings stellte Gibbel die Vermutung auf, dass Valentin einen ähnlichen Vertrag besitzen könnte, nur mit umgekehrten Erklärungen und dem Weisen Horst als Wetteinsatz.

Jetzt stehen wir schon seit fünf Minuten in der fast leeren Kneipe und ziehen Ulla die Einzelheiten aus der Nase.

»Na, und weiter?«, frage ich. »Wie viele Zettel waren das? Nur der eine? Oder zwei? Drei?«

»Ich weiß et doch nich ...«

Ulla seufzt.

»Et is mir auch egal ...«

»Na, super!«, sage ich und schlage auf die Theke.

»Super, Gibbel, echt!«

»Ja, wieso jetzt, Gibbel?!«, fragt er und starrt mich panisch an. »Ich hab doch nix gemacht!«

»Frach den Wolle, der sitzt da hinten!«, sagt Ulla und nickt mit ihrem bulligen Kopf in die hintere Ecke der Kneipe. Ich reiße Gibbel das Blatt aus der Hand und überfliege die Vornamen der Zeugen. Michael, Walter, Josef, Hans-Peter, Wolfgang. Wolfgang Hopf. Das könnte er sein. Ich lasse mir den Namen von Ulla mit einem müden Nicken bestätigen.

Wolles Gesicht kommt mir bekannt vor. Ich glaube, er hatte die Diskussion am Tisch der Mittfünfziger angezettelt, dass wir mit Lothar Matthäus als Libero die WM 2010 in Südafrika gewonnen hätten. Ich halte ihm den Zettel unter die Nase und frage wie ein Kommissar des Morddezernats, ob er dieses Blatt schon einmal gesehen hat. Er stellt sein Vormittagsbier ab, grinst, steht auf und umarmt mich. Kalter Schweiß dringt in meine Nase und ich muss aufstoßen.

»Kerl, Fabi! Wie geht et?«

Gibbel und ich wechseln fragende Blicke. Wolles kugelrundes Gesicht wird von einem Fünftagebart umrandet und seine prallen Tränensäcke hängen weit herunter, als hätte jemand kleine Gewichte an ihnen befestigt. Die kahlen Stellen auf seinem Kopf hat er mit dünnen, fettigen Haarsträhnen von reicheren Stellen überkämmt. Er trägt ein ausgewaschenes »S04-Uefa-Cup-Sieger-1997«-Shirt, das ich noch von gestern vage in Erinnerung habe, und hat so dreckige Fingernägel wie ein Bergarbeiter, der gerade von unter Tage gekommen ist. Wir erklären ihm, dass wir einen exorbitanten Filmriss haben. Uns ist bekannt, dass ein gewisser Valentin mir auf die Schulter getippt hat und wir noch zwei weitere Runden Bier und Sambuca getrunken haben. Von da an verschwindet alles im Nebel. Ich habe nur Bruchstücke …

Ich stehe an der Theke. Die Musik dröhnt in meinen Ohren, der Bass lässt alles in mir vibrieren, das Licht zappelt wild, der Raum dehnt sich aus und fällt wieder zusammen. Gesichter fliegen vorbei, ich werde gestoßen, ich stolpere. Gibbel grölt das Lied mit. Ich erkenne es. Es ist *Living next door to Alice* und ich stimme ein, schreie: »WHO THE FUCK IS ALICE?!« Dann reiße ich die Arme in die Luft und wippe mit dem ganzen Körper. Gibbel und ich lachen. Valentin nimmt mich in den Arm und ich erwidere: »Hau ab!« Er nickt: »Ja, geht echt ab …« Ich adressiere Gibbel mit »… lass mal Bier …« und Gibbel antwortet etwas in die Richtung von »… Sambuca …« oder »… super …«. Ich nicke und strecke den Daumen hoch. Valentin erzählt, er kommt auf dem Gymnasium total gut klar und ich schreie Gibbel hinterher: »Kein Sambuca!« Gibbel fragt: »Sambuca?« Ich schüttle den Kopf und flüstere: »… bloß kein Sambuca …« Ich vermute, Gibbel vermutet, ich hätte genickt. Jedenfalls kämpft er sich zur Theke vor, auch wenn er der Einzige ist, der etwas bestellen will. Ich stöhne: »Ich trinke auf keinen Fall noch einen Sambuca.« Valentin erzählt ungefragt weiter: Er habe schon viele innovative Ideen umgesetzt, er ziehe ab und an mit dem Direktor seiner Schule um die Häuser und er habe eine neue Freundin, die ganz kranke Sachen im Bett machen würde. Ich reiße mich los, knalle mit dem Schienbein gegen einen Barhocker und schreie »WHO THE FUCK IS POSEIDON!« in den Raum. Dann kommt Gibbel mit drei Sambuca und wir stoßen mit Valentin an.

»Du meinst Valli?«, fragt Wolle und holt mich in die Gegenwart zurück.

»Ja, Valli«, antworte ich, »und jetzt wissen wir nicht mehr so genau, was wir getan haben. Ulla meinte, du hättest vielleicht eine Ahnung, immerhin hast du hier ja auch als Zeuge unterschrieben …«

Ich tippe auf den vermeintlichen Vertrag, den Gibbel

in der Hand hält. Wolle gluckst vor Freude in sich hinein, schüttelt den Kopf und nippt an seinem Bier.

»Scheiße!«, fängt er an zu lachen. »Eure Karren habt ihr verwettet! Fabi, du hass dem Valli gesacht, du bisn viel bessrer Lehrer als wie er! Und Valli sachte, dann könnt ihr ja wetten. Und du sachtest, du hättest sowieso schon eine Wette mit Gibbel am Laufen, wegen 'ner Aufstellung der Nationalmannschaft, oder so, und auf eine mehr oder weniger kommt's nicht an, haste gesagt! Und Gibbel, du wolltest dann einen Vertrach machen, der irgendwie rechtlich anerkannt is oder so wat!«

Ganz langsam drehe ich den Kopf zu Gibbel und bohre meinen Blick in ihn. Auf seiner Stirn bilden sich Schweißtropfen.

»Ausgerechnet den Weisen Horst«, hustet er, als befinde er sich an dessen Sterbebett, und ich wiederhole es leise, als kniete ich neben meinem Freund Gibbel.

Wolle bestätigt, dass Valentin den zweiten Vertrag besitzt, der bis auf den Übereignungsgegenstand identisch sei. Valentin habe sich anschließend wieder seinen Freunden angeschlossen, bei denen es sich offenbar um die Typen handelt, die sich in Zukunft tendenziell häufiger als bisher mit eigenständigeren Projekten beschäftigen möchten.

»Das ist doch nicht zu fassen ...«, stöhne ich und lasse mich auf den Stuhl fallen.

Gibbel dreht und wendet das Schreiben in alle möglichen Richtungen, als hoffte er, in einer kleinen Ecke die entscheidende Formulierung zu finden, die den Vertrag ungültig machen würde. Kurz darauf plumpst auch er auf einen Stuhl. Wolle erzählt, dass er gestern einen Riesenspaß mit uns hatte. Ich lasse die Stirn auf den Tisch knallen, schlage die Hände über dem Kopf zusammen und nuschle: »Das kommt von deinem scheiß Tatendrang, Gibbel …«

Zurück in Gibbels Wohnung gehen wir sofort in die Offensive. Wir genehmigen uns ein großes Glas Leitungswasser mit Aspirin und kontaktieren Valentin über Facebook. Ob er gestern auch gut nach Hause gekommen ist und – das Entscheidende – ob er den Vertrag noch hat. Gibbel blättert wild in seinem BGB und kommt zu der Erkenntnis, dass er am gestrigen Abend vorbildlich gearbeitet hat. Demnach haben wir nämlich keinen Wettvertrag abgeschlossen, der nach § 762 BGB nicht rechtskräftig wäre, sondern eine Übereignungserklärung unterzeichnet. *Wenn* dieses und jenes eintritt, *dann* bekommst du mein Auto. Gibbel ist der Ansicht, er habe für einen berufsunerfahrenen und volltrunkenen Juristen ganze Arbeit geleistet. Ich boxe ihm gegen die Schulter. »Was zum Teufel hat das zu bedeuten?«

»Na ja, Valentin ist im Besitz einer rechtsgültigen, von dir und sechs Zeugen unterschriebenen Erklärung.«

Ich brauche mehr Details. Also warte ich. Gibbel redet weiter.

»Also, unterm Strich heißt das Ganze: Wenn deine Klasse bei der Lernstandserhebung schlechter abschneidet als seine …«, er hustet, macht eine kurze Pause und spricht gebrochen weiter: »Na ja, also, dann gehört der Weise Horst … im Prinzip *ihm*.« Gibbel schlägt das BGB zu und sieht mich an.

»Am besten, wir trinken nie wieder Sambuca …«

14

Ich male einen großen Penis an den Rand meines gezeichneten Spielfeldes und deute mit dünnen Linien Sackhaare an. In Gedanken schweife ich zurück zu dem Tag in Gibbels Wohnung. Mit brennenden Augen und pochenden Kopfschmerzen war ich durchdrungen von der Angst um Beruf, Beziehung und Auto. Da fühlt man sich selbst mit Kopfschmerzen auf einem Elternsprechtag noch so, als wäre man auf einem dieser endlos langen Kreuzfahrtschiffe, mit Basketballplatz am Heck, riesengroßen Pools in der Main Area, massenhaft Piña Coladas und einer 24/7-Bar … Damals hingegen war ich der Hauptdarsteller in einem Kabinett des Grauens: eine überzeugte Veganerin und Tierschützerin als Freundin, ein fetter und nerviger Kater als Haustier und ein resoluter, meine berufliche Zukunft gefährdender Direktor in Kombination mit einer lustlosen, gelangweilten und vollkommen überforderten Klasse. Dazu gesellte sich ein Kumpel, der sich als unerwartet gründlicher Anwalt erwies, und ein damit verbundener rechtsgültiger Vertrag mit meinem Erzfeind Valentin Frühling, der die Übereignung meines geliebten Autos zum Gegenstand hatte.

»Objektiv betrachtet die absolute Arschkarte …«, flüstere ich gedankenverloren.

»Wie bitte?!«

Die Dolmetscherin, die wie eine Vertreterin von

Amnesty International neben Tareks Eltern sitzt, sieht mich fragend an und ich blicke fragend zu Tareks Eltern, die ihre Köpfe fragend zur Dolmetscherin drehen. Eine kurze Pause entsteht.

»Sorry, jetzt war ich in Gedanken …«, entschuldige ich mich und schüttle den Kopf. Die Übersetzung ins Türkische dauert ein paar Sekunden. Dann wird es Tareks Vater zu viel und er ergreift die Initiative. Er ruckelt mit seinem Stuhl vor und zieht die Augenbrauen zusammen.

»Tarek in Deutsch gut?«

Ich massiere mein linkes Ohrläppchen und wäge meine Antwort ab. Was ist eigentlich der Superlativ von »scheiße«?

»Nee …, Tarek in Deutsch nix gut«, sage ich dann. »Tarek in Deutsch ganz schlecht.«

Der Vater ist verwirrt, die Dolmetscherin übersetzt.

»Also, objektiv betrachtet!«, ergänze ich.

Ich lehne mich vor, ziehe mein Blatt wieder näher zu mir und schreibe Paul Breitner neben Jürgen Kohler, Lothar Matthäus und Philipp Lahm in die Verteidigung. Ursprünglich wollte ich statt Paul Breitner Franz Beckenbauer nehmen, hätte ich ihn nicht bereits als Trainer eingesetzt. Doppelt geht nicht. Dazu habe ich Lothar Matthäus als weiteren Innenverteidiger gewählt, obwohl er im zentralen Mittelfeld groß geworden ist. Allerdings kennt er sich auf der Verteidigerposition genauso gut aus und dort brauche ich noch einen starken Mann. Zudem benötige ich über die Außen schnelle Spieler mit Offensivdrang. Neben Philipp Lahm ist Paul Breitner eine gute Wahl. Er war mit seiner damaligen Bob-Marley-Gedächtnisfrisur auch optisch ein echter Hingucker, war Welt- und Europameister und hat mehr als zweihundertfünfzig Bundesligaspiele auf seinem Konto. Mit Schwarzenbeck, Sammer, Vogts und Augenthaler hätte man zwar noch weitere Alternativen zur Verfügung, aber dann müsste man wiederum auf einen Jürgen Kohler verzichten, was ich nicht möchte. Seine Rettungsaktion im Champions-League-Halbfinale 1997 zwischen Borussia Dortmund und Manchester United, bei der er mal eben den Schlappen in den Torschuss von Eric Cantona gestreckt hat, ist eindeutig zu legendär und macht eine Nominierung geradezu zwingend. Lahm, Kohler, Matthäus, Breitner. Das ist in Ordnung. Das dürfte gegen Gibbel reichen.

»Herr und Frau Günoglu sagen, dass Tarek Türke ist und in Deutsch nicht genauso behandelt werden darf wie ein deutscher Junge.«

Ich ziehe einen Strich über die Abwehrkette, um meine Überlegungen auf das Mittelfeld zu konzentrieren. Hier wird allein schon die Entscheidung schwierig, ob man eine offensive Variante mit vier Mittelfeldspielern und zwei Stürmern wählt oder ob man lieber mit einem kompakten Fünfer-Mittelfeld arbeitet und nur einen Spieler im Angriff aufstellt, der gezielte Nadelstiche setzen kann. Ich hebe den Kopf.

»Tarek wurde in Deutschland geboren, er hat einen deutschen Pass und ist damit für mich Deutscher«, erkläre ich. »Außerdem differenziere ich sowieso nicht nach der Nationalität meiner Schüler. Sollte ich Defizite bei dem ein oder anderen erkennen, dann versuche ich natürlich, gezielt zu fördern. Aber das orientiert sich bei mir nach der Leistung und nicht nach der Staatsangehörigkeit.« Die Übersetzung der Dolmetscherin verschafft mir ein wenig Luft und ich schreibe als ersten Namen »Netzer« auf die rechte Außenbahn. Das mit der Aufstellung wird doch schwieriger als gedacht. Man muss nämlich immer abwägen, inwieweit ein Spieler aus den Siebziger-, Achtziger- oder Neunzigerjahren mit den heutigen Spielern zu vergleichen ist. Ein Özil, ein Götze und ein Müller sind eventuell dynamischere und trickreichere Fußballer als die Overaths, Hölzenbeins und Littbarskis der vergangenen Jahrzehnte. Allerdings darf man solche Spieler nicht außerhalb ihres Kontextes bewerten, subjektiv betrachten und zeitübergreifende Vergleiche anstellen. Der Wert eines Andreas Brehme, der durch das entscheidende Tor im Finale der WM 1990 Großes geleistet hat, übersteigt beispielsweise objektiv betrachtet den zwar technisch deutlich versierteren, doch in der Fußballgeschichte bisher noch wirkungsloseren, aufgrund seiner Verletzung nicht als Weltmeister in die Geschichte eingegangenen Marco Reus und ist für die Zusammenstellung der besten Nationalmannschaft aller Zeiten womöglich von größerer Bedeutung. Andererseits darf man nicht vergessen, dass Spieler wie Götze und Reus ein enormes Potenzial haben und noch längst nicht an ihrer Leistungsgrenze angelangt sind. Wenn man bedenkt, dass uns Götze trotz seines jungen Alters bereits zum Weltmeister geschossen hat, wird es noch komplizierter. Die Frage ist somit, ob man die noch zu erwartenden mit den bereits abgelieferten Erfolgen auf eine Stufe stellen kann. Götze ist durch sein Tor für meine gesamte Generation ein Held, keine Frage, aber gehört er deswegen in die beste Elf aller Zeiten? Würde mein Papa zu demselben Schluss kommen?

Die Dolmetscherin fragt, wo bei Tarek *im Einzelnen* die Schwächen liegen, und ich würde am liebsten antworten: »Überall.« Stattdessen rattere ich die halbe Anforderungsliste der sechsten Klasse herunter, obwohl Tarek bereits in die Zehnte kommt. In Gedanken schweife ich dabei wieder zu dem Tag nach dem Kneipenabend und der Auto-Wette ab.

Ich hatte den gesamten Samstag mit Schlafen und Kotzen verbracht. Noch nie ist es mir so schlecht gegangen und noch nie hatte ich an einem Tag unter *zwei* brutalen Katern gleichzeitig zu leiden. Mein lautes Würgen störte Poseidon offensichtlich bei seinem Ganztagsschlaf, woraufhin er anfing, mich zu quälen. Er lächelte mir jedes Mal süffisant ins Gesicht, wenn ich in den Atempausen meinen Kopf aus der Kloschüssel hob. Ich nahm sein höhnisches Grinsen nur verschwommen wahr, so als wäre ich unter Wasser, weil mir vor Anstrengung die Tränen aus den Augen quollen. Sein arrogantes, abfälliges Miauen hörte ich als dumpfen Backgroundsound zwischen meinen Würgeattacken. Ich schmeckte Blut.

Das war der Punkt, an dem ich die Handbremse zog. Jetzt reicht's. Bis hierhin und nicht weiter. Ich kann doch nicht tatenlos zusehen, wie ich meinen Job, mein Auto und meine Freundin verliere! Ich beschimpfte Poseidon und übergab mich ein letztes Mal. Es musste sich etwas ändern. Und das so schnell wie möglich. Ganz dringend. Jetzt gleich. Ich ballte die Faust, schlurfte mit pochendem Kopfschmerz ins Schlafzimmer, schloss die Tür ab, legte mich stöhnend in mein Bett und verschob kurzerhand die geplante Änderung meines Lebens von »jetzt gleich« auf »gleich morgen«.

15

Du musst in' sauren Apfel beißen,
Wir schaffen es, sie rauszureißen!
Klabusterbällchen groß und klein
Werden bald verschwunden sein!

Ich sitze in Sebis Zimmer, halb verschluckt von seiner gallertartigen Sofapolsterung und umnebelt von lavendelduftenden Ölen und zarten asiatischen Klängen. Sebi macht sich seit einiger Zeit Notizen. Mit seinen übereinandergeschlagenen Beinen, seinem rapide zurückgehenden Haaransatz und der bis auf die Nasenspitze heruntergerutschten randlosen Brille sieht er aus wie Mitte, Ende vierzig. Ich studiere seine verstaubte Stecktabelle und suche das Dortmund-Wappen, da stöhnt Sebi auf, reibt sich mit Daumen und Zeigefinger über die gerunzelte Stirn und schüttelt den Kopf, als wäre ich aber mal der allerschlimmste Fall, den er als Psychologe je zu therapieren hatte. Dabei bin ich gerade mal der erste.

Nach dem Kneipendesaster am Freitagabend und der gestrigen Kotzorgie wollte ich meine Probleme so schnell wie möglich zu lösen beginnen. Leider ist heute Sonntag und ich kann mir weder bei Herbert Insiderwissen über die Lernstandserhebung verschaffen noch meine Schüler auf die Prüfungen vorbereiten. Die einzige Möglichkeit, umgehend an meinem Fall zu arbeiten, ist die Zusammenarbeit mit Sebi und die Teilhabe an seinen Kenntnissen über die menschliche Psyche. Er war sofort bereit zu helfen, als ich ihn heute Morgen anrief und über alles aufklärte, was in den letzten Tagen passiert war. Er meinte, es täte ihm gut, endlich praktisch in die Materie eintauchen zu dürfen. Ich sagte, dass ich mich auf den Weg zu ihm mache, und legte auf. Dann ging ich in die Küche, um noch schnell eine Tasse Kakao zu trinken, die Tine mir allerdings beim Ansetzen aus der Hand riss und auf den Boden schmetterte, als handelte es sich um einen kurz vor der Explosion stehenden Silvesterknaller.

»Wenn du wüsstest, wie das Existenzrecht dieser Kühe auf ihre Milchproduktion reduziert wird, dann würdest du bestimmt keinen Kakao mehr trinken!«

Ich stöhnte ein »Bor …«, schüttelte den Kopf, stieg über die kaputte Tasse und fuhr ohne ein weiteres Wort zu Sebi.

»Also, pass auf, Fabi …«, sagt er, und um zu demonstrieren, wie sehr ich aufpasse, versuche ich meinen Oberkörper nach vorne zu verlagern, was nicht sonderlich gut funktioniert.

»Ich würde gerne auf Gibbels Durchfallgeschichte zurückkommen.«

Ich ziehe die Augenbrauen zusammen und pule mit der Zunge in meinem linken unteren Backenzahn herum. Dabei überlege ich, ob Sebi das tatsächlich ernst meinen kann.

»Weißt du noch, was Gibbel genau gesagt hat, wegen seiner Klabusterbällchen?«

»Keine Ahnung«, sage ich, ohne zu überlegen.

»Also, ich kann es nicht wortgetreu wiedergeben. Er sagte so etwas wie: Wenn man die Scheiße erst einmal gebaut hat, dann muss man mit den Konsequenzen leben und es ist verdammt mühsam und schmerzhaft, all die Klabusterbällchen nacheinander herauszuziehen!«

Sebi lässt den Satz in den Raum gleiten, lehnt sich in seinem knarzenden Stuhl zurück und sieht mich an, als hätte er mir gerade die Formel für unendliches Leben verraten. Als er merkt, dass ich noch immer nicht verstehe, wird er präziser.

»Das ist metaphorisch gemeint, Fabi …«, sagt er.

Ich antworte, dass ich das schon verstanden hätte. Trotzdem wäre ich mir nicht sicher, worauf er hinauswollte.

»Also, wenn *Gibbel* die Scheiße gebaut hat und beim Chinesen fettig gegessen hat, dann hast *du* die Scheiße gebaut und deinen Job vernachlässigt, deine Freundin nach Mexiko gehen lassen und mit besoffenem Kopf den Weisen Horst verwettet.«

Ich nicke.

»Ja, und nun hast du die Klabusterbällchen in den Arschhaaren stecken. Im übertragenen Sinne. Und diese Klabusterbällchen musst du nun nacheinander herausziehen, bevor sie alles verstopfen und von innen zur Explosion führen.«

Sebis konsequentes Verharren in der Klabusterbällchen-Metaphorik beeindruckt mich und unter enormer Anstrengung schiebe ich mich mit beiden Armen aus meiner Polsterumhüllung, lehne mich vor und höre zu.

»Die Klabusterbällchen ›Valentin Frühling‹ und ›Autowette‹, vor allem aber ›Tines Veganismus‹, ›Tines Tierschutzbestimmung‹, deine ›Sexlosigkeit‹ und ›Poseidon‹ müssen erst noch warten.«

Sebi greift nach weißen Karteikarten und schreibt auf jede ein bestimmtes Problem, das ich gerade mit mir herumtrage.

»Die wichtigsten, entscheidenden Klabusterbällchen, um die du dich schnellstens kümmern musst, sind die ›Leistungsschwäche‹, die ›Motivationslosigkeit‹ und die ›Disziplinlosigkeit‹ deiner Schüler. Ganz oben steht natürlich die ›zentrale Lernstandserhebung‹. Wenn du dieses Problem entfernst, dann fallen automatisch die ›Gefährdung deiner Lehrerkarriere‹ und der ›Verlust des Weisen Horst‹ mit ab. Das Klabusterbällchen ›zentrale Lernstandserhebung‹ hat folglich höchste Priorität. Dir muss es gelingen, alles andere auszublenden.«

»Alles andere ausblenden …«, wiederhole ich und denke an die Tasse Kakao von heute Morgen. »Müsste ich hinbekommen.«

»Gut, denn wenn du es schaffst, dass deine Schüler die Lernstandserhebung gut absolvieren, dann wirst du deinen Job behalten, du wirst verbeamtet, du hast gute Chancen, den Weisen Horst nicht abgeben zu müssen, und kannst dich anschließend in Ruhe darum kümmern, Tine zu normalisieren. Die Lernstandserhebung ist der Nukleus.«

Sebi hebt die Hände und formt mit ihnen eine tennisballgroße Kugel in der Luft. Ich nicke, damit er die Hände wieder fallen lässt.

»All diese Klabusterbällchen, ob klein, ob groß, ob hart, ob weich, haften an dir, es wird schwierig, mühsam, schmerzhaft, sie herauszuziehen. Vielleicht reißt du ungewollt ein paar Haare mit heraus, das heißt, deine ›Freizeit‹, wichtige ›Fußballspiele‹, ›Alkohol‹, ›Sex‹ und so weiter, allerdings wachsen diese Haare nach. Das musst du in Kauf nehmen. Wenn du dich darauf einlässt, dann packst du das!«

Sebi ordnet die Dutzenden Karteikarten auf dem Tisch, verteilt und verschiebt sie, als spiele er gegen sich selbst eine Runde Schach. Als er fertig ist, klappt er seinen Block zu, hakt den Kuli an seine Hemdtasche und verschränkt die Arme. Ich überblicke die Stichpunktkarten auf dem Tisch, forme mit meinen Händen einen großen Tennisball und blicke fragend zu Sebi.

»Nukleus ...«, wiederholt er.

Wir heften die Karteikarten an seine Pinnwand, betrachten und analysieren ein weiteres Mal meine Situation und setzen uns wieder auf die Couch. Den restlichen Abend unterhalten wir uns beim FIFA-Spielen über konkrete Handlungsmöglichkeiten. Zwei Stunden in der Woche Psychologie-Unterricht und Motivationstraining bei Sebi, zusätzlich die Lektüre von Didaktik-Lehrbüchern bei mir zu Hause. Das Methodenhandbuch wird nicht mehr als Bierflaschenunterlage benutzt und alles Nützliche, was noch in irgendwelchen Ordnern, Heftern und Allzweckblöcken herumfliegt, will gesammelt, archiviert und angeeignet werden. Um mir eine Grundlage zu schaffen, sollte ich allerdings als Erstes an verschiedenen Vorlesungen der Ruhr-Universität Bochum zum Thema »Didaktische Theorien« teilnehmen, die ich während der Studienzeit innerlich boykottiert hatte. Dieses Mal müsste ich aufpassen, mitschreiben und lernen, so Sebi. Ich nicke, dribble seine halbe Abwehr aus, mache eine Schussfinte und lupfe den Ball elegant über den Keeper hinweg ins Tor. Dann balle ich die Faust und lache ihn aus. Auch wenn er mir eine große Hilfe ist, bei FIFA geht es um die Ehre.

16

Wie man an der Uni sieht,
Sind wir hier im Ruhrgebiet.

Alles grau und keine Farben,
Überall wird rumgegraben,
Der Boden fällt in sich zusammen,
Woher denn wohl die Schrammen stammen?
Der Putz, der bröckelt von den Mauern,
Lange kann es nicht mehr dauern,
Bis hier alles Schicht für Schicht,
Ganz und gar zusammenbricht.

Und dann erscheint am Horizont
Eine gelb bemalt' Gebäudefront.
Es sind Klötze aus Zement,
Wie man sie aus Filmen kennt.

Sie bohr'n sich aus dem kalten Stein,
Stehen leblos, starr, in Reih und Glied,
Damit es wirklich jeder sieht:
Das soll dann wohl ein Hafen sein.

»Verzehr von Speisen und Getränken in den Hörsälen verboten«, lese ich in fetten Lettern auf dem zerkratzten Blechschild links über der Tafel und beiße in meine Banane. Sie schmeckt nicht besonders gut. Sie ist von außen braun und von innen viel zu weich. Aber das ist mir jetzt egal. Hier geht es um Wichtigeres. Ich klappe mit einem dumpfen »Pfomp« das Tischchen nach vorne und ziehe mit der freien Hand den Block aus meinem Rucksack. Das hätte ich schon vor einer Viertelstunde tun sollen, allerdings war ich mit der Banane beschäftigt, deren Innereien sich selbst bei den vorsichtigsten Schälversuchen aus allen erdenklichen Öffnungen quetschten, als würde man auf einer durchlöcherten Zahnpastatube herumdrücken. Die Dozentin hat es sich in der Zwischenzeit in einem monotonen Redeschwall bequem gemacht, der mich an die Durchsagen in der Bahn erinnert.

»Sehr vehrte bahngste, fgrund teschner prleme vspät sich dezug mzwanzg Minutn, viedankfür ihr Vständnis.«

Ohne Pause und ohne einen *einzigen* Blick ins Publikum. In unregelmäßigen Abständen fingert sie sich an der Nasenspitze herum. Ich nehme meinen Kugelschreiber, klappe den Block auf und eröffne wie früher meine Teilnahme an einer Vorlesung, indem ich gekonnt einen formvollendeten Scheißhaufen auf mein Blatt zeichne. Dann recke ich mich zufrieden. Es ist fast so, als wäre ich nie fort gewesen.

Es hat sich an der Uni Bochum auch nicht viel verändert, seit ich vor ein paar Jahren im stickigen Büro der Universitätsverwaltung mein Master-Zeugnis aus der Hand der traditionell genervten Angestellten gerissen habe. Während der sieben Jahre meines Studiums hatte ich in diesem Büro nie jemanden lächeln gesehen. Kein einziges Mal. So auch heute, als ich nach einem Vorlesungsplan fragte.

»Gucken Se doch im Internet, Herr Gott!«, wurde ich nach fünfundvierzig Minuten Wartezeit angekeift. Sie dürfe gerne einfach nur »Gott« sagen, ohne »Herr«, konterte ich und lächelte. Sie nicht. Alle Angestellten ließen wie auf Zuruf simultan ihre Stifte fallen, zogen ihre Brillen auf ihre Nasenspitzen und sahen mich mit diesem Gesichtsausdruck an, der sagt: »Wir sind hier in der Universitätsverwaltung, Herr Gott. Hier wird nicht gelächelt. Niemals nicht.«

Der Campus ist sich treu geblieben. An meinem ersten Studientag erläuterte uns der Rektor in seiner Willkommensrede, die Universität sei wie ein Hafen konzipiert. Sie sei der Hafen im Meer des Wissens.

»Die Gebäude symbolisieren Schiffe, die an diesem Hafen angelegt haben. Im Zentrum steht das Audimax, dessen Dach an eine Muschel erinnert. Und ab heute dürfen Sie als Erstsemester Teil des Ganzen sein!«

Zwei Studierende hatten applaudiert, einer gehustet und der Rest kollektiv die Augenbrauen zusammengezogen. Denn wir hatten den Campus ja bereits gesehen. Das mit dem Hafen und den Schiffen klingt natürlich im ersten Moment total super, aber in Wirklichkeit wirkt dieser Ort in all seiner Trostlosigkeit und Monotonie eher wie eine Industriebrache. Daran hat sich nichts geändert.

Die Farben beschränken sich nach wie vor auf alle Schattierungen eines lebensbejahenden Grau, der Himmel über der Universität ist dauerbedeckt und das einsame Bäumchen am Rande des Geländes hat ebenfalls jede Hoffnung fahren lassen. Die Klötze aus Zement verteilen sich unregelmäßig über das Areal, von den einförmigen Verwaltungsgebäuden rieselt die Verschalung und der Boden ist ein Meer aus eingefallenen Steinplatten, in denen man auf ewig versinkt, wenn man für einen kurzen Moment unachtsam ist und einen falschen Schritt macht.

Überquert man den Campus und geht über die Treppen, sieht man gleich die Hörsäle der Geisteswissenschaften. Sie sind mit Graffiti vollgesprüht und mit Postern zugekleistert, die Werbung für Partys machen, die längst gefeiert worden sind. Das bisschen Sauerstoff im Inneren ist parfümiert mit dem Geruch von Nasi-Goreng-Resten in den Pappschachteln, die aus der Cafeteria mitgenommen und hier vergessen wurden. Die Kaugummis haben sich zu einem eigenständigen Bodenbelag zusammengetan und an jedem zweiten Klapptisch ist mindestens eines der Scharniere abgebrochen. Außerdem versteht man in der hinteren Hälfte der Sitzreihen kein Wort mehr von der Dozentin, weil das Mikrofon nicht funktioniert und sich alle Studenten unterhalten. Ich sitze in der letzten Reihe der vorderen Hälfte.

Rechts von mir ertönt der Windows-Start-Jingle und ich sehe, wie die Studentin am Nebenplatz hektisch mit ihren langen Plastikfingernägeln auf die Tastatur einkratzt, bis schließlich das Lautlos-Zeichen auf dem Bildschirm erscheint und sie erleichtert ausatmet. Zwischen Faszination und vollkommener Teilnahmslosigkeit starre ich sie an, bis sich ihr schmaler Kopf zu mir dreht und sie mich ansieht, als hätte sie mich beim Onanieren erwischt. Mit einer ruckartigen Bewegung wende ich mich wieder nach vorn, fixiere das Blechschild und hoffe, dass sie mich nicht anspricht.

»Über diese Tatsache hinaus muss die Fachdidaktik unter immer wieder neu zu überdenkendem Rückbezug auf die Erfahrungen in der Unterrichtspraxis in kritisch-konstruktiver Weise weiterentwickelt werden, wobei gezielte empirische Unterrichtsforschung sowie ein möglichst enger Kontakt mit den …«

Ein Student mit roter Baseballkappe und schrägen

Koteletten in der Reihe vor mir erinnert mich an Ben, da er den Vortrag der Dozentin mit einem lauten »Langweilig!« unterbricht. Die Rednerin schüttelt sich, reibt an ihrer Nase und spricht anschließend weiter, als wäre nichts geschehen. Ich schiebe mir das nächste Stück Banane in den Mund.

Nach ein paar Sekunden Wachschlaf entscheide ich mich, doch noch einmal konzentriert zuzuhören, damit dieser Ausflug in die Vergangenheit nicht vollkommen nutzlos ist. Ich falte die Hände, lege sie auf die Tischplatte und setze mich etwas bequemer hin. Der Sitz quietscht. Die Dozentin kratzt sich an der Nase und sagt: »... zur Kritik der seinem Unterricht zugrunde gelegten fachdidaktischen Konzeption, sofern diese sich unter den gegebenen Bedingungen als unrealisierbar erweist.«

»Unrealisierbar«, wiederhole ich leise und die Welt um mich herum beginnt zu wanken. Die Konturen werden undeutlicher, das Bild verschwimmt und kleine Sterne tanzen unmittelbar vor mir auf und ab. Ich fliege durch den Saal, taumle zu den Seiten und rase auf einen Tunnel zu, bis alles schwarz wird. Unrealisierbar. Das Wort erscheint in hellen, bunten Buchstaben vor meinen Augen, dreht und wendet sich, bläht sich auf und explodiert. In vielen kleinen Schnipselchen rieselt es durch das Schwarz wie Schneeflocken. Die Fetzen schweben herab und landen lautlos zu meinen Füßen. Ein Windstoß wirbelt sie durch den endlosen Raum und sie flattern wild im Nichts umher, bis Tarek erscheint und sie wieder zum ursprünglichen Wort zusammenzufügen versucht.

»Tschüüüsch, uneralisierbar, was das denn?!«, fragt er.

Ich sage ihm, dass er die Klappe halten soll, dass ich mir nur seinetwegen seit über drei Stunden Vorlesungen über didaktische Theorien und Konzepte anhöre, die ja durchaus einleuchten und ganz vernünftig klingen, aber bei ihm und den anderen bildungsresistenten Pflegefällen in seiner Klasse nicht helfen, nicht anwendbar sind. Unrealisierbar sind. Ich sage, dass mir das alles für die Praxis nicht weiterhilft, weil die Theorie solche Störvariablen wie ihn nicht explizit berücksichtigt, verdammte Scheiße noch mal!

»Tschüüüsch!«, sagt Tarek erneut.

»Hör auf, das ständig zu sagen!«, schreie ich und es herrscht absolute Stille im Hörsaal. Sogar die Dozentin hat ihren Monolog unterbrochen und das Einzige, was man hört, ist das Kratzen ihrer Fingernägel auf dem Nasenrücken. Ansonsten steht die Welt drei Sekunden lang still. Dann drehen sich alle Köpfe aus den unteren Reihen in Zeitlupe zu mir um und sehen mich an, als wäre ich ein Fall für die angehenden Psychotherapeuten, die im Hörsaal nebenan sitzen. Ich suche Hilfe bei meiner neuen Freundin neben mir, die allerdings wieder ihr »Beim Onanieren erwischt«-Gesicht aufgesetzt hat.

»Mit wem sprechen Sie?«, fragt die Dozentin vorsichtig.

»Das war nicht sehr klug …«, flüstert meine Nachbarin.

»Meinste echt?«, flüstere ich zurück und sehe, dass sie tatsächlich über meine Frage nachdenkt. Dann pule ich in meinem Ohr herum und drehe mich kurz entschlossen nach hinten um, damit die Dozentin denkt, dass nicht ich, sondern jemand *über mir* Verursacher der Störung war. Aber auch dort treffe ich nur auf anklagende Augenpaare. Nachdem ich mich davon überzeugt habe, dass mein Ablenkungsversuch gescheitert ist, drehe ich mich wieder zurück und seufze. Die Studentin neben mir flüstert: »Ja, mein ich …« Ich bin fassungslos.

»Das war eine rhetorische Frage!«, sage ich zu meiner Sitznachbarin.

Bedächtig tippt sie mit ihren French-Nails auf der Oberlippe herum und zieht angestrengt die Augenbrauen zusammen, als hätte ich sie gefragt, wie viele weibliche Exemplare der Schwarzen Suppenschildkröte sich in den letzten Jahren durch Mexiko gepimpert haben.

»›Wenige‹ wäre richtig gewesen«, löse ich auf und quadriere dadurch ihre Irritation. Zufrieden mit meiner Belehrung drehe ich mich wieder zur Dozentin und gebe ihr mit einer arrogant-kreisenden Handbewegung zu verstehen, dass sie doch bitte fortfahren möge. Schließlich bin ich bereits Lehrer und weiß über den ganzen Quatsch sowieso viel besser Bescheid. Das sage ich zum Glück nicht laut. Ein kurzer Blick nach rechts.

»Viiiiiiel besser!«, wiederhole ich jetzt doch laut für meine neue Freundin.

Die rutscht panisch einen Sitz weiter, ohne mich aus den Augen zu lassen. Ich habe mich kaum noch unter Kontrolle bei Sebis scheiß Idee, mir nach der Schule noch unrealisierbare Theorien in öden Uni-Vorlesungen reinzupauken, obwohl ich nur noch ein paar Wochen bis zur Lernstandserhebung habe. Der erste Anlauf ist grandios gescheitert, einen Tag habe ich verschenkt, Poseidon wird sich ins Tätzchen lachen.

»Ich kann den ganzen Scheiß viiiiiel besser, weil ich Lehrer bin. Ja, genau, Lehrer. Das ist der Beruf, den du nie ausüben wirst, obwohl du das studierst, weil du einfach viel zu blöd bist, auf rhetorische Fragen antwortest und French-Nails hast!«

»Die sind echt!«, sagt meine Sitzgefangene trotzig und schiebt sich ein Stückchen Schokolade in den Mund.

»Ja, klar, hättest du wohl gern!«

»Hallo? Was ist denn da oben los?«, fragt die Dozentin und blinzelt in meine Richtung.

»Weitermachen, Herrgott noch mal!«, befehle ich genervt und wende mich wieder an die Studentin.

»Weißt du, was passiert, wenn du mit deinem Pudergesicht, den Hotpants und den Stöckelschühchen in meine Klasse kommst?«

Sie sagt: »Nö, was denn?«, und ich erkläre ihr, dass das verdammt noch mal *erneut* eine rhetorische Frage war, und auf die antwortet man nicht!

»Du wirst von den Schülern verarscht. Von vorne bis hinten. Die Jungs verarschen dich, weil du aussiehst wie ein Flittchen, und die Mädchen, weil du ...«

»Was ist denn da oben loohoos?«, wiederholt die Dozentin verzweifelt und reibt sich die Nase.

»Meine Fresse, jetzt lesen Sie doch weiter Ihren Kram ab!«

Ihr fällt die Kinnlade herunter.

»Du wirst verarscht«, fahre ich leiser fort, »weil du kein Stück Autorität hast. Außerdem siehst du aus, als würdest du auf Lehramt studieren, weil dir nichts Besseres einfällt. Erst mal eine Runde studieren, was? Schön auf Lehramt, das machen alle, passt schon. Nach dem Motto?!«

Bevor die Studentin vollkommen verstört zusammenbricht, wechsle ich das Thema und doziere, dass in den Hörsälen Speisen und Getränke verboten sind. Dabei deute ich zuerst auf das Blechschild und anschließend auf das zusammengeknüllte Schokoladenpapier auf ihrem Tisch. Die Dozentin mischt sich erneut mit zittriger

Stimme ein und sagt, dass wir auch rausgehen können, wenn uns das alles nicht interessiert.

Noch immer auf das Schokoladenpapier deutend, rufe ich: »Ich mein ja nur!«, klappe meinen Block zu und stopfe mir den Rest der Banane in den Mund.

17

Wollt ihr außerhalb der Stadt,
Eure Haare schneiden lassen,
Müsst ihr zücken Stift und Blatt
Und im Unterricht aufpassen.

»Das war eine absolut beschissene Idee, Sebi! Absolut beschissen!«

Sebi bittet mich, hereinzukommen und mich zu beruhigen.

»Hereinkommen, ja, beruhigen, nein!«, antworte ich und trete mit meinen Schuhen auf die Fußmatte ein.

»Mich in eine Vorlesung von einer neurotischen Dozentin zu setzen, die sich alle zwanzig Sekunden an ihrer Nase reibt, als wäre es Aladins Wunderlampe, die nur über Theoriekonzepte quatscht, die überhaupt gar nicht in der Praxis anwendbar sind und absolut nichts mit Pädagogik zu tun haben! Absolut beschissene Idee!«

»Fabi, du verwendest eindeutig zu oft das Wort ›absolut‹. Genau das ist dein Problem! Du musst aus diesem Schwarz-Weiß-Denken heraus, du darfst nicht immer alles vollkommen negativ sehen, man lernt von allem, auch von verwaschenen Theoriekonzepten! Nichts ist absolut!«

Ich antworte auf Sebis Anflug philosophischer Weisheit mit einem »Fick dich!«. Dann stecke ich den Kopf ins Wohnzimmer, huste: »Hallo, Claudia, hallo, Heinz«, und folge Sebi schnell die Treppe hoch, bevor seine Eltern mir ein Gespräch aufzwingen können.

»Und dann war da noch so eine total bescheuerte Studentin, die hat mich aber mal vom Allerfeinsten wahnsinnig gemacht. Waren wir früher auch so doof oder ist das Niveau an den Universitäten in den letzten zwei Jahren rapide bergab gegangen?«

Die Treppenstufen knarzen bei jedem Schritt, meine Schuhe unterstützen es mit einem satten »Poff«. Sebi erzeugt dagegen mit seinen Plüschhausschuhen keine Geräusche. Dafür fordert er mich auf, dass ich mich beruhigen soll.

An den Wänden hängen alte Kinderfotos von ihm.

»Du warst früher ganz schön fett, kann das sein?«

Sebi wiederholt das mit dem Beruhigen und fügt hinzu, er habe noch andere, bessere Vorschläge.

»Andere, bessere Vorschläge ...«, murmle ich und reibe an meiner Stirn. Ich sitze im Klassenraum und starre auf meinen Zettel mit den Mitschriften von der Sitzung mit Sebi zum Thema »Motivationsstrategien«. Vorsichtshalber hatte ich Sebis Informationen zu Hause in eigenen Worten kurz und prägnant zusammengefasst, um in den Wirren des Unterrichtsgeschehens möglichst schnell handeln zu können. Ganz oben steht:

»Tipp I: Albert Bandura → Modelllernen: So tun, als würde dich das Thema selbst interessieren.«

Nach Sebi Friedemann und dem Psychologen Albert Bandura fungiert die Lehrkraft als Vorbild, als Modell, dessen Verhalten von den Beobachtern, das heißt den Schülern, registriert, verarbeitet und nachgeahmt wird.

»Wenn du nicht motiviert bist, dann kannst du auch niemand anderes motivieren«, sagte Sebi in dem identischen Tonfall, in dem Pfarrer Harfner früher in den Messen immer das Evangelium vorgelesen hatte. Auch mein Verhalten passte sich dem an. Ich nickte und tat, als würde ich es glauben. In Wirklichkeit dachte ich natürlich, dass ich der Letzte bin, den Tarek und Co. für nachahmungswürdig erachten. Deutlich abgeschlagen und weit hinter allen Rappern, Fußballprofis und Laiendarstellern der Doku-Soaps auf *RTL2*.

Neben meinen Mitschriften liegt das Blatt mit dem Insiderwissen über die Inhalte der Lernstandserhebung, die ich vorhin von Herbert bekommen habe. Wir saßen in seinem VW-Bus, er rauchte und hustete ein paarmal »Kack Schulordnung …«, bevor er anfing zu erzählen. Ich lese als ersten Punkt »Wortarten bestimmen, Satzglieder bestimmen, Lesekompetenz fördern« und denke: Super. Nichts leichter als das. Den Schülern demonstrieren, wie voll total motiviert ich bin, irgendwelche Sätze zu analysieren? Das klappt. Todsicheres Ding. Die werden alle aus dem Häuschen sein. »Tschüüüsch, Sätze analysieren? Voll cool, Herr Dreher, isch schwöre!« Ich sehe Mehmet schon nervös sein Handy hervorkramen, um die gesamte Stunde auf Video aufzunehmen, damit er sie sich zu Hause in Dauerschleife ansehen kann. Wie Tudor aufgrund seiner Vorfreude immer fester auf seine Oberschenkel eintrommelt, Michelle vor lauter Motivation ihr Tattoo vom Hintern blättert und Phil so schnell mit seinen Schultern zuckt, dass er abhebt. Alle sind gebannt und lernwillig, strahlen mich mit großen, wissbegierigen Augen an und geben ihr Verständnis durch »Ahhhs« und ihre Faszination durch »Ohhhs« unmittelbar nach meinen Ausführungen zum Ausdruck, wie Frauen bei einem Feuerwerk. Das wär's doch!

Ich bin extra fünf Minuten früher im Klassenraum

und lege meine Arbeitsblätter und Notizen zurecht, als Tarek, Mehmet, Süleyman und Phil hechelnd und mit dreckigen Hosen, zerwühlten Haaren und blutenden Nasen hereinstürzen.

»Abooo, Herr Dreher, isch schwör, war Schlägerei gewesen auf Schulhof, voll die Chabos aus 8a, aber die bluten noch mehr, wallah.«

Tarek und Phil klatschen ab, Süleyman reibt sich die Hose sauber. Ich überlege, ob ich Tarek seinen Satz direkt an die Tafel schreiben lassen soll, damit wir ihn später gemeinsam mit der Klasse analysieren können. Ich verwerfe die Idee und reiche den Jungs Taschentücher.

»Leute, was hab ich euch über Gewalt gesagt?«

»Nur wenn sein muss, Herr Dreher!«, sagt Süleyman.

»Ja, und?«

»Ja, musste, musste!«, quaken alle durcheinander und nicken sich zu. Ich massiere mir die Schläfen und räuspere mich.

»Okay ... also, macht euch keine Sorgen. Ich kümmere mich schon um alles wegen des Streits. Jetzt setzt euch erst einmal hin, wir machen heute was Cooles.«

Verwirrt starren sich die vier an und gehen zu ihren Plätzen.

»Cool? Cool?«, flüstern sie sich zu und Phil zuckt mit den Schultern.

Jetzt mit ihnen zu meckern wäre kontraproduktiv in Sachen Motivationsförderung, auch wenn ich gerade nichts weniger gebrauchen kann als den Klassenlehrer der 8a, Herrn Mahnke, der mit seinem eisigen Wesen und seinen kalten Augen in meinen Unterricht schneit und mir vorwirft, ich hätte meine Klasse nicht im Griff. Sollte das passieren, schnappe ich mir sein Monokel und werfe es gegen die Tafel. Aber alles zu seiner Zeit. Jetzt lautet die Devise, motivierenden Unterricht zu gestalten. Die Schüler zu fesseln. Ich bin optimistisch. Ich habe ein gutes Gefühl. Es wird funktionieren. Da bin ich sicher. Es kann nicht schiefgehen.

Zwanzig Minuten später liege ich zusammengekauert auf meinem Pult und summe. Tudor habe ich bereits zum Abreagieren auf den Schulhof geschickt, fünf Runden laufen. Mehmet habe ich sein Handy abgenommen (»iPhone, wallah«) und Süleyman mit Verdacht auf Gehirnerschütterung ins Sekretariat geschickt, nachdem er unter tosendem Gelächter seiner Mitschüler in den Mülleimer gekotzt hatte. Tarek hat sich bereits viermal gemeldet und gefragt, wann es denn nun endlich »cool« werden würde. Der Satz »Der Hase geht spazieren« steht noch immer unbearbeitet an der Tafel und es dauert nicht mehr lange, bis ich Jennifer den kleinen Taschenspiegel aus der Hand schlage, in dem sie sich beim Schminken betrachtet, obwohl sie bereits aussieht wie eine der Hauptdarstellerinnen aus dem Cirkus Roncalli. Große, wissbegierige Augen? Fehlanzeige.

»So, kommt schon, Leute, wo ist das Prädikat? Das Verb? *Tunwort*? Kann doch nicht so schwer sein …«

Ich richte mich auf, schaue auf das Blatt mit Sebis Tipps und werfe zur Sicherheit noch schnell einen Kommentar der Eigenmotivation ein.

»Also, ich find das interessant.«

Kevin meldet sich und ich nehme ihn dran.

»Dem!«, antwortet er.

Meine Augenbrauen ziehen sich in Zeitlupe zusammen, bis sie oberhalb meines Nasenrückens kollidieren.

»Hä, wo steht in dem Satz denn das Wort ›dem‹?«, frage ich und drehe mich zurück zur Tafel.

»Ja, du hast nach Verb gefragt!«, erwidert Kevin entrüstet.

»Ja, aber in dem Satz hier an der Tafel. Außerdem ist ›dem‹ auch kein Verb?!«

Kevin reibt sich das Kinn und versenkt sich wieder in sein Heft. Mir fällt ein, dass Sebis »Tipp XI« aus dem Bereich »Kommunikation« vorsieht, dass man bei einer Schülerantwort nie sagen soll, sie sei falsch, um nicht demotivierend zu agieren. Ich lese von meinen Mitschriften ab.

»Ehhm, Kevin, erst einmal danke für deine Antwort, aber sei mir nicht böse, ich würde vielleicht eher eine andere Lösung vorschlagen.«

Ein gerauntes »Hmm« zeigt mir seine Akzeptanz. Ich gebe die Frage zurück in die Klasse und warte. Nach einigen Sekunden meldet sich Sercan.

»Der Robert wackelt immer mit seine Stuhl, Herr Dreher. Der Geräusch nervt mir voll!«

»Quengel nicht, lös die scheiß Aufgabe!«, will ich schreien. Stattdessen sage ich: »Ja, der Robert hört jetzt auf damit, nicht wahr?«

Robert überlegt einen überraschten Augenblick lang und nickt dann. Würde er jetzt noch aufhören zu kippeln, hätte meine Intervention hervorragend geklappt. Da die potenziellen Wortmeldungen nun ausgeschöpft sind, verrate ich das Prädikat des Satzes. Es folgen leere Blicke. Sekunden verstreichen.

»Und das is jetzt cool, oder was?«, fragt Tarek in den Raum. Robert muss lachen, sodass er in hohem Bogen seine Milch ausspuckt. Entnervt nehme ich Elmin dran, der den Satz fehlerfrei analysiert und die Wortarten bestimmt. Vielleicht sollte ich in der Lernstandserhebung einfach alle neben Elmin setzen, der Klasse mit Augenbinde den Rücken zuwenden und so laut Musik über meine Kopfhörer hören, dass auch der letzte Depp checkt, dass er doch bitte abschreiben soll. Allerdings bin ich fest davon überzeugt, dass meine Schüler mit zwei, drei anderen Klassen in einem Raum schreiben werden, wahrscheinlich sogar in der Aula, und dass Herr Direktor Kaiser mich da bestimmt nicht allein Aufsicht führen lässt. Sonst würde ich natürlich einfach die Aufgaben stellvertretend für alle lösen und alles wäre gut. Das weiß Herr Direktor Kaiser ärgerlicherweise genauso gut wie ich. Während ich den Satz an der Tafel wegwische, betritt Marcel den Klassenraum, heute mit zwanzig Minuten Verspätung.

»Sorry ...«, murmelt er und fällt kraftlos auf seinen Stuhl.

»So, nächster Satz ...«, stöhne ich und schreibe: »Die Lernstandserhebung muss gut werden«, um die Schüler auf ganz subtile Weise zu manipulieren. Auf meinem Zettel ist dieser Aspekt unter »Punkt VIII« aufgeführt. Sebi hatte mir erzählt, dass in einem Experiment in den USA zwei Gruppen von Probanden ein Film gezeigt wurde. In der Version der einen Gruppe wurden für Sekundenbruchteile Bildsequenzen von Lebensmitteln und appetitlich aussehenden Gerichten dazwischen geschnitten, ohne dass die Versuchspersonen dies bewusst wahrnahmen. Nach dem Film wies diese Gruppe eine statistisch signifikant höhere Wahrscheinlichkeit auf, sich etwas zu essen zu bestellen, als die Kontrollgruppe. »Der Mensch ist ganz einfach und unterschwellig zu manipulieren!«, hatte mir Sebi mit auf den Weg gegeben. Bei meinen Schülern darf es aber nicht *zu* unterschwellig sein, sonst bekommt es niemand mit. Ich entscheide mich also für die radikalere, explizit stattfindende Variante, bei der die Information unverstellt gezeigt wird. So ist die Wahrscheinlichkeit größer, dass die Schüler es zumindest peripher wahrnehmen, und im optimalen Fall machen dann alle die Lernstandserhebung »gut«, so wie ich es aufgeschrieben habe. Das wäre doch mal was.

»Lern-stahhh-n-ds-ver … hebung?«, liest Tarek. »Ist das Verb?«

Ich atme tief durch und verneine gutmütig und doch unmissverständlich. Tudor kommt keuchend von seiner ADHS-Schulhofrunde herein, sagt »fertig«, stolpert über das erstbeste Stuhlbein, knallt auf den Boden wie ein besoffenes Walross und rutscht zehn Zentimeter über den PVC-Belag. Ich kann hören, wie das Fitzelchen Konzentration, das er sich mühsam errannt hatte, unwiederbringlich in sich zusammenfällt. Alle lachen, kreischen und analysieren anschließend Tudors Sturz. Ich überfliege meine Notizen und lese, dass bei nur sechs Wochen Zeit die Schüler unbedingt eigenständig zu Hause lernen müssen. Selbstregulativ. Da sei Motivation ein entscheidender, wenn nicht sogar *der* entscheidende Faktor.

»Es gibt extrinsische und intrinsische Motivation. Extrinsische Motivation erreichst du mit dem Verweis auf Noten, Abschlüsse oder andere institutionelle Zwänge. Intrinsisch bedeutet, dass die Schüler aus sich selbst heraus die nötige Motivation schöpfen und die jeweiligen Aufgaben bewältigen. Das ist viel schwieriger.«

Ich entscheide mich spontan dafür, die schwierigere Form auf die nächste Stunde zu verschieben und es heute bei der extrinsischen Motivation zu belassen. Dafür wäre eine Metakommunikation von Vorteil.

»Leute, jetzt beruhigt euch bitte. Also wirklich, ohne Scheiß. Mal davon abgesehen, dass ich darauf angewiesen bin, dass ihr eine sehr gute Lernstandserhebung schreibt und ihr mir damit einen großen Gefallen tun würdet: Ihr müsst so etwas können. Sätze analysieren, Sätze richtig formulieren. Das ist entscheidend für eure Zeugnisnoten in fast allen Fächern. Tarek, stell dir mal vor, du hast ein Bewerbungsgespräch und redest da so wie hier, ohne Artikel, mit falscher Grammatik und so weiter. Du willst doch irgendwann mal eine Arbeit haben, oder nicht?«

Tarek sieht mich an, als hätte ich ihm vorgeschlagen, sich eine Scheibe Mortadella durch die Nase zu ziehen.

»Wieso Bewerderungsgespräch? Isch mach in Gemüseladen bei Onkel Merzat oder Hartz IV.«

Dann lacht er, als wäre ich es, dem die Mortadella aus der Nase hängt.

»Nee, wallah, isch brauch nischt. Bei uns sprechen alle so, warum soll isch anders machen?«

»Ja, aber es ist doch wichtig, die Sprache zu können, die in dem Land gesprochen wird, in dem man lebt.«

Mehmet mischt sich ein, runzelt die Stirn.

»Warum?«

Darauf habe ich zunächst keine Antwort. Dann untermauert Tarek seine Sicht der Dinge.

»Isch kann alles machen mit mein Sprache bei uns in Wanne! Einkaufen, Haare bei Friseur, Wettbüro. Warum soll isch dann lernen? Isch bin doch eh Ausländer. Hab nix mit Deutschland zu tun. Dann ist normal, isch mach Fehler, was los?«

Drei Viertel der Klasse nicken. Ich falle auf mein Pult zurück. Anscheinend gibt es hier Bedarf für ein Grundsatzgespräch.

»Aber, Leute, ihr seid doch alle deutsch! Jetzt mal ehrlich, wer von euch ist nicht in Deutschland geboren oder hat keinen deutschen Pass?«

Niemand meldet sich. Große Überraschung, große Konzentration.

»Seht ihr. Ich sage ja nicht, dass ihr eure Wurzeln nicht in einem anderen Land haben könnt, aber ihr seid doch auch deutsch, da gibt es keine Unterschiede. Da müsst ihr euch doch mit dem Land identifizieren und die Sprache beherrschen. Und Fehler auf die Tatsache zu schieben, dass ihr angeblich Ausländer seid, ist ganz schön uncool, das muss ich euch sagen.«

Münder werden gespitzt, verschämt schauen einige zu Boden.

»Aber alle machen da immer Unterschiede, Herr Dreher, die sagen: ›Ja, du kannst nicht, du bist Türke‹ ...«, wirft Tarek ein.

»Oder Araber!«, ergänzt Achmed.

In meinem Kopf macht es »klick« und ich sehe die Möglichkeit zu einer Verbrüderung mit meiner Klasse, wittere so etwas wie Solidarität, die mir durchaus helfen könnte, die Kinder zu motivieren.

»Ja, das ist wirklich ungerecht!«, sage ich. »Wirklich ungerecht!«

Ich schlage mit der flachen Hand auf das Pult.

»Behandle ich euch denn auch so? Habt ihr das Gefühl?«

Der Großteil schüttelt den Kopf.

»Na, also! Guckt mal, ich gebe euch ein Beispiel. Nehmen wir Kevin. Seine Eltern sind aus Deutschland, Kevin hat demnach seine Wurzeln *hier*, trotzdem kann er nicht richtig Deutsch sprechen!«

Alle drehen sich zu Kevin, der nach einigen Sekunden der Schockstarre unsicher in die Klasse winkt.

»Aber ich möchte, dass er das kann. Genauso wie jeder andere hier. Egal wo die Eltern herkommen, entscheidend ist das Jetzt! Und nur weil andere Lehrer euch ungerecht behandeln, heißt das nicht, dass ich das tue! Außerdem versuche ich das Ganze interessant für euch zu machen, versprochen. Ist das ein Deal?«

Tarek nickt eifrig. Er sagt, wenn er richtig gut Deutsch sprechen würde, könnte er auch mal außerhalb von Wanne-Eickel zum Friseur gehen.

»Siehste!«, sage ich triumphierend und zeige auf Tarek, als wäre er der leibhaftige Erlöser.

»Auch mal außerhalb von Wanne-Eickel zum Friseur!«, wiederhole ich seine Offenbarung und ernte nickende und lächelnde Gesichter. Kevin gibt zu bedenken, dass er streng genommen ebenfalls nicht von *hier* komme, da seine Eltern lange Zeit in Bottrop gewohnt hätten.

»Bottrop!«, rufe ich und deute auf Kevin, als sei nun jede noch so dämliche Aussage ein Volltreffer. Alle drehen sich erneut zu Kevin und nicken ihm anerkennend zu, einige klatschen.

»Deal, Herr Dreher!«, ruft Sercan und Tayfun sagt, er komme aus dem Libanon.

»Da! Libanon!«, sage ich.

»Und Tukkei!«, ruft Tarek.

»Und Deutschland!«, kommt es von Robert.

Kevin springt noch einmal auf den längst abgefahrenen Zug auf und schreit: »Bottrop!«

Dass sich nicht alle mit Tränen in den Augen in die Arme fallen, ist ein Wunder. Ich freue mir einen Ast ab bei so viel Zustimmung und guter Laune in der Klasse und zeige weiter grinsend auf jeden Produzenten einer Wortmeldung. Als Michelle aufsteht und stolz ihr Tattoo präsentiert, realisiere ich, dass wir abdriften, und interveniere. Eine letzte Prüfung steht bevor.

»So, Leute, jetzt geht's aber los! Bitte Ruhe!«

Das Gelächter bricht ab und alle sehen zu mir. Für einige Sekunden habe ich das Gefühl, dass ich in eine Parallelwelt abgerutscht bin, und überprüfe, ob draußen in den Bäumen Bierflaschen blühen. Aber das Einzige, was da zwischen den kahlen Ästen blüht, sind Müllreste. Trotzdem ist es zauberhaft. Mit der Gewissheit, dass ich zum ersten Mal seit Beginn meiner Lehrkrafttätigkeit die volle Aufmerksamkeit der Klasse genieße, deute ich auf den Satz an der Tafel. Alle Augenpaare folgen mir konzentriert. In ihnen flimmert bereits die große weite Welt mit all ihren Friseursalons und Gemüseläden außerhalb von Wanne-Eickel, die durch die Beherrschung der deutschen Sprache erreichbar werden. In genau diesem Moment klingelt die Schulglocke und alle verlassen so schnell den Raum, dass ich kaum einen Wimpernschlag schaffe. Die Tür schlägt zu, alles ist wieder leise, nur die Heizung summt. Langsam rieselt ein Blatt zu Boden, das im fluchtartigen Verlassen des Raumes aufgewirbelt wurde. Als es auf dem Boden ankommt, hebe ich es auf und lese in Phils Sauklaue den ersten Satz, den ich am Anfang der Stunde an die Tafel geschrieben hatte. Darunter ist ein riesengroßer Scheißhaufen gezeichnet, der fast so schön aussieht wie der, den ich in der Vorlesung gemalt hatte. Er hat sogar Schattierungen.

18

Liegt denn da auf Ihrem Tisch
Ernsthaft ein gegrillter Fisch?
Wo doch weiß ein jedes Kind,
Dass sie fast ausgerottet sind?

Ja, mir wird bald angst und bange!
Denn es dauert nicht mehr lange
Und der Ozean ist leer.
Tiere sterben fast minütlich
Und Sie sitzen hier gemütlich?
Bald gibt es keine Fische mehr!

Wie können Sie denn nachts noch schlafen?
Jetzt ist Schluss: Ich muss Sie strafen!
Damit endlich jeder weiß,
Ich helf den Tier'n um jeden Preis!

»Das schmeckt nach Fleisch …«

Tine stochert mit ihrem Löffel in dem vegetarischen Curry herum. Ich schaue hinunter auf meinen Teller und beobachte, wie der Grünkohl gemächlich über die trübe Suppe schwimmt, bis er mit einer Karotte kollidiert und gemeinsam mit ihr links an den ausgeblichenen Maiskolben andockt. Musikalisch untermalt wird das Szenario von sanften asiatischen Klängen, die mich an Sebis Sprechstunden-CD erinnern. Er hatte mir in der letzten

Sitzung empfohlen, alle Störvariablen so weit wie möglich zu entkatastrophisieren. Tine glücklich zu machen, indem ich mit ihr zum Thailänder gehe und etwas Veganes bestelle, könnte sie für ein paar Tage ruhig stellen. Dadurch hätte ich dieses Klabusterbällchen zwar nicht entfernt, doch zumindest an eine Stelle geschoben, die mich nicht daran hindert, am Kern des Problems zu arbeiten. Dem Nukleus. Sebis Vorschlag war ja gar nicht so schlecht, im Moment aber droht die Stimmung zu kippen. Mit einem »Kann nicht sein, Mäuschen« versuche ich elegant dagegen zu steuern und die Atmosphäre zu entspannen.

»Und ob! Die haben bestimmt mit *dem* Messer den Kohl geschnitten, mit dem sie zuvor ihr Fleisch zerhackt haben!«

»Mit einem Messer hackt man nicht, man schneidet damit …«, belehre ich und nippe an meinem stillen Wasser. Tine widerspricht und sagt, dass es auch Messer gebe, mit denen man hacken könne, und ich nehme mir vor, das bei Wikipedia zu überprüfen.

»Das Curry schmeckt nach Fleisch«, wiederholt sie dann mit einer solchen Überzeugung, dass auch ich für einen kurzen Moment eine Kuh mit traurigen Augen vor mir sehe, die mit einem Huf in Tines Curry steht. Anschließend begegne ich meiner Freundin wie einem Kleinkind, das der Überzeugung ist, unter seinem Bett verstecke sich ein Monster.

»Pass auf …«, sage ich und tauche den Löffel in ihr Essen, schlürfe die scharfe Flüssigkeit, schlucke sie hinunter und grinse.

»Siehst du? Kein Fleisch.«

»Hallo, Kellner?«

Tine beachtet mich gar nicht, sondern lässt ihren Löffel in den Teller fallen. Ein paar Tropfen treffen mich im

Auge, das sofort anfängt zu brennen, als hätte ich es mit Jambú-Blättern eingerieben.

»Kellner, halloohooo?«

»Tine, jetzt hör sofort auf!«, flüstere ich und überprüfe mit ein paar Seitenblicken die Reaktion der übrigen Gäste.

»Das ist vegetarisches Curry, da ist kein Fleisch drin!«

Tine ignoriert mich weiter und die Kuh in ihrem Teller zuckt entschuldigend die Achseln. Ich schütte den restlichen Reis auf den Grünkohl und würde am liebsten hinterherspringen, als ein kleines, viel zu thailändisch aussehendes Männlein an unseren Tisch gewatschelt kommt.

»Gutte Tag, gutte Tag, alles gutt, alles gutt!«

»Nichts ist gut!«, erwidert Tine und ich stopfe mir den mit Curry vollgesogenen Reis in die Backen.

»Tine, bitte ...«, schmatze ich in der Hoffnung, an der Schärfe der Suppe zu krepieren, bevor Tine den gesamten Laden gegen uns aufgehetzt hat. Ich spüre, wie mein Kopf rot wird und meine Augen zu tränen beginnen.

»Das Curry schmeckt nach Fleisch«, bilanziert Tine und schiebt die Schale von sich weg.

»Curry vegetarisch, nix Fleisch!«, sagt der Kellner, hebt die Hände und schüttelt heftig den Kopf.

»Ja, aber man schmeckt, dass die Zutaten mit Fleisch in Berührung gekommen sind, sei es durch ein bereits benutztes Messer, durch eine benutzte Unterlage oder sonst etwas!«

Bevor der kleine Thai sein »Nix Fleisch« wiederholen kann, schmatze ich die Erklärung »Sie ist Veganerin«, als handle es sich dabei um eine psychische Krankheit, für die Tine gar nichts kann. Ihr Blick verfinstert sich.

»Fabi, du hast mir versprochen, dass wir vegan essen

gehen, du hast es sogar vorgeschlagen! Und auf einmal nimmst du es nicht mehr ernst!«

Sie schlägt mit der flachen Hand auf den Tisch, so wie ich es immer tue, wenn im Klassenraum alle durcheinanderreden. Anders als in der Schule herrscht im Restaurant allerdings schlagartig Stille. Nur ein dicklicher Mann ohne Hals wuchtet noch einen Bissen in sich hinein, bis seine Frau ihm auf die Hand schlägt und in unsere Richtung deutet, als käme gleich die spannendste Szene in einem Kino-Blockbuster.

»Was kann ich denn dafur, wenn das vegetarische Curry von denen nach Fleisch schmeckt?«, schreit Tine.

Ich massiere meinen Nasenrücken und lächle gezwungen in den Raum. Mein Schlucken hallt durch das gesamte Lokal und ich sehe, wie sich die Angestellten in der Küche vor das Guckloch drängeln, um die Szenerie zu verfolgen.

»Du unterstützt mich einfach nicht …«

Tine schüttelt den Kopf. Ich benetze die Lippen.

»Tine!«, flüstere ich. »Dich nicht unterstützen? Versprochen, vegan essen zu gehen? Was machen wir denn gerade? Ich würge mir hier eine total beknackte Kohlsuppe rein, die so scharf ist, dass ich die nächsten vier Tage höchstwahrscheinlich brennenden Durchfall habe. Und dann fängst du auch noch mit deiner Paranoia an!«

Tine verzieht das Gesicht, wiederholt unter Schnappatmung das Wort »Paranoia?!« und schüttet mir mit einer schwungvollen Bewegung den Inhalt ihres Wasserglases mitten ins Gesicht. Das Publikum quittiert diese Aktion mit einem mitfühlenden »Ohhh«. Das Gedränge am Guckloch der Küchentür wird immer stärker. Es wird herumgeschubst, dann sausen Fäuste am Fenster vorbei. Niemand will etwas verpassen. Der Kellner an unserem Tisch bietet uns an, ein neues Curry zu bringen, aber Tine schnalzt nur mit der Zunge.

»Mir ist der Appetit vergangen …«, sagt sie und verschränkt die Arme. Wasser tropft von meinen Haaren. Ich wische mir mit der Hand das Gesicht trocken.

»Vielen Dank, kein neues Curry«, übersetzte ich dem Kellner.

Alle Gäste starren mich erwartungsvoll an, so, als erhofften sie sich, dass ich Tine im Gegenzug meine heiße Suppe über die Rübe schütte. Nicht, dass ich nicht mit dem Gedanken spielen würde, allerdings passen die Folgen einer solchen Reaktion nicht in meine Abendplanung. Meine Freundin mit Verbrennungen in die Notaufnahme zu fahren, drei Stunden auf einen Arzt zu warten, der wahrscheinlich auf Leberschäden spezialisiert ist, zuzusehen, wie sie fast vollständig einbandagiert wird, und ihr womöglich noch von zu Hause Klamotten zu holen, da sie zur Kontrolle über Nacht bleiben soll. Das geht nicht. Dafür habe ich keine Zeit. Ich muss heute Abend meine Stunden vorbereiten, mir überlegen, wie ich die Analyse von Satzgliedern, Satzzeichen und die Bestimmung von Wortarten für die Schüler interessant gestalten und ihnen deren Relevanz für den Alltag vermitteln kann. So was wie: »›Wir essen Tante Trude!‹ – Wie ein Komma ein Leben retten kann.« Viel mehr ist mir bisher nicht eingefallen. Ich brauche Zeit. Und die würde ich mir mit Rachepänen stehlen.

»Tine, wir beruhigen uns jetzt, in Ordnung?«, versuche ich es mit erhobenen Händen.

»Nein, mir reicht das alles. Seit ich zurück bin, hast du dich total von mir entfernt. Du verbringst deine freien Stunden im Dönerladen, obwohl ich dich gebeten hatte, das nicht zu tun, weil das Fleisch von Tieren stammt, die unter katastrophalen Verhältnissen gehalten werden. Deine Wildlederschuhe habe ich hinter dem Fernseher gefunden, obwohl du versprochen hast, dass du sie wegwirfst! Außerdem bist du supergemein zu Poseidon und Sex hatten wir auch noch keinen!«

Ein Mann vor uns quiekt laut auf.

»Uiuiui.«

Dabei macht er eine Handbewegung, als hätte er auf eine heiße Herdplatte gefasst.

»Und an wem liegt das bitte?«, frage ich. »Wie oft habe ich versucht mit dir zu schlafen, obwohl du mich immer wieder abweist? Und Poseidon ist ein verdammtes Arschloch!«

Jetzt bin ich an der Reihe, mit der flachen Hand auf die Tischkante zu schlagen. Vor Schreck lässt einer der beiden Kellner das Tablett fallen, die restlichen Gäste haben aufgehört zu atmen. Am Guckloch sehe ich Blutspuren.

»Ich stehe kurz davor, meinen Job zu verlieren, mein Auto zu verlieren, meine Würde zu verlieren, völlig mittellos auf der Straße zu stehen, und du kritisierst, dass ich gemein zu dem fetten Kater bin, den du, ohne mich zu fragen, in unsere Wohnung geschleppt hast?«

»Also, das geht wirklich nicht …«, entfährt es einer Frau, die sich sofort die Hand vor den Mund schlägt.

»Du kannst mich mal!«, schreit Tine.

Sie steht auf und wirft die Serviette auf den Tisch. Dann schiebt sie das Thai-Männlein zur Seite und stolpert Richtung Ausgang. Ich rufe ihr hinterher, alle Augen im Raum kleben an ihrem Rücken. Am Tisch eines älteren Paares bleibt sie stehen, zeigt auf den Fisch auf dem Teller des Mannes und fragt, ob er nicht weiß, dass mittlerweile mehr als neunzig Prozent der Fischbestände weltweit ausgerottet sind. Wie er denn überhaupt noch ruhig schlafen kann. Der Mann stammelt: »Äh, äh, ich weiß nicht …«, und Tine unterbricht ihn mit einem vorwurfsvollen: »Sie wissen es nicht!« Dann dreht sie sich zu mir um, hebt arrogant das Kinn in die Höhe und marschiert aus dem Lokal. Als sie nicht mehr zu sehen ist, drehen sich alle Köpfe zu mir. Ich lächle, winke in die Runde und flüstere dem inzwischen festgewachsenen Thai-Kellner zu: »Wir hätten dann gerne die Rechnung, bitte …«

19

Wenn es einen Fußballspieler gibt, der unheimlich schwer in seiner Gesamtheit zu bewerten ist, dann ist das Michael Ballack. Michael Ballack hat mit seinem charmanten ostdeutschen Akzent *immo wiedo bedeuert*, dass er *dewinitiw ön subba Spielo* war. Erich Ribbeck würde sagen, dass das ziemlich subjektiv ist und man noch einmal darüber nachdenken muss. Objektiv gesehen hat Michael Ballack nämlich nicht einen einzigen wichtigen Titel gewonnen. Und dann fällt es weitaus schwerer zu beurteilen, ob er in die beste Elf aller Zeiten gehört oder nicht. Einerseits wird er häufig als »Vize-Ballack« tituliert, der nie den großen Erfolg hatte, andererseits steht er stellvertretend für eine ganze Fußballgeneration in Deutschland. Als ich vor gut zehn Jahren in Rom mit dem Taxi vom Flughafen zu meinem Hotel fuhr, hatte ich mich knapp zwei Stunden mit dem Fahrer unterhalten, obwohl der nicht mehr als drei Worte Englisch sprach. Mit einem so geringen Vokabular ist es sehr schwer, eine sinnvolle Unterhaltung zu führen. Folgender Dialog fand in einer Endlosschleife statt:

Taxifahrer: »Michael Ballack, number one!«

Ich: »Yes, yes, but Del Piero, too!«

Das Ergebnis der halsbrecherischen und überteuerten Fahrt waren feuchte Achseln und die Gewissheit, dass Michael Ballack damals als vielleicht einziger deutscher

Spieler im Ausland bekannt war und Respekt genoss. Ich schreibe ihn neben Günter Netzer ins Mittelfeld und sage den Eltern vor mir: »Kevin Schippkowski, number one!«

Kevins Eltern schauen skeptisch. Offenbar sprechen sie noch weniger Englisch als der Taxifahrer in Rom.

»Kevin hat sich sehr verbessert in letzter Zeit«, übersetze ich und schrecke vor meiner eigenen Aussage zurück. Kevin ist inzwischen zwar einer meiner Lieblingsschüler, ist allerdings überhaupt nicht besser geworden, ganz im Gegenteil. Der Gedanke an Italien, Urlaub und Sonne hat in mir ganz einfach eine leichte Fröhlichkeit hervorgerufen.

»In echt jetzt?«

»Ja, in echt jetzt. Kevin macht das super, wobei noch mehr Unterstützung von Ihrer Seite nicht schaden würde.«

Kevins Mutter sagt, sie seien erst vor vier Jahren aus Bottrop hergezogen und zu Hause gehe es deswegen noch etwas drunter und drüber. Ihr Mann nickt gedankenverloren. Ich sage, dass ich das gut verstehen kann, und überlege, ob ich mit einem 4-3-3- oder einem 4-4-2-System spielen sollte. Gibbel stellt bestimmt defensiv auf, weil er ein Feigling ist. Vielleicht sollte ich deswegen eher etwas Verrücktes ausprobieren, wie ein 4-2-1-2-1-System oder das gute alte 9-0-1-System, mit dem der DSC Wanne frei nach dem Motto »Hinten raus pöhlen, vorne hilft der liebe Gott« seit gefühlten Jahrhunderten nichts auf die Kette bekommt.

Kevins Eltern fragen, ob Kevin in die zehnte Klasse versetzt wird, und ich sage, dass es schon irgendwie klappen könnte.

»An der Motivation hapert es ab und an, dort müsste man ansetzen«, sage ich und mache eine Handbewegung, als würde ich gerade eine Bowlingkugel werfen.

»Ja, Motivation, dat is schwer …«, nickt die Mutter.

Wenn die wüsste.

Damals, bei meinen ersten Motivationsversuchen, bekam ich zu spüren, wie *schwer dat wirklich is*. Nach den anfänglichen Erfolgen in Sachen Verbrüderung, Bestärkung der Schüleräußerungen und Lernbereitschaft der Schüler erklärte ich Sebis und mein Projekt »Motivation« nach zwei weiteren Stunden für gescheitert. Der Enthusiasmus meiner Klasse verringerte sich von Minute zu Minute und die Scheißhaufen auf Phils Blättern wurden größer und größer, bis Tarek schließlich zu der Feststellung kam, dass sein Friseur in Wanne-Eickel wahrscheinlich sowieso der einzige ist, der seine beknackte Frisur so hinbekommt, wie er es will, und er deswegen das mit dem richtigen Deutschlernen auch sein lassen kann. Kurz bevor ich endlich nach Hause durfte, sprach mich zu allem Übel die stellvertretende Direktorin Frau Thomas auf dem Flur an und informierte mich darüber, dass Ayse und Seylep in der letzten Stunde ihre Englischlehrerin Frau Sommernacht mit einem Besen angegriffen hätten und mir nun die Aufgabe zukomme, den Vorfall zügig aufzuklären und gegebenenfalls Klassenbucheinträge zu machen, Telefonate mit Eltern zu führen und neue Tadel zu schreiben. Als ich an diesem Tag völlig erledigt nach Hause kam, versetzte mir Poseidon den Todesstoß. Er hatte meine vollständigen Bundesliga-Panini-Sammelhefte der Spielzeiten 1989 bis 1999 im Wohnzimmerschrank gefunden, erfolgreich zerstört und mit den Fetzen eine neue Polsterung für sein Katzenklo erstellt. Und Tine kramte gerade meine Wildlederschuhe hinter dem Fernseher hervor, um sie anschließend mit einer Moralpredigt vom Balkon zu werfen. Ich flüchtete wie so oft zum Dönermann meines Vertrauens.

Orak hatte sich anscheinend einen gewitzten Integrationsberater angelacht, anders war es nicht zu erklären, wieso vor seinem Laden eine Deutschlandfahne mit Halbmond auf dem roten Streifen hing. Beim Eintreten hörte ich das vertraute »Rrrrr« der Klingel und schon umarmte mich Orak mit seinen fettgetränkten Händen.

»Fabbi, meine Freund, wo du warst gestern, he?«

Seine schmierigen Finger rutschten von meinem Nacken.

»Dönersalatalles?«, fragte er mit einem breiten Grinsen, ohne meine Antwort auf die erste Frage abzuwarten.

Ich nickte schwach. Er ging sofort hinter den Tresen und schaltete seinen Elektroschneider ein, um den sich drehenden Klumpen zu bearbeiten. Die Fleischlappen fielen spritzend herunter und das Dröhnen des Geräts vermischte sich mit dem Fritteusengeruch zu einer Lebensmittelsinfonie. »Rrrrr.« Eine bullige Frau mit volltätowierten Armen, die breiter waren als meine beiden Oberschenkel zusammen, bestellte drei Döner, zwei Pommes Mayo und einen Krautsalat, nachdem Orak sie ebenfalls mit einem »Dönersalatalles?« begrüßt hatte. Ohne seine Arbeit am Spieß zu unterbrechen, nahm er die Bestellung auf und wischte sich mit dem Arm den Schweiß von der Stirn.

»Fabbi, wasse los? Immer noch nicht gut mit deine Schülers, he?«

Die bullige Frau drehte sich zu mir um und sah mich an, als wäre es geradewegs obszön, in dieser Gegend einen Beruf zu haben. Sie rümpfte die Nase und wandte sich an Orak.

»Mit viel Mayo.«

Zwanzig Minuten später hatte ich den Döner aufgegessen, saß Orak an dem kleinen Tischchen hinten im Raum gegenüber und schlürfte Tee. Inzwischen hatte seine Angestellte Christel den Platz an der Dönermaschine übernommen. Sie erinnerte mich stark an Michelle.

»Warst du jetzt die Döner mit scharf?«, rief sie einem Teenager mit Schalke-Mütze zu, den Fleischschneider in der einen und das Pommes-Sieb in der anderen Hand.

»Nee, ich war die Dönerteller mit ohne Salat!«, berichtigte er.

»*Ich* war die Döner mit scharf!«, rief daraufhin ein älterer Herr mit Blaumann und kämpfte sich zur Kasse vor.

Christel fragte leicht verzweifelt: »Aber Pommes seid doch ihr beide, oder?«, woraufhin die gesamte Bestellchronologie in sich zusammenbrach.

»Hörstu, Fabbi. Wenn in Türkei ein Lehrer sagt, so, dann so! Wenn er sagt anders, dann die Kinder muss mache anders. Verstehßu, he?«

Herr Direktor Kaiser hatte ja empfohlen, mir von allen Seiten Hilfe zu holen, aber dass die ausgerechnet von Orak kommen sollte, hätte ich nie gedacht. Er begann sich in Rage zu reden und erzählte mir vom türkischen Schulsystem. Dort gäbe es keine so frühe Selektion nach vier Jahren Grundschule, die Schüler blieben acht Jahre gemeinsam auf einer Schule, und zwar ohne Sitzenbleiben.

»Is besser, weiß du? Dann da die Kinder alle zusammen und hier, wenn nicht Günasionschule, die fühle sich immer, als wären die schlechter so, weiß du, he?«

Ich nickte und überlegte, ob ich nicht das System dafür verantwortlich machen sollte, falls das mit der Lernstandserhebung schiefging. Ich malte mir aus, wie ich die Schulministerien Deutschlands stürmen würde, mit erhobener, geballter Faust, wehenden Fahnen, mit »Revolution«-Sprechchören meiner zahlreichen Anhänger im Rücken und mit Orak im Schlepptau, der mit einem »Dönersalat-alles?« die Säle betreten und mir anschließend glaubhaft versichern würde, dass es nicht an mir, sondern am deutschen Schulsystem lag und man die selektiven Mechanismen im Bildungswesen abschaffen musste.

»Viel besser in Türkei!«

Ich nickte und nippte an meinem Tee.

»Noch mal, Fabbi: Der Lehrer, der immer hat Autorität, verstehßu, he? Schüler immer gehorsam, Respekt!«

Ich sagte, dass die Realität hier ganz anders aussieht, aber er zeigte mir nur den Vogel.

»Selbst in Schuld, in Türkei da gibt's nix Diskussion! Nix mit Überlegen, kost Zeit, weiß du, he? Lehrer sagt, was lerne, Schüler lerne, fertig.«

Das war der entscheidende Anstoß für einen neuen Versuch: totaler Frontalunterricht. Vielleicht brauchten die Schüler ja tatsächlich jemanden, der ihnen klipp und klar sagte, wo es langging. Und Zeit zu sparen, war in meiner Situation Gold wert. Nichts mit Gruppenarbeit, nichts mit Motivation, einfach mal knallhart sein. Ich würde sagen, *was lerne soll, die Schüler lerne, fertig*. Ich probierte es gleich am nächsten Tag aus.

Was soll ich sagen? Es war eine Vollkatastrophe.

Als ich das Klassenzimmer mit den Worten betrat, dass heute verdammt noch mal Ruhe herrschte, quittierten es mir die Schülerinnen und Schüler mit Murren und Knurren. Bei meinem Vortrag über die Bestimmung von Satzgliedern kippte Tudor aufgrund eines Sekundenschlafs bereits nach sieben Minuten vom Stuhl und ich schickte ihn zum Wachtraining auf den Schulhof. Meine autoritären Anweisungen quittierten die männlichen Schüler stets mit Lachen und die weiblichen mit Zurückgezicke. Dabei beschwerten sie sich lautstark bei ihren Sitznachbarinnen über mein Auftreten. Mein autoritäres Verhalten führte anders als sonst nicht zu allgemeiner Unaufmerksamkeit, sondern zu demonstrativem Desinteresse. Niemand nahm mich ernst, keiner passte auf, alle waren sauer. Als Jennifer irgendwann genervt fragte, ob ich meine Tage hätte, erklärte ich ihr, dass Männer nicht menstruieren. Nachdem ich Tarek erklärt hatte, was das Wort bedeutete, bestand er darauf, einen Satz zu analysieren, in dem das Wort »menstruieren« vorkam. Ich verließ den Raum, flüchtete ins Lehrerzimmer und starrte zwanzig Minuten apathisch aus dem Fenster. Einen Tag später saß ich wieder bei Orak.

»Absolut beschissene Idee, Orak. Absolut beschissen ...«

20

Wie schön, wir sitzen alle vier
Auf dem Polizeirevier.
Ich lieb euch Freunde ja so sehr,
Da braucht man keine Feinde mehr.
Doch Tine übertrifft sie alle,
Sodass ich immer tiefer falle.
Ich hoff, wir sind für immer hier,
Tine-Maus, ich danke dir!

»Tine ist vollkommen übergeschnappt …«, stöhne ich, aber Gibbel und Ben hören mir nicht zu. Sie sitzen auf meiner Couch und spielen FIFA. Ben führt mit vier Toren, ich habe keine Ahnung, warum sie so verbissen weiterkämpfen, obwohl das Spiel schon längst entschieden ist.

»Ich mein, das ist doch nicht mehr normal. Die ist doch verrückt! Die war tatsächlich der Meinung, ich hätte sie im Restaurant blamiert! Ich! Sie blamiert! Unfassbar!«

Ich tippe mir mit dem Zeigefinger an die Stirn, um den Jungs mein Unverständnis auf möglichst vielen Ebenen zu verdeutlichen.

»Verrückt …«, sagt Gibbel, ohne mich anzusehen, und Ben nickt Richtung Fernseher. Die Tasten ihrer Controller klappern.

»Das ist echt ein Problem. Ich mein, ich muss mich

hier um meinen Unterricht kümmern. Aber dafür ist keine Zeit. Entweder raubt mir Tine mit ihrer neuen Lebensphilosophie den letzten Nerv, schmeißt Wildlederschuhe aus dem Fenster und schlägt mir Kakaotassen aus den Händen, oder es ist Poseidon, der neben schlafen, essen und kacken nur ein einziges weiteres Hobby hat: mich zu tyrannisieren.«

Ich sage es und zeige mit dem Finger auf den dämlichen Kater, der neben dem Fernseher in seinem Körbchen liegt und vor sich hin vegetiert. Er hebt den Kopf, sieht mich mit müden Augen an und gähnt ausgiebig. Dann hievt er seinen fetten Körper aus dem Körbchen, stapft gemächlich Richtung Katzenklo, dreht sich noch einmal zu mir um und kackt zielgenau daneben.

»Kannst du Tine nicht einfach sagen, sie soll damit aufhören?«, fragt Ben und schießt ein Tor. Gibbel schlägt auf meine Couchlehne und erklärt das Tor für unfair und somit ungültig.

»Super Vorschlag, Ben. Probiere ich mal die Tage.«

Gibbel betreibt im direkten Gegenzug Ergebniskosmetik und verkürzt den Abstand. Ben quittiert es mit einer abwinkenden Handbewegung. Ich greife nach meinem Bier, knibble ein Stück vom Etikett ab und forme es mit Daumen und Zeigefinger zu einem Kügelchen.

»Tine macht mich fertig …«, setze ich erneut an.

»Wo ist die eigentlich gerade?«, lallt Gibbel und ich schnippe den Knubbel auf den Wohnzimmertisch, wo er neben Bens Zigarettenpackung auftupft und anschließend in den unendlichen Tiefen meines Flokatis verschwindet.

»Keine Ahnung«, antworte ich. »Sie wollte – im Gegensatz zu mir – die Welt verbessern. Sie hat sich ihre Jacke geschnappt und ist abgehauen.«

Ich mache eine kurze Pause für eventuelle Zwischenbemerkungen. Da allerdings niemand etwas sagt, rede ich weiter.

»Ich versuche wirklich, nett zu sein. Ich habe sogar für sie gekocht! Vegan! Ich mein, ich kann überhaupt nicht kochen, ich habe es nur probiert, weil Sebi mir so eine Kochzeitschrift geschenkt hat mit der Titelüberschrift: ›Wenn Wasser kochen kann, dann können Sie es auch!‹ Sebi sagt, ich soll versuchen, Tine irgendwie glücklich zu machen, damit ich meine Ruhe habe.«

Ben drückt auf »Pause«, dreht sich zu mir um und beendet meinen Monolog.

»Fabi, Sebi erzählt *nur* Scheiße.«

Wir sehen uns an. Gibbel ist verwirrt.

»*Nur* Scheiße …«, wiederholt er und drückt wieder auf Start. Der Ball fliegt von links nach rechts und die Computer-Männchen bewegen sich über den gesamten Bildschirm. Kurz darauf hat Gibbel den Witz in der Kochzeitschrift kapiert.

»Wenn Wasser kochen kann, können Sie es auch …« prustet er in sich hinein, bevor er sich schüttelt und seine volle Aufmerksamkeit wieder dem Spiel widmet.

»Ja, aber Ben, jetzt mal ohne Mist, Sebi hat mir total geholfen. In Sachen Motivation und so. Wobei … besonders nachhaltig war das nicht und Ahnung von Unterrichtsgestaltung hat er auch nicht wirklich.«

Ich tippe mir mit dem Zeigefinger ans Kinn.

»Hat sich Valentin Frühling mal bei dir gemeldet?«, erkundigt sich Gibbel.

Ich berichte von unserer Facebook-Unterhaltung. Valentin hatte mir kommentarlos den eingescannten Vertrag geschickt.

»Wer zuletzt lacht …«, hatte ich geantwortet.

»… der hat's zu spät begriffen!«, hatte Valentin gekontert.

Poseidon saß neben mir und lachte miauend, nachdem er es gelesen hatte.

Manchmal kommt er mir vor wie eine Mischung aus E. T. A. Hoffmanns Kater Murr und einem Sack Käsecracker. Irgendwo zwischen scheinbar gebildet und doch saudämlich. Als würde er in diesem Augenblick meine Gedanken lesen, richtet er sich auf und marschiert zum Fernseher. Dort angekommen, versucht er, mit einem unbeholfenen Hüpfer auf das TV-Board zu springen, was ein gewagtes Unterfangen ist, da er kaum Sprungkraft besitzt und einfach auch viel zu fett ist. Er krallt sich mit den Vorderbeinen an der Kante fest, die Hinterbeine strampeln in der Luft, er wuchtet sich und seine dicke Wampe hoch und drückt mit einer schnellen Tatzen-Bewegung auf den Aus-Knopf der Playstation, bevor er mitsamt den Fernbedienungen und losen DVDs entkräftet abrutscht und unter lautem Scheppern rücklings auf den Boden knallt. Der Ton geht aus, der Bildschirm wird schwarz, das Spiel ist vorbei. Poseidon rappelt sich auf und tapst zufrieden in sein Körbchen. Ben und Gibbel starren sich an.

»Bor nee, oder?«

»Scheiß Katze …«, hustet Ben.

Ich belehre ihn, dass Poseidon streng genommen ein Kater ist und es nun mal nicht mag, wenn der Fernseher so laut ist. Zufrieden mit meiner Erläuterung nickt er mir dankend zu und kuschelt sich in sein Körbchen.

»Unentschieden«, sagt Gibbel und Ben erinnert ihn mit rotem Kopf daran, dass es 6:1 für ihn stand.

»Trotzdem«, sagt Gibbel.

»Sebi hat mir Tipps zu Lehransätzen gegeben und hat

vorgeschlagen, dass ich mal wieder eine Vorlesung an der Uni besuchen soll …«, unterbreche ich die beiden, um den Fokus wieder auf mich zu lenken. Ben legt den Controller beiseite, nippt an seinem Scotch und schüttelt den Kopf.

»Mein Gott, Fabi, ich bin zwar kein Lehrer, aber darf *ich* dir mal einen Tipp geben?«

Ich nicke.

»Vergiss, was du an der Uni gelernt hast!«

»Kein Problem, schon passiert …«, sage ich, als wäre dies die Grundvoraussetzung allen Lehrens, die sogar ich beherrsche.

»Ich sag dir auch, warum.«

Es dauert, bis Ben das Geheimnis lüftet, denn er genehmigt sich erst einmal ein paar kräftige Züge an seinem Joint. Gibbel sagt, er hat Hunger, und ich stöhne auf, weil von ihm einfach nichts Produktives kommt.

»Wenn du Hunger hast, musst du Salz lecken«, sage ich, »dann bekommste auch noch Durst.«

Ich wende mich wieder zu Ben, und Gibbel schnappt sich murrend meinen Laptop. Er loggt sich unter meinem Namen auf Facebook ein und überprüft mit dem Kinn zwischen Daumen und Zeigefinger die Echtheit des Autoübereignungsvertrags. Ich nehme mir vor, mein Passwort zu ändern.

»Weißt du, wie man die Kids motiviert?«, greift Ben wieder ins Geschehen ein. »Nicht durch den Scheiß, den Sebi erzählt, nicht durch irgendwelche Theorien, die irgendwelche Theoretiker irgendwann mal aufgestellt haben, die du in Vorlesungen lernst oder in Büchern nachschlagen kannst. Du motivierst die Kids, indem du speziell die Interessen von denen aufgreifst, den Alltag von denen mit einbeziehst und auf sie eingehst!«

»Alltagsbezug!«, rufe ich euphorisch und strecke den Finger in die Höhe.

Gibbel zuckt zusammen und dreht sich mit knallroten Augen zu uns um, als hätte ich gefragt, ob wir Pizza bestellen.

»Ehm, ich meine, klar, Alltagsbezug. Also da hat Sebi auch von gesprochen.«

Gibbel vertieft sich wortlos wieder in seine Tätigkeit am Laptop.

»Wie dem auch sei«, sagt Ben. »Wie lange hast du noch Zeit?«

»Etwas weniger als vier Wochen«, sage ich und ziehe mit meinen Zähnen ein Stück Haut von meinem Daumen ab. Ben wiederholt leise »vier Wochen ...«, lehnt sich zurück und schaut nachdenklich zur Zimmerdecke.

»Vier Wochen?«, fragt er nach einigen Sekunden.

Ich nicke. »Vier Wochen ...«

»Vier Wochen sind nicht viel ...«, kommentiert Gibbel ungefragt, ohne den Blick zu heben. Ben fragt nach den Themen, die erarbeitet werden müssen, und ich rattere herunter, was Herbert mir in seinem VW-Bus zugehustet hat.

»Ich habe eine Idee«, sagt Ben schließlich und füllt sein Scotch-Glas auf. Ich schiebe meins zum Vollmachen hinterher, weil man bei Bens Ideen am besten zugedröhnt ist, um ihnen folgen zu können. Schlimmer als Sebis oder Oraks Ratschläge kann es aber sowieso nicht werden.

»Du willst, dass die Kids Wortarten bestimmen können, dass sie Sätze analysieren können, Satzglieder oder wie ihr Deutschlehrer das auch immer nennt, und du willst Lesekompetenz fördern und bla, bla, bla. Das ist für sich allein genommen schon mal total langweilig und ätzend für deine Schüler. Aber wenn du das koppelst mit etwas Coolem, etwas Angesagtem, dann sieht das schon wieder anders aus. Nimm beispielsweise einen Songtext von Bushido und lass die Jungs den im Hinblick auf die Grammatik und so analysieren. Was meinste, wie die dann gucken?«

Nach sechs Jahren Studium, vollgepackt mit Goethe und Schiller, Schlegel und Kleist, Kafka und Thomas Mann, aufgefordert zu werden, Texte von Bushido zu analysieren, bereitet mir Schwindel und ich muss einen Schluck Scotch trinken.

»Bushido?«, hake ich nach.

»Ja, zum Beispiel. Oder Cro, die Toten Hosen, Helene Fischer, was weiß ich, worauf deine Schüler stehen.«

»Definitiv nicht auf Helene Fischer«, sage ich und überlege, was Tarek wohl zu ihrer Musik sagen würde.

»Tschüüsch, was für doofe Lied, Herr Dreher, voll schwul, ich schwör!«

»Ist kackegal, Fabi. Es geht nur darum, was Interessantes für die auszuwählen, wenn du willst, dass die jetzt schnell was lernen. Von mir aus auch Sportartikel oder Berichte über die Drogenabhängigkeit und völlige Verwahrlosung irgendwelcher Teen-Stars. Scheißegal, Hauptsache, die finden das cool, dann sag ich dir, machen die auch deine Aufgaben!«

Gibbel wirft ein, man könnte ja auch einen Artikel aus dem Grundgesetz analysieren, bemerkt aber schnell, wie wenig hilfreich sein Vorschlag ist.

»Du musst dich anpassen, Fabi, das Jetzt berücksichtigen, auf Entwicklungen eingehen und sie zu deinem Vorteil nutzen. Facebook, Twitter, YouTube, WhatsApp …«

Während aus Ben die Tipps nur so sprudeln, klingelt es an meiner Wohnungstür. Von draußen höre ich ein

Poltern, ein Stöhnen und jemand schreit: »Lassen Sie mich los!«, »Das ist die Höhe!«, »Fassen Sie mich nicht an, hab ich gesagt!« Gibbel, Ben und ich wechseln besorgte Blicke. Sogar Poseidon streckt seinen Wuschelkopf aus dem Körbchen. Die Schreie werden lauter, es klingelt erneut, und da ich eine böse Vorahnung habe, leere ich vorsichtshalber meinen Scotch in einem Zug, bevor ich aufstehe.

»Vergiss nicht, was du sagen wolltest, Ben. Ich komm gleich wieder!«

Mit dem leeren Glas in der Hand wanke ich zur Wohnungstür.

»Das, was die Schüler lernen müssen, mit etwas koppeln, was die interessiert«, wiederhole ich Bens didaktisches Mantra. Eigentlich gar nicht so schlecht, die Idee. Mit dem Vorhaben, Bens Vorschlag später unbedingt zu vertiefen, drücke ich die Klinke herunter.

»Guten Abend, sind Sie Herr Fabian Dreher?«

Ich höre die Frage und mein Alkoholpegel fällt schlagartig um 0,5 Promille. Mein Mund steht offen, mein Herz rast. Vor mir steht ein langer, dürrer Mann mit knochigem Gesicht, glatter Haut und blauer Polizeiuniform. Zwei weitere Polizisten stehen hinter ihm und haben Tine an Schultern und Unterarmen fest im Griff.

»Sag kein Wort!«, faucht sie mich an und versucht, sich loszureißen, wie in einer Szene aus einem zweitklassigen Drogenfilm.

»Sind Sie Herr Fabian Dreher?«, wiederholt der Polizist seine Frage und sein Blick fällt auf das leere Whiskyglas in meiner Hand. Ich ziehe es weg und nicke.

»Gut, dann sind wir hier richtig. Wir müssen Sie leider bitten, ein paar Fragen zu beantworten.«

Eine halbe Stunde später sitzen Tine, Gibbel, Ben und ich in Handschellen auf einer kalten Metallbank in der zweiten Etage des heruntergekommenen Polizeireviers in Wanne-Eickel. Eine Milchglastür versperrt uns den Blick auf die Beamten, die sich im angrenzenden Raum unterhalten und rauchen. Bis auf eine brummende Kaffeemaschine ist alles ruhig.

»Tine, das hast du nicht wirklich getan, oder?!«, flüstere ich und weiß gar nicht, auf wen ich wütender bin. Verdient hätten sie es alle.

Kurz nachdem der Beamte mich an meiner Wohnungstür aufgefordert hatte, ein paar Fragen zu beantworten, taumelte Gibbel mitsamt seiner Scotch-Fahne in den Hausflur, prallte von Wand zu Wand wie ein überdimensional großer Flummi und lallte, den Zeigefinger auf den Polizisten gerichtet: »Ohne Anwalt muss der überhaupt keine Fragen beantworten!«

»Gibbel, lass ...«, versuchte ich ihn zu beschwichtigen, aber mein bester Kumpel hatte schon angesetzt, die Beamten über das Grundgesetz aufzuklären.

»Ich bin Jurist und alles!«, schmetterte er den Polizisten rhetorisch geschickt ins Gesicht, bis sich Ben mit seinem Joint nichtsahnend zu uns gesellte. Als er realisierte, dass wir Besuch von Ordnungshütern hatten, war es bereits zu spät. Der dürre Polizist ging einen Schritt auf Ben zu.

»Rauchen Sie da Marihuana?«

Gibbel stieß ihn zurück.

»Ohne Durchsuchungsbefehl geht hier nix!«

Die beiden anderen Polizisten stolperten mit Tine im Schlepptau in unsere Wohnung, um ihrem Kollegen zu Hilfe zu eilen. Sie gingen auf Gibbel zu, Ben stellte sich dazwischen und der dürre Polizist wurde im Gewühl gegen den einzigen Anwesenden gestoßen, der bisher vollkommen teilnahmslos geblieben war und nichts als sein altes Leben zurückhaben wollte: mich. Der Polizist drehte sich zu mir um und sah mich erbittert an, bevor Gibbel mit seinen roten Kugelaugen von hinten auf ihn zustürmte und ich meinen besten Kumpel mit wild rudernden Armen daran zu hindern versuchte, die Situation endgültig zur Eskalation zu bringen. Leider rempelte mich in genau diesem Moment einer der Polizisten, die mit Tine rangen, von hinten, woraufhin meine erhobene Hand mit Schwung gegen den Kopf des dürren Polizisten knallte, der dadurch an die gegenüberliegende Wand geschleudert wurde und reglos zu Boden sank.

Zwanzig Minuten später sitzen wir also genau hier.

»Tine, sag endlich was! Wieso hast du das getan?!«, frage ich sie erneut und rassele mit meinen Handschellen.

»Was ist bitte falsch daran, Tieren das Leben zu retten?«

Die Milchglastür öffnet sich und ein Wachtmeister kommt zu uns. Ihm folgt der dürre Polizist, der sich mit verängstigtem Blick ein vollgeblutetes Taschentuch an die Nase drückt. Mit einem lauten Seufzer setzt sich der Wachtmeister zu uns auf die Bank und sieht uns lange schweigend an.

»So, was haben wir denn hier …«, beginnt er dann endlich und schiebt seine Lesebrille bis auf die Nasenspitze herunter, um den krakeligen Bericht der drei Beamten zu studieren.

»Fräulein Golz, Sie sind ja genau genommen der Auslöser gewesen, wenn ich das richtig verstehe. Wie wollen Sie sich denn zu der Sache äußern?«

Meine Freundin schüttelt mit zusammengekniffenen Lippen energisch den Kopf.

»Tine, bitte …«, flüstere ich, doch Tine hört nicht auf, den Kopf zu schütteln, als wäre sie ein kleines Mädchen, das aber mal überhaupt nicht sein Gemüse aufessen will.

»Ich helfe Ihnen auf die Sprünge, Fräulein Golz. Sie haben den gesamten Verkehr auf der B 262 Richtung Bochum zum Erliegen gebracht, mitten in der Rushhour durch eine eigens angelegte Straßensperre …«

»Um den armen Kröten und Lurchen über die Straße zu helfen, die Tag für Tag von rücksichtslosen Autofahrern brutal ermordet werden!«, beendet Tine den Satz. Der Wachtmeister nippt an seinem dampfenden Kaffee, ohne Tine aus den Augen zu lassen.

»Jedenfalls hat das für ein Verkehrschaos rund um Wanne-Eickel gesorgt, zumal Sie sich nicht einmal von unseren Kollegen haben überzeugen lassen, das Feld zu räumen.«

»Es ist ja auch Krötenwanderungszeit …«

Tine sieht zu mir und strahlt vor Stolz.

»Verrückt …«, flüstert Ben und schüttelt den Kopf.

»Nun zu Ihnen, meine Herren …«

Ben schnalzt mit der Zunge und Gibbel muss aufstoßen. Ich bin mir nicht sicher, ob er realisiert, was gerade passiert.

»Was haben wir denn hier?«, fragt der Wachtmeister und blättert sich durch seine Unterlagen. »Beamtenbeleidigung, Verstoß gegen das Betäubungsmittelgesetz, Widerstand gegen die Staatsgewalt, Körperverletzung …«

»Aber, Herr Wachtmeister«, interveniere ich. »Das alles ist ein großes Missverständnis. Sehen Sie, die Herren Polizisten sind in meine Wohnung gekommen, ich wurde von einem Ihrer Kollegen gestoßen und bin unabsichtlich gegen diesen Herrn da vorne gefallen.«

Ich nicke dem dürren Beamten zu, der sofort den Zeigefinger auf mich richtet.

»Das war mutwillig!«, sagt er.

»Aber nein, nein!«, antworte ich.

Gibbel versprüht Scotch-Aroma-Rülpser.

»Eigenkonsum ist doch nicht strafbar?!«, murmelt Ben vor sich hin und Tine faselt schon wieder irgendetwas von Pandabären. Ich lasse meinen Kopf gegen die Wand knallen und schreie. »Herrgott, ich bin doch nur Lehrer!«

Um 23 Uhr können Tine, Gibbel, Ben und ich nach dreieinhalb Stunden auf der Wache das Gebäude endlich verlassen, jeweils mit Anzeigen bestückt wegen Verkehrsbehinderung und Widerstands gegen die Staatsgewalt, wegen vorsätzlicher Körperverletzung gegen einen Polizeibeamten, wegen Beamtenbeleidigung und wegen Verstoßes gegen das Betäubungsmittelgesetz, da der Konsum von Marihuana zwar nicht strafbar ist, der Besitz dagegen schon. Ben hat es sich zur Sicherheit noch einmal erklären lassen. Nun stampfen wir stumm durch die schlafenden Straßen und lassen uns vom Regen beleidigen. Gibbel, der inzwischen aus seinem Delirium erwacht ist, verspricht die Überprüfung der Vorgänge und ich sage, dass das schon wieder super funktioniert hat mit der Vorbereitung auf meine Stunden. Tine wirft ein, sie hätte immerhin sieben Kröten, zwei Lurchen und einer Weinbergschnecke das Leben gerettet, indem sie ihnen den Weg über die Straße ermöglichte, und Ben fragt, ob man diesen angefangenen Abend nicht noch nutzen und etwas trinken gehen sollte. Ich laufe mit nassen Socken und Schuhen durch die Pfützen, puste meinen warmen Atem in den Nachthimmel und verspüre den Drang, mir ein Büschel Jambú-Blätter in den Mund zu stopfen, damit das ganze Elend endlich ein Ende hat.

21

Die Unterrichtsstunde ist gerade zehn Minuten alt, da bereue ich schon, dass ich Bens Idee in die Tat umgesetzt habe. Die Klasse hatte die Hausaufgabe, die Lyrics ihrer Lieblingslieder mitzubringen, damit wir die Bestimmung von Wortarten und Satzgliedern, Fragen zur Syntax und Kommasetzung sowie Text- und Leseverständnis nicht an den vorgesehenen Sachbuchbeispielen, sondern an alltagsnahen Texten bearbeiten können, die meine Schüler cool finden. Nun stehe ich vor der Tafel und starre auf die erste Strophe von *Chabos wissen, wer der Babo ist*, ein Erzeugnis des Rappers *Haftbefehl*. Die erste Zeile lautet »Tokat, Kopf ab«, und ich stöhne leicht, da die Essenz des Textes durch das darauffolgende »Mortal Kombat, Vollkontakt à la Ong-Bak« nur noch nebulöser wird. Tarek hat sich gleich zu Beginn der Stunde gemeldet und voller Stolz den Titel und Interpreten angekündigt, woraufhin die restliche Klasse mit einer Mischung aus Euphorie und Ehrfurcht Beifall klatschte. Das Lied ist zwar schon etwas älter, aber es ist auch heute noch *der* Rapsong schlechthin, wenn man in Wanne-Eickel zu den angesagten Kids gehören will, habe ich mir sagen lassen. Tarek begann argumentativ schlüssig und vollkommen logisch zu begründen, warum er ausgerechnet diesen Song gewählt hatte. Eine Fähigkeit, die sich bei ihm bisher noch nie gezeigt hatte. Er nannte das Lied einen zeitlosen Klassiker, der ihn daran erinnern würde, wo er herkommt und wo er hingehört, und der Entscheidendes im Hinblick auf die Entwicklung seiner ureigensten Persönlichkeit geleistet hatte.

»Hafti ist ein Held, weißt du?«, betont er jetzt und die Kinder warten gespannt auf meine Reaktion.

»Tokat, Kopf ab ...«, lese ich erneut, umfasse mit Daumen und Zeigefinger mein Kinn und überlege, wie man an diesem Songtext grammatikalische Phänomene aufzeigen könnte. Ich gehe die Zeilen ab und suche nach Verben, wie in einem Text aus der Mediävistik im Germanistikstudium. Auf Verben wollte ich nämlich zunächst meinen Fokus legen, um von der *Wortart* »Verb« zur *Stellung* des Verbs als Indikator für die Bestimmung von Haupt- und Nebensätzen zu kommen. So war der Plan. So hatten Ben und ich es vereinbart. Wir hielten das für sinnvoll.

»›Tokat‹ ist Turkisch und heißt ›Ohrfeige‹!«, übersetzt Tarek ungefragt und sieht mich aufmunternd an, als würde mir das irgendwie weiterhelfen. Mehmet fotografiert den Text mit seiner Handykamera von der Tafel ab und Tudor trommelt einen weichen Beat auf seinen Schenkeln, woraufhin Süleyman leise das Lied rappt. Marcel kommt herein und hustet in den Takt sein obligatorisches »Sorry«. Um mich herum dreht sich alles. Ich sehe auf meine Armbanduhr, ohne zu erkennen, wie spät es ist. Tarek sagt, dass er auch den Rest des Liedes aufsagen kann. Er spricht in seinen Bleistift wie in ein Mikrofon. Am Anfang verstehe ich kein Wort. Es klingt wie ein Mix aus Türkisch, Deutsch und Fantasiesprache, Tareks Leseschwierigkeiten und mein Schwindel tragen ihren Teil zu meinem vollkommenen Unverständnis bei. Erst bei den letzten Zeilen macht es »ssssspt«, als würde man einen Reißverschluss zuziehen, und die Konturen um mich herum werden wieder deutlicher und meine Sinne schärfer. Ich konzentriere mich.

»Hafti Abi Baby Straßenstar International«, rappt Tarek in sein Bleistift-Mikrofon, »Biji Biji Kurdistan, ich mach es auf die Babo-Art.«

Um aufzuzeigen, dass die erste Strophe zu Ende ist, macht Tarek Rap-Posen und lässt anschließend lässig seinen Bleistift auf den Boden fallen. Für einen Moment lang ist es leise.

»Okay«, sage ich dann, »fangen wir an mit: ›Ich mach es auf die Babo-Art‹. Wo ist hier das Verb?«

Eine Viertelstunde später sitzen wir am Chorus des Songs. Zwischenzeitlich hatte ich die anderen Schüler nach ihren Texten gefragt, in der Hoffnung, dass sie einfacher zu analysieren waren. Jenny kramte den Text zum Lied *Beweg dein Arsch* von *LaFee* aus ihrer Tasche. Allerdings wehrte ich ihren Vorschlag sofort mit einer schützenden Handbewegung ab, als würde mich jemand mit Papierkugeln bewerfen. Wenn bereits im Titel Grammatikfehler auftauchen, dann ist die Wahrscheinlichkeit einer sinnvollen Syntaxausbeute relativ gering. Auch Süleyman meldete sich. »Isch hab Bushido-Text …«, bot er an.

»Nein. Danke. Jemand anderes?«

Schnell war mir klar, dass der Rest der Klasse entweder gar nichts oder lediglich englische, kurdische, arabische und libanesische Songtexte dabeihatte. Also wandten wir uns wieder Tareks Lied von *Haftbefehl* zu. Dafür rappt Tarek nun den Chorus vor. Der Titel *Chabos wissen, wer der Babo ist* markiert hier das Zentrum, gefolgt von »Hafti Abi ist der, der im Lambo und Ferrari sitzt«. Ich ertappe mich beim Mitsummen, auch wenn ich kaum etwas kapiere. Keine Frage, beim Pokern oder bei einem Saufabend kann man das Lied gerne mal laufen lassen. Aber für den Grammatikunterricht ist der Song eher weniger zu gebrauchen und von *Haftbefehl* höchstwahrscheinlich so auch nicht gedacht. Aber jetzt habe ich mir die Scheiße eingebrockt. Wenn ich mein seit Tagen groß angekündigtes Entgegenkommen nach so kurzer Zeit wieder beenden würde –, die gesamte Motivation in der Klasse wäre augenblicklich dahin. Ich habe keine Wahl. Ich bin ein Gefangener in den Zwängen meiner eigenen Entscheidungen. Also gehe ich die Sätze geduldig mit den Schülern durch, überlege mit ihnen, wo ein Verb sein könnte und wo eines fehlt, wo es an unerwarteten Stellen auftaucht und wo man es besser hätte einfügen sollen. Ich klappere die anderen Wortarten ab, was nur mithilfe meiner Türkisch und Kurdisch sprechenden Schüler und durch die tatkräftige Mitarbeit von Elmin möglich ist. Nach einer weiteren Viertelstunde lasse ich mich erschöpft auf den Stuhl an meinem Pult fallen. Die Schüler haben Spaß und analysieren weiter vor sich hin, wobei ich mir davon nicht den geringsten Kompetenzzuwachs verspreche. Ich erläutere ihnen, dass aufgrund der Komplexität des Textes die Förderung ihres Leseverständnisses schwer zu bewerkstelligen ist. Wahrscheinlich klingt das für sie wie Mandarin. Vorsichtshalber nicken trotzdem alle. Ich drifte in einen Zustand sorgloser Träumerei ab und in meinem Kopf breitet sich eine Melodie aus, die nach und nach meinen gesamten Körper durchdringt.

»Chabos wissen, wer der Babo ist, Hafti Abi lalalaaa …«

22

»Vielleicht war das doch nicht so eine gute Idee …«, stöhnt Ben am Telefon und ich stimme ihm sofort zu.

»Absolut beschissen!«, sage ich.

Ben verspricht, dass er sich etwas anderes überlegt, und legt auf. Ich stelle das Telefon zurück und Poseidon gesellt sich zu mir. Nachdem er seit einigen Tagen ebenfalls unter Tines Nahrungsdiktat leidet und anstatt Fisch lediglich eine Art Gemüsestreu mit harten Tofuwürstchen und dazu einen Schuss Sojamilch bekommt, hat er seine Drangsalierungen eingestellt. Vielleicht hat er endlich geschnallt, dass wir im selben Boot sitzen, das von Tines Tierschutzwahn zerfressen ist und zu sinken droht. Ihre Überzeugungen werden immer radikaler und meine Angst vor ihr wächst. Über unserem Bett hängt inzwischen ein großes gerahmtes Bild von einem aufrecht stehenden Pandabären mit verschränkten Armen, der eine Sonnenbrille trägt und in jeder Hand eine Knarre hält. »Ab jetzt wird zurückgeschossen«, hatte Tine gesagt, während sie mit kurzen, präzisen Schlägen die Nägel in die Wand hämmerte. Ich flüchtete mit dem Laptop in der Hand ins Wohnzimmer, gebückt wie ein Soldat in feindlichem Gebiet. Doch auch auf meiner Couch fand ich keinen Frieden, die Misere ging weiter. Denn zu allem Überfluss hatte mir Valentin Frühling auf Facebook ein Foto von sich und seiner Klasse zukommen lassen, auf dem alle Schüler die Arme in die Luft reißen, wie bei einer abgedroschenen Reality-Doku-Vorschau auf *VOX*. Die hintere Schülerreihe hielt ein Banner hoch, auf dem stand: »Es hat sich ausgedrehert. Gemeinsam für Herrn Frühling!«

Scheiß Streber-Kinder.

Aber immerhin bin ich nicht allein. Poseidon liegt neben mir. Er schnurrt. Vorsichtig streichle ich über sein dickes Fell und kraule ihn hinter den Ohren. Poseidon und ich. Zwei echte Kerle, die sich in schweren Zeiten gefunden haben.

Zwei Tage später steht Ben in meinem Wohnzimmer und fuchtelt mit einer unbeschrifteten CD vor meinem Gesicht herum. Er sagt, er ist hoch motiviert, mir zu helfen, damit ich an unseren Männerabenden nicht immer bis in die Haarspitzen deprimiert bin.

Es ist Mittwoch. Bis auf meine LED-Leuchte hinter dem Fernseher und Poseidons wärmespendender Leselampe über seinem Körbchen, die ich ihm gestern Nachmittag installiert habe, ist alles dunkel. Tine ist nicht da. Sie ist mit einem Stapel Tierdokumentationen zu ihren Eltern gefahren, um sie zu bekehren.

»Ich habe eine fantastische Idee!«, sagt Ben und reißt die Arme in die Höhe wie die Schüler von Valentin Frühling. Beinahe hätte er mir dabei mit der CD die Wange zerschlitzt.

»Pass auf, das mit den Songs, insbesondere mit den Rapliedern, hat semigut funktioniert, das gebe ich zu. Aber hier ist mein neuer Vorschlag: Du nimmst ein *eigenes* Raplied auf!«

Ben strahlt mich an.

»Du machst ein paar schlechte Reime, verteilst in deinem Text Beleidigungen und benutzt massenhaft Füllwörter, also alles so wie in normalen Raptexten. Aber – und das ist das Entscheidende und Neue – innerhalb des Liedes sind im Subtext die Messages eingebaut, die du an die Schüler weitergeben willst. Einige auch direkt und offensichtlich!«

Ben kramt einen gefalteten DIN-A4-Zettel aus seiner Hosentasche hervor, streicht ihn auf seinen Knien glatt und geht die einzelnen Zeilen mit dem Zeigefinger ab.

»Hier! Das spiele ich dir jetzt vor!«, sagt er und hält mir das Blatt vor die Nase. Dann springt er auf und wirft die CD in die Playstation.

»Also, wenn du ein eigenes Raplied aufnehmen willst …«, beginnt Ben und ich unterbreche ihn.

»… was nicht der Fall ist!«

Ben winkt hastig ab.

»Wenn du das tun willst, muss der Text erstens cool sein, sonst finden deine Schüler den scheiße, und er muss zweitens lehrreich sein, sonst wäre er für deine Zwecke nicht förderlich.«

Ben gibt zu, dass so ein Unterfangen ziemlich schwierig ist, weil die Kids auf Texte abfahren, in denen möglichst wenig Sinnvolles transportiert wird, was in einem deutlichen Konflikt zu meinem Ziel steht, die Schüler damit inhaltlich zu erreichen.

»Um diesen Konflikt zu lösen, habe ich deine Infoblätter zur Satzanalyse und zum Bestimmen von Wortarten mal bei der Arbeit durchgesehen und daraus einen Textentwurf gebastelt.«

Ich frage Ben, ob er in der Arbeit nichts Besseres zu tun hat und was er eigentlich den ganzen Tag da macht. Er winkt ab.

»Das Schöne bei Rap-Texten ist ja, dass sich da gar

nichts reimen muss. Man kann alles betonen, wie man will, damit es irgendwie so *klingt*, als passe es zusammen. Das hast du bestimmt schon bei den Texten mitbekommen, die du besprochen hast. Wenn du das Lied einsingst, musst du halt noch deine persönliche Note da reinbringen …«

»Einsingen? Ben? Bist du bekloppt?«

»Ganz genau, einsingen, Fabi. Deine Schüler hören das, lernen wie nebenbei den Inhalt und alles ist gut. Ich fange mal an. Das ist an das Lied von *Haftbefehl* angelehnt, das habt ihr ja letzte Stunde intensiv besprochen, wie du erzählt hast …«

Ben drückt auf »Play« und dreht mit der Fernbedienung die Lautstärke höher. Ich höre einen langsamen Beat. Ben reißt mir das Textblatt aus der Hand.

»Bitte nicht …«, flüstere ich.

»Chabos wissen wer der Dreher ist,
Bizeps-Fabi ist der, der im fetten Opel Corsa sitzt,
Er ist die Grammatik-Bitch.
Wissen wer der Dreher ist,
Er ist Babo, der dir hilft, dass du gute Noten
kriegst,
Bücher liest, kein Frust mehr schiebst.
Schreib das ab, du Milchgesicht, besorg dir einen
Stift,
Bevor der Babo Dreher kommt und hyper smooth
die Tafel wischt.
Kollege, wie sieht's aus, endlich Lust auf lernen,
lan?
Dann halt dich bitte fest, denn wir wagen
uns an Sätze ran!«

Ich lege den Kopf in meine Hand und stütze die Ellenbogen auf meinen Oberschenkeln ab. Mich in einem Raplied als »Bizeps-Fabi« darzustellen, passt mal so gar nicht zu meinem äußeren Erscheinungsbild. Poseidon blickt mich an und scheint zu fragen, ob mein Kumpel das ernst meint. Ich nicke. Der Takt wird schneller, ein Elektroschlagzeug ballert auf uns ein, frisst sich durch die Couch und wird von dem langsamen Beat wieder eingeholt.

»Der Chorus ist total einprägsam. Er ist ja an *Haftbefehls* Song orientiert. Bei den Strophen kommt es nun darauf an, Infos einzuflechten und gleichzeitig hip, lässig und verrückt zu sein. Das kann dann ins Unsinnige überschwappen, aber das ist gewollt, das muss so.«

Er rappt weiter.

»Du bist in Deutsch richtig schlecht, du Knecht?
Hab ich recht? Oder bist du Richard David Precht?
Bleib doch mal locker, lan,
Lass da mal den Dreher ran,
Kein Problem für dich, ich regle das,
Ich mach, dass du die Regeln raffst.
Ich bin der, der dich zu Boden disst,
Der dir zeigt, wo hier der Hauptsatz ist.
Ich beginn für dich, du Opfer, ganz von vorn am Start.
Ich mach's für dich, du Opfer, auf die Dreher-Art.«

Ich rufe: »Ben, ich kann meine Schüler in einem Raplied doch nicht als ›Opfer‹ bezeichnen!«

Er überhört oder ignoriert es.

»Es gibt Hauptsatz, Nebensatz,
Adidas, fick dich, Spast,
Das ist Wanne-Eickel Ghetto-Rap,
Den ich in eure Köpfe steck!«

»Ben? Beeeheeen?!«, schreie ich gegen die Musik an. Er dreht den Beat ab.

»Was is?«

»Jetzt mal ehrlich, ›Adidas, fick dich, Spast‹ geht echt nicht. Da kann ich ja gleich meine eigene Suspendierung schreiben.«

Ben widerspricht. Das würden doch nur meine Schüler hören und die finden so was cool.

»Nur dann«, er hebt den Zeigefinger und wiederholt: »Und nur dann werden sie das lernen, was jetzt kommt.«

Ich wehre mich. Er schüttelt verständnislos den Kopf, als wäre ich ein Stück Sellerie, dem man Integralrechnung beibringen muss. Der Beat wird lauter, Poseidon flüchtet in die Küche.

»Im Nebensatz steht das Verb grundsätzlich am Ende.
Krieg ich's in dein Spatzenhirn, werd ich zur Rap-Legende.
Muttersack, Dildo-Fuck, deutsches Pack, lern den Kack,
Ich komme auf den Rap-Geschmack, Brudi fuck die Sätze ab!

Der Hauptsatz hat dagegen eine Zweitverbstellung.
Achte dabei bitte auf die Themenstellung!
Musst du irgendwann, ein Satzgefüge trennen,
Musst du nur die Stellung aller Verben kennen.
Wallah, es ist klar, es gibt Sonderfälle,
Doch das müsste erst mal reichen, für meine feste Lehrerstelle!

Und alle! Was geht ab?
Chabos wissen, wer der Dreher ist,
Bizeps-Fabi ist der, der im fetten Opel Corsa sitzt,
Er ist die Grammatik-Bitch.
Wissen, wer der Dreher ist,
Er ist Babo, der dir hilft, dass du gute Noten kriegst,
Bücher liest, kein Frust mehr schiebst.
Schreib das ab, du Milchgesicht, besorg dir einen Stift,
Bevor der Babo Dreher kommt und hyper smooth
die Tafel wischt
Kollege, wie sieht's aus, endlich Lust auf Lernen, lan?
Dann halt dich bitte fest, denn wir wagen
uns an Sätze ran.«

Ben fuchtelt wieder mit den Armen und umarmt sich selbst mit einem »Oh yeah!«. Der Beat verstummt, es ist still. Man hört lediglich Poseidons genervtes Kauen vor der Schüssel mit den Tofubrocken. Ben lässt das Textblatt sinken, die Schultern fallen und zieht die Nase hoch.

»Und?«, fragt er.

»Könnte klappen …«, sage ich.

Zwei Stunden später sitzt der Text. Ich habe vereinzelt noch einige »Tschüschs« eingebaut, die Silbenanzahl angepasst, den Takt etwas geglättet und noch zusätzliche Informationen eingestreut. Auch wenn ich mich mit einigen Passagen auf dünnem Eis bewege und ich die Idee an sich ziemlich beknackt finde: Viel zu verlieren habe ich nicht mehr. Es sind nur noch drei Wochen bis zur Lernstandserhebung, das sind umgerechnet knapp zehn Stunden Unterricht. Sebi betonte in unserer ersten Sitzung, bei so wenig Zeit sei es elementar, dass die Kinder nicht nur in der Schule, sondern in ihrer Freizeit lernen, freiwillig, mit Spaß. Da kommt mir die Idee von Ben, ein Raplied aufzunehmen, das sich die Schüler außerhalb des Klassenraums anhören, eventuell den Text mitsingen und dadurch den Inhalt unbewusst auswendig lernen, gar nicht so schlecht vor. Natürlich dürfen es weder Lehrer noch Eltern, am wenigsten Herr Direktor Kaiser mitkriegen, allerdings hat Ben auch daran gedacht.

»Stromberg hat mal gesagt: ›Entweder man geht mit der Zeit, oder man muss mit der Zeit gehen.‹ Du willst bleiben. Also musst du die Trends mitmachen.«

Ich nicke, weil's logisch klingt.

»Heutzutage geht nichts mehr ohne Internet, ohne iPhones, Videos und so weiter. Nutz das. Gründe eine WhatsApp-Gruppe mit deinen Schülern, in der nur ihr seid und in der ihr relativ ungezwungen miteinander kommuniziert. Wenn da jemand noch eine Frage hat, kann das geklärt werden. WhatsApp und Nachrichten schreiben, das ist eine Sucht für die Kids. Warum das also nicht nutzen? Dazu kommt Facebook. Mach eine geheime Gruppe nur für deine Schüler auf. Da kannst du dann zum Beispiel das Lied hochladen. Ihr könnt das als allgemeine, moderne Plattform nutzen!«

»Facebook-Gruppen aufmachen ist verboten, Ben«, sage ich, »hat Herr Direktor Kaiser angeordnet. ›Erlaube ich es, dass Sie mit Ihren Schülern auf Facebook kommunizieren? Heiße ich dieses jenes gut? Gibt es im Ernstfall Konsequenzen?‹ Sorry, Mann, das kann ich nicht machen …«

»Papperlapapp«, sagt Ben und zündet sich eine Zigarette an. Poseidon biegt um die Ecke, hört das Feuerzeug klicken, miaut unzufrieden und flüchtet zurück in die Küche.

»Nimm bitte Rücksicht auf Poseidon!«, höre ich mich sagen.

»Fabi, das Raplied an sich wird der Typ schon nicht gutheißen. Dann ist das mit Facebook auch egal. Der heißt gar nichts gut, was du machst. Es darf einfach niemand mitbekommen. Du musst eine Vertrauensbasis in deiner Klasse herstellen. Von wegen: Wir machen das, aber ihr müsst die Klappe halten. Meinste, das funktioniert?«

Ich verspreche, darüber nachzudenken, und überlege fieberhaft, wie ich es fachdidaktisch begründen könnte, falls alles auffliegt. Kommunikation über iPhones, WhatsApp und Facebook könnte ich als »mediengestützte Vermittlungsprozesse« deklarieren und mich damit eventuell herausreden. Sollte das Raplied an die Öffentlichkeit gelangen, greife ich die in Sebis Buch dargestellten Prinzipien auf und sage, dass ich durch mein Vorgehen die drei Leitmodalitäten Oralität, Literarität und Digitalität vereinen wollte. In meinem Kleiderschrank müsste ich noch eine Krawatte herumfliegen haben, die bei einer Pressekonferenz unheimlich professionell auf die Leute wirken würde. Zur Not könnte ich auch Poseidon mitnehmen. Eine Katze auf dem Schoß wirkt seriös.

Ben versichert mir, dass er das mit der Aufnahme organisieren kann, weil der beste Freund von seinem Cousin jemanden kennt, dessen Schwippschwager Beziehungen zu einem Typen hat, der ein ziemlich semiprofessionelles Tonstudio besitzt. Wir schmeißen die Playstation an und öffnen unsere Bierflaschen. In Gedanken bereite ich mich darauf vor, in einem Tonstudio einen Raptext zum Thema Satzanalyse einzusingen und Ben hinter der Glasscheibe mitwippen zu sehen. Poseidon kommt angeschlurft, hüpft auf die Couch und rollt sich in meinen

Schoß. Mit dem Playstation-Controller in der Hand summe ich: »Chabos wissen, wer der Dreher ist, Bizeps-Fabi ist der, der im fetten Opel Corsa sitzt …«

Ben nimmt ebenfalls einen Controller in die Hand und sagt unvermittelt: »Wenn man den Namen des Planeten ›Uranus‹ anders betont, kommt das Wort ›Ur-Anus‹ dabei heraus?«

Dann lacht er sich halb schlapp. Poseidon und ich kichern dieses eine Mal sogar mit.

23

»Marcel macht das ja nicht absichtlich …«

Die junge Frau vor mir zuckt mit den Schultern und kratzt sich am Hinterkopf. Schuppen fallen wie kleine Schneeflocken aus ihren trockenen, fast knisternden Haaren und landen auf dem schwarzen, hautengen Spitzen-Oberteil.

»Marcel trödelt halt …«, fährt sie fort.

»Schneeflocken«, sage ich.

Ich kann nur noch primitiv-assoziativ denken, inzwischen ist es kurz vor drei und meine Kraft neigt sich dem Ende zu, die Kopfschmerzen pochen. Mit Sprechen ist da nicht mehr viel. Sogar beim Verfassen der Notizen zu meiner besten Elf aller Zeiten zittere ich vor Schwäche und muss den Bleistift für ein paar Minuten zur Seite legen. Marcels Vater hat die Augen geschlossen und zuckt am ganzen Körper, als er aus dem Sekundenschlaf erwacht.

»Jetzt war ich kurz weg!«, entschuldigt er sich hastig, setzt sich auf dem Stuhl zurecht und reißt ein paarmal seine Augen weit auf. Ich nicke ihm verständnisvoll zu. Seine Frau kratzt sich wieder am Hinterkopf und es schneit.

»Marcel kommt aber halt *immer* zu spät, das ist das Ding.«

Seine Mutter nickt. Ihr Mann räuspert sich und sieht

demonstrativ auf die Armbanduhr. Ich tue es ihm gleich und blicke ihm in die Augen. So einfach kann Kommunikation sein: *Ich weiß, Mann. Ich hab auch keine Lust mehr. Ich will auch nach Hause.* Er seufzt. Ich seufze. Seine Frau sagt etwas Subjektives. Ich schweife wieder ab, in meinem Kopf hallt es: »Chabos wissen, wer der Dreher ist.«

Bens Raplied hat es mir wirklich angetan. Auch heute habe ich immer wieder mal einen Ohrwurm davon. In dem ziemlich semiprofessionellen Tonstudio des mysteriösen Typen, zu dem der Schwippschwager des Bekannten des besten Freundes von Bens Cousin seine Beziehungen hatte spielen lassen, rappte ich den Text ein. Es dauerte Stunden, bis schließlich alle zufrieden waren. Wir bauten Effekte ein, variierten die Beats, setzten Pausen und probierten Zweitstimmen aus. Endlich reckte Ben hinter dem kleinen Fensterchen die Daumen in die Luft, der Besitzer des Studios, der sich mit »Jeff Harrison« vorgestellt hatte, obwohl er eher wie ein »Klaus Kinkowski« aussah, applaudierte an seinem Mischpult und ich durfte endlich die Kopfhörer absetzen. Wir brannten das Lied auf CD und hörten es uns wieder und wieder an, bis wir in Jeffs Hinterzimmer gingen, um bei einem Brainstorming Ideen für ein passendes Musikvideo zu sammeln. Einen Tag später war es schon so weit. Ben setzte sich für einen metaphorischen Prozess der Entprofessionalisierung ein, der Jungwerdung, der Menschwerdung des abstrakten Konstrukts *Lehrer*. Hierfür sollte ich meine Krawatte, das langweiligste und tristeste Hemd, und eine braune Cord-Altherrenhose von Sebi anziehen. Dieser Kleidungsstücke sollte ich mich im Laufe des Videos entledigen, um schließlich im »Casual Look« und mit weißem Stirnband die Schlusszeilen zu rappen.

»Dann bist du einer von deinen Schülern, ihr seid ein Team. Du respektierst sie, sie respektieren dich und sie mögen den Song, lernen den Inhalt.«

Bens optimistische Vorstellungen konnte ich zwar nicht teilen, aber ich fühlte mich bei ihm und Jeff sowieso wie eine Marionette in den Fängen unwissender Idioten, die zuletzt vor Jahrzehnten einen Klassenraum betreten und keine Ahnung von der Realität in Schulen hatten. Trotzdem ließ ich es geschehen, als hätte ich mich in die Hände Gottes begeben, der mir schon irgendwie den Weg weisen würde.

Gleich am nächsten Tag luden wir das Video in der von mir eingerichteten geheimen Facebook-Gruppe hoch, zu der lediglich meine Schüler und ich Zugang hatten. Das Video kam gut an, fast jeder Schüler setzte sein »Like«, Dutzende Kommentare wie »lässich, herr dreher!« oder »tschüüüsch, was das für geile song!« wurden daruntergeschrieben und wiederum von anderen Schülern geliked. Was mich besonders begeisterte: Süleyman und Quinn nahmen daraufhin eigene Lieder auf und luden sie hoch. Süleyman sang den Chorus: »Ich rapp so lange, oglum, bis mir Grammatik nicht mehr schwerfällt. Konjunktionen sind die Wortart, die eine Verbindung zwischen Wörtern oder Sätzen herstellt.« Daraufhin entwickelte sich ein echter Wettkampf unter den Jungs, wer den coolsten Rap schreiben kann. Quinn konterte Süleymans Song mit seinem Lied »Umstellprobe«.

»Herr Dreher sagt: ›Willst du, Chabo-Vogel, dass ich dich mal lobe?‹,

Dann finde doch ein Satzglied durch die Umstellprobe.

Ein Satzglied lässt sich nämlich ganz einfach verschieben,

Hör dir diesen Song an, denn ich werd in diesem Rapfight siegen!«

Beide bekamen ein »Like« von mir. Es folgten Dutzende weitere. Bens Idee hatte somit Erfolg gezeigt, auch wenn sie mich nicht vollständig überzeugt hatte. Es ist eine Sache, sich lustige Lieder zusammenzubasteln, eine andere ist es, in den Lernstandserhebungen die Aufgaben bewältigen zu können. Der Informationsgehalt der Texte war nicht umfangreich genug, um mir die Sorgen zu vertreiben. Es war eine angenehme Nebenbeschäftigung, nicht mehr. Zwei Wochen hatte ich noch, das war alles andere als viel, also konzentrierte ich mich auf andere Dinge, von denen ich mir mehr versprach. Einerseits, weil ich dieser Multimediakiste von Ben nicht traute, andererseits, weil es in der Facebook- und WhatsApp-Gruppe mit der Zeit immer unübersichtlicher wurde. Irgendwann postete nämlich jeder alles und kommentierte, was ihm gerade in den Sinn kam. Mir wurde es am Ende zu anstrengend, jeden Kommentar zu lesen. Ben erfuhr davon nichts, er war stolz wie Harry, dass seine Idee auf Zustimmung traf. Gibbel und Sebi sprachen dagegen ihre Bedenken aus, als ich ihnen davon erzählte. Gibbel gab die juristischen Konsequenzen zu bedenken, vor allem wegen des pädagoisch nicht ganz sauberen Textes.

»Wenn das rauskommt, ui, ui, ui ...«, sagte er und ruderte dreimal mit der linken Hand, die rechte umklammerte das StGB. Sebi fand es aus motivationalen Gründen zwar lobenswert, reflektierte allerdings die Durchschlagskraft eines solchen Vorgehens. Er hielt mir ein Buch unter die Nase, das ähnliche Aspekte berücksichtigte, aber auf einem höheren Niveau ansetzte. Er nannte es das *kooperative Lernen*, das ich unbedingt in der nächsten Stunde ausprobieren sollte. Alles auf eine Karte setzen, da ich nur noch zwei Wochen Zeit hatte. Meine letzte Möglichkeit. Der finale Vorschlag. So in der Art. Aber die Vorbereitung sei anspruchsvoller als bei jeder anderen Methode, ich solle genug Zeit dafür einplanen, so Sebi. Dieser Idiot. Als Lehrer hat man ohnehin schon genug zu tun. Als Klassenlehrer der 9a der Albert-Einstein-Gesamtschule Wanne-Eickel potenziert sich das alles um Faktor *n*, und *n* steht für eine sehr, sehr lange Zahl. Allein die Zeit für die Bearbeitung organisatorischer Details geht ins Unmessbare. Erst einen Tag zuvor hatte Robert im Geschichtsunterricht vor die Füße von Frau Jentsch gespuckt, als diese ihn wegen »fehlender Hausaufgabe« eintragen wollte. Was das für mich bedeutete? Hinsetzen, Klassenbucheintrag machen, Elterntelefonate führen, Tadel schreiben.

Etwas knackt und ich bemerke, dass ich das Hinterklemmdings meines Kugelschreibers abgebrochen habe. Ich schiebe den Kuli zur Seite, greife nach dem Bleistift und spiele damit herum. Marcels Mutter sieht mich fragend an. Ich schüttele mich und sage: »Nun gut, aber Sie müssen das alles mal objektiv betrachten!«, und ihr Mann nickt, nach dem Motto: »Da hat er auch wieder recht …«

Ich trinke einen Schluck Wasser, ziehe den Block zu mir und überprüfe mein Mittelfeld. Aber ich bin zu unvorsichtig – zum ersten Mal an diesem Tag –, denn Marcels Vater kann einen Blick auf den Zettel erhaschen. Seine Augen leuchten auf, als er die Namen liest, und ich werfe ruckartig meine Hände auf das Blatt. Er zwinkert mir zu, deutet dezent auf meine Aufstellung und flüstert mir ein kaum hörbares, lediglich an seinen ausdrucksvoll ausgeführten Lippenbewegungen ablesbares »Rummenigge!« zu. Ich kneife die Augen zusammen, nicke und schreibe ihn neben Netzer und Ballack ins Mittelfeld.

24

»Tschüüsch, du Josef! Was los mit dir? Isch will auch mal Schiri sein!«

»Kevin, dann lass Tarek jetzt halt auch mal Schiri sein …«

»Ey, warum, Herr Dreher? Ich hab grad erst Pfeife gekriegt!«

»Du hattest Pfeife die ganze Zeit, yallah, gib mir her!«

»Gar nich!«

»Wallah, isch schwör!«

»Ja, Kevin, komm, jetzt gib Tarek doch einfach die Pfeife …«

»Ich will aber Pfeife, Herr Dreher!«

»Sein Mutter ist ein Pfeife, Herr Dreher!«

Ich kratze mich an der Stirn, obwohl sie gar nicht juckt, und mache so lange weiter, bis ich mir die Haut wund gekratzt habe und es wehtut. Mir fällt im Moment keine sinnvollere Handlung ein. Vielleicht gelingt es mir, auf diese Weise eine Idee aus mir heraus zu graben. Im Moment bin ich nämlich ratlos. Mein Klassenraum erinnert mich an mein altes Geschichtsbuch mit den Zeichnungen von Schlachtfeldern aus dem Dreißigjährigen Krieg. Überall fliegen Blätter durch die Luft, es wird geschubst, gerangelt und gekämpft, geplappert, gemeckert und geschrien. Alle laufen im Raum herum, manche gezielt, die meisten planlos, und das nur, weil ich gesagt habe, dass ich es in dieser Arbeitsphase erlauben würde. Stifte werden geworfen, Etuis weggenommen und Wasserflaschen ausgekippt. In regelmäßigen Abständen durchdringen die schrillen Pfeifgeräusche der von mir ausgeteilten Trillerpfeifen für die Gruppen-Schiedsrichter das Tosen, Stürmen und Rauschen. Michelle und Seylep kreischen, Tudor rennt um die Tische und rammt versehentlich Phil, der sich schüttelt und mit den Schultern zuckt. Ich kratze wieder an meiner Stirn. Ein Tropfen Blut fällt an meinen Augen vorbei auf den Boden. Kooperatives Lernen. »Probier es einfach aus!«, hatte Sebi vorgeschlagen. »Das wird klappen!«, hatte er prophezeit. Weißt du was, Sebi? Fick dich einfach.

»Herr Dreher, Herr Dreher! Kevin gibt misch nisch die Pfeife!«

Ich höre es und erwache aus meiner Lethargie.

»›Mir‹, Tarek. Es heißt: ›Kevin gibt *mir* nicht die Pfeife.‹ Dativ.«

Tarek nickt.

»Gib mir Pfeife!«, wiederholt er und zeigt mit ausgestrecktem Zeigefinger auf Kevin, der in besagte Pfeife bläst und Tarek anschließend die gelbe Karte vors Gesicht hält. Tarek reißt sie ihm aus der Hand und Kevin schreit: »Herr Dreher, Alter, der Tarek hat mich die Karte weggenomm!«

Ich überschlage meine Finanzen und wäge ab, ob ich es mir erlauben könnte, mich selbstständig zu machen. Vielleicht mit einem Frozen-Yogurt-Shop. Oder ich mache mit Gibbel und Sebi die Kneipe auf. Ich bin achtundzwanzig Jahre alt, das Leben liegt noch vor mir. Das hier muss es nicht gewesen sein. Ich könnte mich auch bei der Polizei bewerben. Kontakte zur Wanne-Eickler Wache habe ich schließlich schon geknüpft. Dann würde ich jeden Tag mit der Blitzmaschine vor Valentin Frühlings Haus stehen und so lange warten, bis er mit meinem Weisen Horst zu schnell fährt. »Fahrzeugpapiere, Führerschein, und, ach ja, das Auto muss ich beschlagnahmen.« Mal sehen, wie der Mistsack dann guckt. Da kann er noch so toll mit seinem Direktor befreundet sein, noch so tolle Fotos mit seinen schleimenden Streberschülerchen machen und noch so dämliche Ray Bans tragen. Dann heißt es: Arrest, U-Haft, Knast. Gibbel ist bis dahin bestimmt Oberstaatsanwalt in Duisburg. Der Arm der Gerechtigkeit. Wir würden zuschlagen. Gibbel und ich. Die Exekutive und Judikative.

Allerdings bräuchte ich das Sportabzeichen für eine Bewerbung bei der Polizei. Und außerdem findet Tine, Blau würde nicht zu meinen dunklen Haaren passen. Wobei Tines Meinung mir inzwischen furzegal ist. Ginge es nach ihr, würde ich den ganzen Tag auf irgendwelchen Bauernhöfen geräumigere Hühnerställe bauen oder auf hoher See Walfängerboote kentern. Sollte ich in ein paar Wochen über einen alternativen Berufsweg nachdenken müssen, und danach sieht es im Moment aus, kann ich ihre Tierschutz-Vorstellungen leider nicht berücksichtigen. Das Höchste der Gefühle wäre, mit Poseidon an meiner Seite ein Comedy-Duo zu gründen und am Hauptbahnhof Open-Air-Vorführungen anzubieten.

»Michelle, gib Stift, du Fotze!«

Ich wache wieder auf.

»Fick dich, Robert!«, schreit Michelle zurück und sieht dann flehend zu mir. »Herr Dreheeer …!«, winselt sie.

Ich stehe auf und wische mir eine Fluse von der Schulter. Im Hinblick auf eine mögliche Bewerbung bei der

Polizei entscheide ich mich, autoritäres Problemlöseverhalten zu trainieren, und fordere Robert unmissverständlich auf, für fünf Minuten den Raum zu verlassen und die Klinke von außen heruntergedrückt zu halten. Dann drehe ich mich zu Michelle.

»Aber ›fick dich‹ sagt man auch nicht!«, ermahne ich sie mit erhobenem Zeigefinger.

»Sagst du doch selber in dein Raplied …«

Robert sagt es, bevor er die Tür hinter sich schließt.

»Das war wegen des Reims!«, rufe ich hinterher.

Das Getöse hört auf und die ganze Klasse sieht mich an.

»Wegen des Reims …«, wiederhole ich.

»Tschüüüsch, isch sage dir, ist gute Lied!«, nickt Tarek anerkennend.

Damit drehen sich alle wieder um und fahren mit ihren Streitereien und Unterhaltungen fort.

»Hast du meine Lied gehört?«, fragt Süleyman seine Gruppe und erntet Bewunderung.

»Hab isch kommentiert!«, sagt Mehmet und beweist es, indem er Süleyman sein iPhone vors Gesicht hält. Michelle zeigt ihrer Gruppe ihr Tattoo, das alle einmal berühren dürfen. Quinn sieht aus dem Fenster. Ein Papierflieger segelt gemächlich an mir vorbei und landet neben dem Waschbecken. Ich hebe ihn auf, entfalte ihn und erkenne mein am gestrigen Abend mühselig zusammengearbeitetes Regelpapier für den »Kooperativen Unterricht«.

»So, wer war das hier? Mit dem Papierflieger?«, rufe ich.

Natürlich tut plötzlich jeder so, als wäre er wahnsinnig in seine Gruppenarbeit vertieft. Ich winke ab und lese noch einmal den Zettel durch:

»1. Setzt euch in Fünfergruppen zusammen!
2. Bildet Zweierteams und wählt einen Schiedsrichter!
3. Spielt das Spiel ›Wortarten-Bestimmen‹: Bei jeder richtigen Lösung bekommt ihr einen Punkt! (Vorsicht: Der Schiedsrichter kontrolliert mit Pfeife und Verwarnungskarten!)
4. Wechselt die Teams und den Schiedsrichter und spielt eine zweite Runde!«

Unter die Aufgabenstellung wurde mit Bleistift ein Scheißhaufen gemalt. Mit Schattierungen und welligen Linien, die den Odeur symbolisieren sollen. Zwischen Zorn und Bewunderung tupfe ich mir mit dem Zettel das Blut von der Stirn.

Das Wortarten-Spiel als kooperative Lernform ist mein letzter Versuch, die Kinder am Interessezentrum zu packen. Inzwischen ist die vorletzte Stunde vor der Lernstandserhebung angebrochen. Bereits gestern in der Doppelstunde und vorherige Woche in der Einzelstunde hatte ich kooperative und kommunikative Unterrichtsmethoden eingesetzt, was allerdings wie bisher alles andere auch scheiterte. Sebi hatte gemeint, das *Lernen an Stationen* könne in meiner Situation am ertragreichsten sein, wenn es denn reibungslos funktionierte. Es sei hilfreich bei großer Stofffülle, es sei zeitökonomisch und gleichzeitig intensiv. Es sei abwechslungsreich, habe thematische Breite und Tiefe und eigne sich besonders für unterschiedliche Lerntypen, was individuelles und nachhaltiges Lernen fördere. Klang alles super, also ließ ich es mir erklären. Es funktioniert folgendermaßen: Die Schüler erhalten bei dieser Methode an unterschiedlichen Stationen verschiedene Lernangebote, die sie selbstständig, mit einem Partner oder in Kleingruppen bearbeiten können. Dabei ist jeder für sich selbst verantwortlich, hat einen persönlichen Arbeitsplan, auf dem die Lehrperson das entsprechende Kästchen abhakt, wenn die Lösung einer Station vorgezeigt wird. Auf diese Weise lösen die Kinder eigenständig und eigenverantwortlich die unterschiedlichen Aufgaben zu den unterschiedlichen Fragestellungen aus der Grammatik, und das auf unterschiedliche Art und Weise, sodass sie im Idealfall die Thematik multiperspektivisch bearbeitet und die Problematiken auf mehreren Ebenen verinnerlicht haben und somit variabler mit den Aufgaben der Lernstandserhebung umgehen können. Mann, klang das super. Sebi durfte weitererzählen. Er sagte, dass sich eine Station auf das Lesen der Grammatikregeln beziehen soll, die nächste auf den Zugewinn an Praxis durch konkrete Anwendung, auf diese folgt dann das sensible Hören, indem eine CD mit richtigen und falschen Sätzen angehört wird, und so weiter und so fort. Ich las das genaue Vorgehen in meinem Methodenbuch nach und büffelte zwei Nächte durch. Die Vorbereitungen für eine solche Vorgehensweise sind unendlich umfangreich. Aufgaben entwickeln, Sätze einsprechen und auf CD brennen, sinnvolle und verständliche Grammatiktexte auswählen, abwechslungsreiche, in ihrer Komplexität sich unterscheidende Stationen überlegen und kopieren, kopieren und kopieren. Hinzu kam, dass Poseidon mitten in einer dieser Nächte von meinem Gekritzel aufwachte, Richtung Sojamilch-Napf tapste und dabei im Halbschlaf in meinen Kaktus stolperte. Mit Stacheln übersät torkelte er durch den gesamten Raum und jaulte, bis ich ihm Erste Hilfe leistete. Doch meine Fähigkeiten reichten nicht aus, sodass ich gezwungen war, ihn in die Tierklinik zu bringen und meine Vorbereitungen für den kooperativen Unterricht zu beenden. Die gesamte Nacht über hielt ich ihm das

Pfötchen und erst kurz vor Schulbeginn waren wir wieder zu Hause. Poseidon einbandagiert, ich brutal müde. Mit dicken Augen und pochenden Kopfschmerzen ging es dann ohne Schlaf direkt in den Klassenraum. Und eins steht fest: Es gibt Schöneres.

Besser wurde es auch nicht. Gestern brach ich nach nur drei Unterrichtseinheiten das *Stationen-Lernen* ab. Eine Fehleranalyse hatte ich sofort danach angefertigt: Um Zeit zu sparen, hatte ich nämlich zu Beginn meines Experiments die im Methodenbuch aufgeführte *kommunikative Planungsphase* aus meinem Programm gekickt. Nicht vollständig, aber meine Anweisungen waren erstens frontal und zweitens doch sehr komprimiert, da die Kinder möglichst schnell anfangen sollten und ich aufgrund des Tierklinikaufenthaltes todmüde war. Dies stellte sich im Nachhinein als unglückliche Vorgehensweise heraus, da innerhalb von zwei Minuten der Klassenraum im Chaos versank und ungefähr genauso aussah wie jetzt gerade bei meinem Wortarten-Spiel. Es gab niemanden, der die Aufgaben seriös bearbeitete. Nicht einmal Elmin. Sebi hatte den großen Entscheidungsspielraum, den ich den Schülern geben würde, »Freiraum« genannt! Eine Chance!

»Absolut beschissen!«, schrie ich Sebi gestern durchs Telefon an. »Wo Chancen sind, da sind auch Risiken! Da lauern Gefahren. Und meine Klasse ist nun mal gefährlich. Sehr gefährlich!«

Mehmet hatte am Ende einfach nur noch die Zettel der anderen abfotografiert und anschließend in Ruhe an seinem Platz abgeschrieben. Tarek machte Station 1 insgesamt neunmal, ohne zu begreifen, dass man jede Station nur *einmal* machen sollte. Kevin verstand überhaupt nichts und war zwei Unterrichtsstunden lang damit beschäftigt, den Sinn der Kästchen auf dem Arbeitsplan zu ergründen, die ja nichts weiter als ein Verzeichnis der zu bearbeitenden Aufgaben waren. Die Mädels saßen in mehreren Kleingruppen zusammen und holten irgendwann ihre Schminkspiegel heraus, bis ich Jennifer ihren wegnahm. Und Tudor hatte vom *Stationen-Lernen* leider überhaupt nichts, da ihm der Freiraum viel zu viele Möglichkeiten bot, sein ADHS auszuleben.

Meine letzte Chance war es, die Kinder für die Lernstandserhebung nächste Woche mit spielerischen Elementen zu ködern und eventuell so die letzten Wissensblöcke in ihren Köpfe zu platzieren. Und genau damit bin ich gerade beschäftigt. Aber auch hier habe ich einen entscheidenden Aspekt nicht beachtet: das Wettkampfverhalten von Jugendlichen.

»Ich hab das so richtig gesagt, das war Punkt!«

»Bis du doof oda so? Da war am Arsch Punkt!«

»War wohl Punkt!«

»Du Nutte, ja! Das war niemals.«

Jennifer waltet ihres Amtes und bläst so fest in die Schiedsrichterpfeife, dass die gesamte Klasse synchron die Hände an die Ohren presst. Sekunden lang ist es totenstill. Ein Bleistift fällt auf den Boden. Niemand rührt sich. Jennifer hüstelt.

»War Punkt …«, sagt sie und wie auf Knopfdruck kreischen wieder alle durcheinander.

Ich werfe mein missachtetes und zerstörtes Regelpapier in hohem Bogen in den Mülleimer und schaue auf die Uhr. Kurz nach zwölf. Das war's dann wohl. Arrivederci Horst. Ende, aus, Mickymaus. Klappe zu, Affe tot. Jetzt hilft nur noch beten. Beten, dass ein Wirbelsturm die Schule übers Wochenende davonfegt. Oder dass ein deutschlandweiter Ausfall aller Druckergeräte dazu führt, dass die Lernstandserhebung nicht aufs Papier gebracht werden kann. Ansonsten sehe ich schwarz. Ansonsten ist alles weg. Meine Arbeit, meine Freundin, der Weise Horst, meine Würde, meine Zukunft. Alles weg. Puff.

»Wo steht in Nebensatz der Verb?«, höre ich Süleyman fragen. Das Gemurmel überschwemmt mich, während ich mich darauf vorbereite, mir meinen Rotstift ins rechte Auge zu rammen. »Denk an den Frozen-Yogurt-Shop, denk an die Kneipe …«, flüstert eine Stimme in meinem Kopf und ich lege den Stift wieder zurück auf den Tisch. Ich taste an meiner Stirn nach der Wunde, sehe, wie Tarek aufsteht und sich alle Blicke auf ihn richten. Er skandiert:

»Im Nebensatz steht das Verb grundsätzlich am Ende,
Krieg ich's in dein Spatzenhirn, werd ich zur Rap-Legende!«

Tareks Nachahmung meines Raps erfüllt den Klassenraum, er setzt seine Spielfigur um einen Platz nach vorn, gelangt ins Ziel und ballt die Faust.

»Jaaaa, ihr Wichsers! Ich hab gewonnen!«

Einige Wasserflaschen und Stifte fallen zu Boden, ich merke, wie meine Kinnlade herunterfällt, und irgendwo zwitschert draußen ein Vögelchen. Robert kommt wieder in den Klassenraum und sieht sich verwundert um, da alle Blicke auf Tarek gerichtet sind. Süleyman steht auf, applaudiert und schlägt mit Tarek ab. Er grinst mich an und rappt:

»Es gibt Hauptsatz, Nebensatz,
Adidas, fick dich, Spast,
Das ist Wanne-Eickel-Ghetto-Rap,
Den ich in eure Köpfe steck!«

Dann rappt die gesamte Klasse den Chorus auswendig mit. Sogar Kevin ist mit von der Partie.

25

Ach, der Hannes wär so froh,
Könnt er wieder in den Zoo!
Dort sind viel', die ihn vermissen,
Doch er wurde fortgerissen.
Ist nun müde und allein,
Will bei seinen Freunden sein.
Muss auf seine Rettung warten,
Bleibt solang in meinem Garten.

Seitdem Tine unsere Wohnung vor einigen Tagen offiziell und unwiderruflich zur fleischfreien Zone erklärt hat, bleibt mir nichts anderes übrig, als heimlich im Badezimmer von den verbotenen Früchten zu naschen. Oraks Döner kann ich mittlerweile nicht mehr sehen, also esse ich gerade ein halbes Hähnchen aus Benczaks Grillstube. Poseidon sitzt neben mir auf dem gefliesten Boden. Er ist in letzter Zeit noch anhänglicher geworden und begleitet mich treu zu meinen alltäglichen Badezimmerbesuchen, weil ich ihm immer etwas abgebe. Außerdem ist er mir dankbar, dass ich ihm bei seinem Kaktus-Vorfall so treu zur Seite gestanden habe. Während er genüsslich an seinem Hühnchen kaut, esse ich die Haut und knabbere am kross gebratenen Flügel, den ich mir extra für den Schluss aufgehoben habe. Wir grinsen uns an. Dann will ich mich nach hinten lehnen, wo allerdings nichts als der rote Ein-Euro-Plastik-Klobürstenständer von IKEA ist, der kurz darauf mit einem lauten »Krzt« zwischen meinem Rücken und dem Boden zerbirst. Ich spüre Feuchtigkeit und will nicht wissen, woraus sie besteht. Knurrend stehe ich auf, ziehe das dreckige Shirt aus und suche mir aus dem Wäschekorb ein weniger stinkendes heraus.

»Ach, Poseidon, was ist nur aus uns geworden?«, schmatze ich und wische mir mit der Hand das Fett von den Lippen. Mein unförmiger Freund sieht hoch und jammert.

»Miau, miau, miau ...«

Ich nicke ihm zu, gebe die abgenagten Knochen in eine Plastiktüte und binde sie zu. Tine sitzt im Wohnzimmer und schmiedet wahrscheinlich wieder irgendwelche waghalsigen Pläne, wie sie die Artenvielfalt erhalten und jedem Tier die Chance auf ein selbstbestimmtes Leben ermöglichen kann. Sie geht davon aus, dass ich seit dem vegetarischen Fleisch-Curry schlimmen Durchfall habe und mich *deswegen* immer so lange im Bad einschließe. Das schenkt mir erstens die nötige Ruhe, um meine verbotenen Speisen zu verzehren, aber zweitens auch einen Mitleidsstreichler über den Rücken und damit die einzige Berührung seit Wochen, was mich wahnsinnig erregt. Poseidon und ich haben inzwischen eine Sache begriffen: Wenn es um die Artenvielfalt geht, dann freut man sich auch über die kleinen Dinge des Lebens. Das kann ein halbes Hähnchen oder ein Mitleidsstreichler über den Rücken sein.

Vorsichtig öffne ich die Badezimmertür, Poseidon lugt mit seinem Köpfchen nach links und rechts und gibt mir zu verstehen, dass die Luft rein ist. Mit schnellen Schritten eile ich mit der knisternden Plastiktüte Richtung Tür und signalisiere Poseidon, dass er ins Wohnzimmer gehen und sich so treudoof wie immer verhalten soll, damit Tine keinen Verdacht schöpft. Er nickt und trottet mit einer dermaßen überzeugend gespielten Schwerfälligkeit in den Raum, dass sogar ich versucht bin zu glauben, er hätte die ganze Zeit im Flur herumgelegen und höchstens mal kurz an seinen Tofubrocken in der Küche gekaut. Als sein dicker orangefarbener Popo um die Ecke biegt und Tine ihn mit Kindergartensprache begrüßt, verlasse ich blitzschnell die Wohnung.

Der Mülleimer steht unten in unserem kleinen Garten, ich muss also an Takeshis *Aloevera Feeling Massage Studio* im zweiten und anschließend am *Feel the Aloevera Massage Studio* im ersten Stock vorbei. Natürlich sind beide nicht geöffnet. Takeshi zieht seinen Plan mit der Nicht-verfügbar-also-will-ich-es-unbedingt-Taktik gnadenlos durch, und auch die Konkurrenz hält an dem Konzept fest. Ich schlendere die Treppen hinunter, denke über Takeshis Masterplan nach und pule mit der Zunge genüsslich die Hühnchenreste aus meinen Backenzähnen. Vielleicht sollte ich auch einfach nur eine raffinierte Geschäftsidee entwickeln, dann könnte ich mir das mit dem Lehrerjob schenken und müsste mir nicht so einen Stress machen. Eventuell die Eröffnung eines Massagestudios in unserer Wohnung im dritten Stock, das ich dann *Massage the Aloevera Feeling* nenne und mit Öffnungszeiten auftrumpfe. Die Plastiktüte raschelt und die Treppenstufen knarzen bedenklich. Meine Idee beginnt mir zu gefallen und ich entwickle bereits Marketingstrategien für meinen zukünftigen Wohlfühltempel, während ich nichtsahnend die schwere Hoftür aufschiebe und auf die Mülltonnen zusteuere. Mit einer mir bis dahin unbekannten Wucht schlägt mir ein Gestank entgegen, der mich am Hemdkragen packt, mich schüttelt und mir links und rechts eine verpasst. Ich beginne zu taumeln, als hätten sich kurzerhand die Kontinentalplatten verschoben, lege die Handflächen auf meine Stirn und warte, bis der Schwindel vorüber ist. Dann halte ich mir die Nase zu, setze meinen Weg fort, reiße die Klappe des Mülleimers auf und schnuppere mich vorsichtig in sein Inneres. Zwar müffelt es gewaltig nach verdorbenem Gemüse und Tofuresten, allerdings ist es kein Vergleich zu dem bestialischen Gestank. Ich lasse die Klappe der Tonne wieder zufallen und entdecke hinter ihr ein rundes, hässliches Etwas, nicht größer als einen halben Meter, das mich unverhohlen anglotzt. Seine Augen sind klein wie Rosinen, das hellbraune Fell ist buschig wie das eines Teddybären und seine Nase sieht aus wie ein überdimensional großer, unbeschnittener Penis. Das Tier sitzt, die kleinen Beinchen nach vorne gestreckt, auf der Wiese, neigt den Kopf zur Seite und sieht mich so dämlich an wie Kevin, als ich ihm erklärte, dass Rechtschreibung nicht Rechtschreibung heißt, weil man sie ausschließlich von rechts schreiben kann. »Rechtschreibung, Kevin, nicht *Rechts*schreibung. Das ist ein Unterschied. Du schreibst bitte weiterhin von links nach rechts, von *links* nach rechts!«

Das Ding – ich würde sagen, es ist eine Art Ameisenbär – schnuppert vor sich hin, ohne sich zu bewegen.

»TINE!!!«, kreische ich und mein Schrei prallt mir von der Häuserwand ins Gesicht. Der Ameisenbär beobachtet mich ausdruckslos und kratzt sich an seiner Penisnase.

»Tine! Poseidon! Lieber Gott!«

Ich lasse meine Verzweiflungsrufe verklingen. Bis auf das Echo ist keine Reaktion zu hören. Das Tier sitzt nach wie vor reglos vor mir. Und da ist er wieder, der Gestank.

In einem irrwitzigen Tempo schießt er in meine Nasenhöhle, vorbei an dem Riechkolben und den Nasenmuscheln, hinein in den Nasopharynx, und ich taumle erneut wie ein angeschlagener Boxer. Kein Zweifel: Das war Penisnase. Auch wenn er sich nicht das Geringste anmerken lässt und mich mit seinen trägen Augen anguckt wie eine Horde zugedröhnter Philosophiestudenten: Er war es. Dieser Teufel.

Ich hechte durch die Hoftür, jage die Treppen hoch und hetze an den Massagestudios vorbei, inzwischen vollkommen davon überzeugt, dass ein drittes Massagestudio in unserem Haus noch weniger Aussicht auf einen Geschäftserfolg hätte als ein Rollschuhverleih in der Kalahari-Wüste. Mit Schnappatmung komme ich vor meiner Wohnungstür zum Stehen. Ich schlage mit den Fäusten gegen das Holz, bis Tine mit verschrecktem Gesicht die Tür aufreißt. Sie starrt mich entgeistert an, sieht an mir herunter und entdeckt die Plastiktüte mit den Hühnchengebeinen, die ich vor Schreck vergessen hatte wegzuschmeißen. Mit offenem Mund und ausgestrecktem Zeigefinger deutet sie auf mich.

»Es ist nicht das, wonach es aussieht!«, verteidige ich mich instinktiv. Erst danach wird mir bewusst, dass *ich* der Anklagende sein sollte.

»Aber darum geht es jetzt gar nicht!«, wische ich dieses Detail mit einer Handbewegung beiseite. »Da draußen, da ist ein Tier, ein … ich weiß nicht, was es ist, aber es hat eine viel zu dicke Nase!«

Tine scheint nachzudenken, als befänden sich in unserem Garten ständig irgendwelche Tiere mit zu dicken Nasen und sie müsste nur kurz zuordnen, von welchem Exemplar die Rede ist.

»Ach, du meinst, Hannes«, sagt sie und nickt, »ja, das

wollte ich dir noch sagen. Hannes muss für ein paar Tage hier wohnen …«

Sie dreht sich um, nicht ohne mir über die Schulter zuzuwerfen, ich solle die Reste meines Massakers fortschaffen. Ich schleudere die Plastiktüte in die Ecke des Flures und renne hinter ihr her.

»Tine, wer oder was ist Hannes?«

Sie dreht sich zu mir und wirft sich eine Weintraube in den Mund.

»Ja, Hannes. Draußen«, sagt sie kauend und schluckt.

»Ja, Hannes. Draußen«, äffe ich sie nach. »Was soll das heißen?«

»Hannes, draußen, ist ein Tamandua.«

»Aha …«

»Das ist ein Ameisenbär. Er erreicht ein Gewicht von ungefähr drei bis fünf Kilo, kann bis zu 80 Zentimeter groß werden und kommt ursprünglich …«

»Tine!«, unterbreche ich sie. »Ich will nicht seinen Steckbrief hören und auch nicht wissen, wo er ursprünglich herkommt, sondern vielmehr, *warum* er nicht *da* ist, wo er ursprünglich herkommt!«

»Das musst du die Leute fragen, die ihn entführt und ihm perverserweise in einen Zoo gesperrt haben, damit die Menschen ihn begaffen können!«

Sie hat schon wieder die Arme in die Hüften gestemmt – ihre Moralpredigtpose. Es dauert ein paar Sekunden, bis ich ihre Worte verarbeitet habe.

»Z-Zoo? Zoo?!«, stottere ich.

In meinem Hirn ordnen sich die Puzzleteile, man hört es praktisch rattern.

»Duisburger Zoo, oder was?«

»Ganz genau …«

Sie nickt und nimmt sich eine weitere Traube.

»Aber, Tine, wieso ist ein Ameisenbär in unserem Garten, der normalerweise im Duisburger Zoo lebt?«

»Erstens lebt er normalerweise im nordwestlichsten Südamerika und zweitens ist Hannes ein Tamandua, der gehört zwar zur Familie der Ameisenbären, aber ...«

»Bla, bla, und Poseidon ist ein Kater und keine Katze ...«

Poseidon hebt das Köpfchen und scheint mich zu fragen, warum ich ihn mit reinziehe, wo wir doch jetzt Kumpels sind. Ich hebe augenblicklich die Hand.

»Sorry ...«, entschuldige ich mich und wende mich anschließend wieder Tine zu.

»Also, ich würde einfach gerne wissen ... ich meine ... hast du ... oh Gott, hast du den Ameisenbären etwa ententführt? Aus dem Zoo?«

Schweigen. Die Wanduhr tickt. Ich schaue zu Poseidon, der mich ansieht, als würde ich ihn ansehen, als hätte ich keine Ahnung, wo ich sonst hinsehen sollte.

»Tine, bitte, ich flehe dich an ...«, stöhne ich und vergrabe mein Gesicht in den Händen. Dadurch kann ich ihre Mundbewegungen zwar nicht sehen, aber ich höre ihre Worte, wobei ich bei jeder Silbe meine Finger tiefer in die Ohren stoße.

»Ich habe ihn nicht entführt, ich habe ihn befreit. Weißt du, was Tamanduas im Zoo für Nahrung bekommen? Die Ernährung ist vollkommen unnatürlich, sie leben dort mit anderen Tamanduas auf engstem Raum, obwohl sie Einzelgänger sind, nur zur Paarung zusammenkommen, und bevorzugt in der Abenddämmerung haben sie ...«

Die weiteren Einzelheiten gehen an mir vorbei, da ich die Finger inzwischen so tief in meine Ohren gebohrt habe, dass das Blut an ihnen herabtropft. Kluge Tiere, diese Tamanduas. Kommen nur zur Paarungszeit zusammen und haben ansonsten ihre Ruhe.

Nachdem ich die Blutung in meinen Ohren mit Toilettenpapier gestoppt habe und wieder zur Besinnung gekommen bin, erklärt mir Tine das Vorgehen und die Hintergründe ihrer Tat, ohne dass ich danach gefragt hätte. Gestern im Zoo hatte sie Hannes ein Stückchen Apfel zugeworfen, das dieser sich erst nach einer lahmarschigen Ewigkeit geholt hatte. Kurz darauf öffnete sie den Mitarbeitertunnel mit einem Brecheisen und nahm Hannes mit, der sich problemlos auf den Arm nehmen ließ. Ich folgere aus Tines Erklärungen, dass Hannes so unfassbar faul ist, dass ihm Gegenwehr viel zu anstrengend gewesen wäre. Tine warnt mich davor, in den Garten zu gehen, da Tamanduas als territoriale Einzelgänger ihre Reviere mit einem Analdrüsensekret markieren, das ganze Städte lahmlegen kann. Ansonsten müsste ich mir keine Sorgen machen, denn Hannes sei zwar tag- und nachtaktiv, allerdings ruhe er in der Mittagszeit und dann könne ich ja »diesen Schulkram« erledigen.

»Warum, warum, warum?«, winsle ich in meine Handflächen und Tine sagt, dass das eine berechtigte Frage ist, da Tamanduas nämlich streng genommen als »nicht gefährdet« eingestuft sind, obwohl sie in manchen Ländern unter Schutz stehen. Sie hätte aber noch einmal mit Jorge geskypt, der wiederholt hätte, dass man *alle* Tiere schützen müsste, nicht nur die gefährdeten. In Mexiko zum Beispiel stünden sie ja unter Schutz. Warum dann nicht in Deutschland? »Das hier ist ein klarer Fall von Tierquälerei, der mich zum Handeln *zwingt*, verstehst du, Fabi?!« Die Grundziele von PETA lauteten auch nicht umsonst, durch die Veränderung der Lebensweise jedem Tier zu einem besseren Leben zu verhelfen. Und genau das hätte sie vor. Im Garten könnte Hannes nicht bleiben, das wäre ihr klar. Sobald sie eine Lösung gefunden hätte, würde sie es mich wissen lassen. Bis dahin sollte ich den Garten meiden und Hannes in Ruhe lassen, um ihm den Wechsel seines Lebensraums so angenehm wie möglich zu machen.

Ich atme nichts als Fassungslosigkeit – ein und aus. Ich erinnere sie daran, dass wir vor nicht allzu langer Zeit ihretwegen auf die Wache gebracht wurden und meine Freunde und ich deswegen Anzeigen am Hals haben und auch *sie* bereits im Fadenkreuz der Wanne-Eickeler Polizei steht. Wie sie so etwas nur tun kann. Wieso, weshalb, warum nur?

Tine wirft sich eine Weintraube ein und zuckt mit den Schultern.

»Fabi, manchmal muss man eben etwas Illegales tun, um ans Ziel zu gelangen. So einfach ist das.«

Ich wende mich ab und lasse den Satz auf mich wirken. So einfach ist das …

26

»Analdrüsensekret?«, gluckst Gibbel und wischt sich das Bier von den Wangen. Ich würde ihn gern an den Ohren die drei Stockwerke hinunter schleifen und mit Schwung in Hannes' neues Revier schmeißen. Mal sehen, wie laut er dann noch gluckst. Stattdessen sage ich: »Halt die Klappe, du Penner.«

»Ja, Fabi, ich mein ja nur, das ist doch ... ich weiß auch nicht.«

Er fasst sich ans Kinn und überlegt. »Eigentlich ist das ziemlich scheiße. So rein juristisch gesehen.«

»Danke für deine konstanten Erleuchtungen, Gibbel.«

»So ein krasses Analdrüsensekret hätte ich auch gerne ...«, bringt sich Ben ein. »Wär praktisch, um morgens die Mädels aus dem Haus zu kriegen. Hätte ich gestern gut gebrauchen können, als die eine von letztens, die mit dem etwas breiteren ...«

»Ben, Alter, bitte. Keine Weibergeschichten, ich habe mit Hannes gerade genug zu tun.«

Ich sage es und ärgere mich sofort, dass ich das Viech »Hannes« genannt habe. Das Letzte, was ich im Moment gebrauchen kann, ist eine persönliche Beziehung zu einem Ameisenbären. Dann doch lieber ein Anagramm-Massagestudio im dritten Stock.

Sebi erkundigt sich, wie das *kooperative Lernen* in meiner Klasse funktioniert hat, und Ben brabbelt etwas von neuen Ideen für Raptexte. Gibbel will wissen, wie alt Ameisenbären eigentlich werden können, und ich frage zurück, ob er das *wirklich* wissen will. Er schüttelt den Kopf.

»Ja, dann halt doch einfach mal die Klappe …«

Es ist Samstagabend und im Fernsehen läuft das Spiel Hamburger SV gegen Bayern München. Die ersten sieben Minuten hatten wir für Hamburg mitgefiebert, aber als es nach achtzehn Minuten 0:3 für Bayern stand, konzentrierten wir uns aufs Biertrinken. Marcel Reif fragt seinen Co-Kommentator Stefan Effenberg, wie er das Hamburger Defensivverhalten mit *einem einzigen* Wort beschreiben würde.

»Heilloses Durcheinander!«, antwortet Stefan Effenberg.

»Nichts hat funktioniert, absolut gar nichts«, sage ich.

Sebi öffnet den Mund, um mir eine philosophische Predigt über meine inflationäre Verwendung des Wortes »absolut« zu halten, aber ich würge ihn mit einer unmissverständlichen Handbewegung ab.

»Absolut gar nichts! Das *kooperative Lernen* war ein Albtraum, Grammatik mithilfe von Raptexten einzuüben ist eine sensationell beknackte Idee. Bei meinen Schülern funktioniert weder die verständnisvolle noch die autoritäre Tour. Aus der WhatsApp-Gruppe bin ich ausgetreten, weil alle nur noch Scheiße geschrieben haben, und in der Facebook-Gruppe war ich schon lange nicht mehr, da ging alles drunter und drüber.«

»Das ist mies …«, fasst Gibbel zusammen. Ich warte, ob da noch was kommt, aber Gibbel hebt lediglich die Bierflasche an den Mund.

»Es gibt nur eine Möglichkeit, und da ihr alle mit dazu beigetragen habt, dass ich alternativlos dastehe, müsst ihr mir dabei helfen. Am Mittwoch ist die Lernstandserhebung, in den mir verbleibenden beiden Schulstunden kann ich nichts Sinnvolles mehr bewirken. Der Zug ist abgefahren.«

Es herrscht angespannte Aufmerksamkeit.

»Ich bin durch Tine und ihre Hannes-Aktion darauf gekommen. Sie sagte wortwörtlich: *Fabi, manchmal muss man eben etwas Illegales tun, um ans Ziel zu gelangen. So einfach ist das!*«

Ich lasse den Satz wirken. Gibbel blättert wild in seinem Gesetzbuch herum und Sebi seufzt laut. Marcel Reif findet, dass Hamburg unbedingt eine komplett neue Abwehrreihe braucht, und stellt klar, dass er als Trainer sowieso ganz anders aufgestellt hätte.

»Das klingt, als sei das verboten …«, sagt Gibbel unsicher und klappt seine Bibel zu. Ben zieht wieder an seiner Zigarette und macht schmale Augen.

»Was genau soll das heißen, Fabi?«

Ich greife mit beiden Händen nach meiner Bierflasche und lehne mich verschwörerisch vor. Meine Kumpels tun dasselbe. Wie bei den Pfadfindern sitzen wir im Kreis, nur dass in unserer Mitte kein Lagerfeuer vor sich hin glüht, sondern der klägliche Rest einer ehemals dick belegten Familienpizza kontinuierlich Fett an den Pappkarton abgibt.

»Im Hinblick auf mein Problem gibt es nur eine Möglichkeit. Es ist riskant, sehr riskant, aber wenn es hinhaut, dann fallen alle Klabusterbällchen gleichzeitig ab.«

Sebi freut sich, dass ich seine Metapher verwendet habe.

»Ich habe noch einmal mit Herbert gesprochen. Die Lernstandserhebungen werden einen Tag vor der Prüfung dem jeweiligen Direktor der Schule übergeben, erzählte er. Das heißt, am Dienstagnachmittag ist Herr Direktor Kaiser im Besitz der von Düsseldorf gestellten Arbeitsaufgaben, an denen meine gesamte Zukunft hängt. Er wird sie wie beim letzten Mal mit zu sich nach Hause nehmen. Und da kam mir eine Idee.«

»Bor, nee, Fabi. Du willst deinen Direktor *umbringen*?«, fragt Ben.

Ich blicke ihn für einige Sekunden an, dann sage ich »nein«.

»Es hört sich im ersten Moment krass an, aber bitte, hört mir erst einmal zu. Ich spreche es ganz ohne Umschweife aus. Der Plan ist folgendermaßen: Wir brechen ins Haus von Herrn Direktor Kaiser ein, stehlen die Aufgabenblätter der Lernstandserhebung, kopieren sie bei mir zu Hause, bringen die Originale wieder zurück, lösen die Aufgaben und vertauschen am Mittwoch nach der Prüfung die Originale mit den Kopien. Herr Direktor Kaiser lässt mich verbeamten, ich bleibe an der Schule und gewinne die Wette gegen den beschissenen Valentin Frühling. Sein Auto schenke ich euch als Belohnung für eure Unterstützung und mit Tine und Hannes werde ich dann auch noch fertig. Tata!«

Ich reiße die Arme in die Höhe wie Thomas Müller, der in diesem Augenblick das 0:4 für Bayern erzielt. Stefan Effenberg jammert über die individuellen Kollektivfehler in der Hamburger Defensive.

In meinem Wohnzimmer herrscht betretene Konzentration. Ich komme zur nächsten Stufe meines Überzeugungsprozesses: der Argumentation.

»Überlegt doch mal, das würde alle meine Probleme auf einen Schlag lösen! Davon hängt meine Zukunft ab. Und ihr habt neben der Gewissheit, eurem besten Freund geholfen zu haben, ein neues Auto!«

»Du bist nicht mein bester Freund …«, sagt Ben, mustert mich kritisch und stößt den Rauch aus seinen Nasenlöchern. »*Sebi* ist mein bester Freund …«, woraufhin dieser zunächst verwirrt ist, dann strahlt.

»Jetzt erzähl keinen Scheiß!«, sage ich.

»Okay, Spaß beiseite, aber wie willst du die Aufgaben lösen, ohne dass es auffällt, dass es nicht deine Schüler waren? Ich mein, wegen der Schrift und so?«

»Kein Problem!«, sage ich und winke ab. »Ich habe das bei Kevins Arbeit schon mal gemacht. Wir schreiben zunächst alle mit links, je zwei Arbeiten. Das sind schon mal acht unterschiedliche Handschriften. Dann mit krakeliger Schrift mit rechts, zweimal. Macht sechzehn. Und dann betrinken wir uns und schreiben wild drauf los. Das passt schon irgendwie …!«

Sebi massiert sich die Stirn mit Daumen und Zeigefinger, Gibbel öffnet eine neue Flasche Bier mit den Zähnen.

»Gut, nehmen wir an, das würde alles klappen«, sagt Ben, »wie willst du es aber hinkriegen, dass dein Direktor den Diebstahl nicht bemerkt? Immerhin ist es sein Haus. Und bestimmt hat der eine Frau oder Kinder, das klappt doch nie.«

Gibbel fährt sich durch die verschwitzten Haare und ist inzwischen kreidebleich. Er klopft mit den Fingerkuppen auf dem dicken Gesetzbuch herum und starrt ins Leere. Freundschaftlich klopfe ich ihm auf die Schulter und er lässt vor Schreck seine volle Flasche fallen. Das Bier zieht ungehindert in den Flokati ein, unter Beistand von Gibbel, der instinktiv mit den Socken darauf herumtritt, als wäre es eine Stichflamme. Wenigstens ist er jetzt wieder aufnahmefähig.

»Jungs, das wird klappen, glaubt mir. Mit Herrn

Direktor Kaiser müssen wir uns was einfallen lassen, das gebe ich zu. Außer ihm ist aber niemand im Haus. Der ist seit zig Jahren geschieden, keine Kinder, Haustiere hat er soweit ich weiß auch nicht. Das wird keine Sau mitbekommen. Einmal rein, Klausuren raus, kopieren, Klausuren wieder rein. Zack, das ist alles!«

Bayern schießt das 0:5 und der Schiedsrichter pfeift das Spiel vorsichtshalber zwei Minuten vor der Halbzeit ab. Marcel Reif und Stefan Effenberg sind stinksauer auf alle Hamburger Spieler.

»Fingerabdrucke!«, schreit Gibbel auf.

»Handschuhe!«, pariere ich.

»Gute Idee …«

»Was soll's, ich bin dabei«, ruft Ben dazwischen.

Wir klatschen uns ab. Ich drehe mich zu den beiden anderen.

»Na ja, nur kurz reingehen, einer hält Wache, und dann alles wieder zurückbringen, das geht ja …«

Obwohl Sebis Stimme zittert, bin ich sicher, dass auch er von dem Plan überzeugt ist. Fehlt also nur noch Gibbel. Da es bei ihm auf der sachlichen Ebene nicht funktionierte, versuche ich es auf der emotionalen.

»Komm, Alter«, sage ich, »du und ich, wie damals, als wir den ganzen Karton der Panini-Sammelbildchen aus Uschis Bude geklaut haben! Weißt du noch? Gott, waren wir jung, da kannste mal sehen, wie lange wir schon durch dick und dünn gehen …«

Gibbel lächelt.

»Da war der Andi Möller drin …«, flüstert er.

Ich springe auf den Zug auf.

»Genau, Andi Möller! Und diesmal ist da ein BMW Z3 von Valentin Frühling drin! Überleg doch mal, das ist doch noch viel besser! Der ist sowieso ein Mistsack.«

Gibbel schüttelt langsam den Kopf und beißt auf seiner Unterlippe herum. Auch Ben und Sebi wirken wieder unsicherer.

»Ich will Anwalt werden, Fabi«, sagt Gibbel, »außerdem haben wir deinetwegen schon alle Anzeigen am Hals.«

Ben und Sebi nicken und nuscheln etwas zwischen *stimmt* und *achja*. Die finale Phase meines Überzeugungsprozesses ist angebrochen. Meine Argumente wurden mit besseren Gegenargumenten außer Kraft gesetzt und auch mit der emotionalen Tour konnte ich Gibbel nicht für mich gewinnen. Jetzt wird es dramatisch und ich setze das ein, was ich auch in der Schule in solchen Situationen ausspiele: Autorität.

»Gibbel, jetzt hör auf, hier herum zu heulen. Ich sagte doch: Niemand wird es mitbekommen!«

»Und wenn doch?«

»Dann lade ich alle Schuld auf mich!«

»Und wir sollen zusehen, wie du in den Knast gehst?«

»Ich komme nicht in den Knast!«

»Kommst du wohl!«

»Nicht, wenn alles glattläuft.«

»Und wie kannst du dir da so sicher sein?«

»Weil es ein guter Plan ist.«

»Du hast doch noch überhaupt nichts geplant!«

»Ja, das werde ich doch jetzt gleich mit euch zusammen tun!«

»Aber keiner von uns will eine weitere Straftat begehen!«

»Genau genommen ist das doch gar keine Straftat!«

»Natürlich ist das eine Straftat!«

Gibbel schlägt das Strafgesetzbuch wieder auf und ich schlage es ihm aus der Hand.

»Keine Straftat!«, donnere ich mit dem Tonfall von Pfarrer Harfner, als er in der Kommunionsgruppe unsere Zweifel an Jesu Gang über das Wasser messerscharf abwehrte.

»Ich weiß ja nicht …«, mehr bringt Gibbel nicht zustande.

Eine halbe Stunde später stoßen wir mit unseren Bierflaschen an. Auch wenn es am Ende kein rhetorisches Musterbeispiel einer erfolgreichen Überredung geworden ist, ich habe mein Ziel erreicht. Die letzten Zweifel sind weggewischt, was einerseits an den zahlreichen, nachgereichten Argumenten und Erklärungen meinerseits liegen könnte, andererseits aber auch an der allgemeinen Euphorie, die den sechs bis sieben von mir gespendeten Runden Sambuca zu verdanken ist. Sebi verträgt wie immer nichts und lallt nur noch vor sich hin.

»Ich bin da selber was am Planen dran …«, zitiert er aus dem Film *Bang Boom Bang* und alle lachen. Er sollte öfter viel trinken.

Wir beschließen, das Problem mit Herrn Direktor Kaiser so zu lösen, dass wir ihn unter Drogen setzen, damit er tief schläft. Ben macht es richtig Spaß, den Plan auszufeilen. Er fragt mich nach Gewohnheiten meines Direktors, woraufhin mir nur einfällt, dass er immer noch eine Tasse Tee trinkt, bevor er die Schule verlässt. Das bringt ihn auf die zündende Idee.

»Ein, zwei Stückchen Crack und eine halbe Tablette Schlafmittel in den Tee, und zu Hause fällt der Typ sofort in sein Bett.«

»Knapp kalkuliert«, wirft Gibbel ein.

»Ich hab doch gesagt, es wird riskant, aber das klappt schon!«

Ich sage es und klopfe dabei Gibbel so fest auf die

Schulter, dass ihm das Strafgesetzbuch vom Schoß fällt. Mein Flokati öffnet sein Maul und verschluckt es auf Nimmerwiedersehen.

Inzwischen ist Poseidon wach geworden, hüpft zu uns auf die Couch und lässt sich von mir kraulen. Ben rechnet aus, wie viel man für Valentins Auto bekommen würde, wenn man es durch drei teilt. Meine Freunde grinsen wie Honigkuchenpferde, als er die Zahl präsentiert, obwohl jeder weiß, dass er sich verrechnet haben muss. Die Sambuca-Flasche ist leer. Wir lachen. Alles ist gut. Nur Marcel Reif hat nach dem 0:8 für Bayern endgültig die Schnauze voll.

27

»Ameisenbär aus Duisburger Zoo entlaufen. Pfleger und Aufseher sind ratlos. Keine Spur vom kleinen Hannes.«

Ich starre auf die Überschrift und huste große Teile meines Toastbrots auf den Tisch. Meine Finger krallen sich in das Zeitungspapier, meine Pupillen weiten sich, das schwarz-weiße Foto mit einem Insekten kauenden Hannes verschwimmt vor meinen Augen und draußen heulen Polizeisirenen durch die Straßen. Der Toaster spuckt eine weitere Scheibe aus und ich schreie auf. Dann schaue ich zurück auf den Artikel.

»Ganz Duisburg trauert …«, »Polizei bereits eingeschaltet …«, »Hannes, ein Mysterium …«

»Nein, nein, nein, nein, nein, nein …«, wimmere ich vor mich hin und schaukle mit meinem Oberkörper vor und zurück wie ein Drogensüchtiger mit Deprivationssyndrom. Tine kommt in die Küche und kippt sich Haferflocken in eine Schüssel mit Orangensaft.

»Ich komme heute erst spät nach Hause …«

Mit diesen Worten dreht sie sich um und verlässt den Raum. Ich habe die Sonntagsausgabe der *Ruhr Nachrichten* an den Seiten bereits so verknittert, dass ich sie glattstreichen muss, bevor ich weiterlesen kann. Im Mittelteil stockt mir der Atem.

»Donnerstagabend bemerkte Tierpfleger Roland Walter, dass sich nur noch drei Tiere im Ameisenbärgehege befanden: ›Ich war schockiert. So etwas ist hier noch nie passiert. Wir können nur hoffen, dass es Hannes gut geht. Dass gerade er ausbricht, damit war nicht zu rechnen. Er war immer ein sehr friedlicher Bewohner.‹ Aus Angst, Hannes könnte etwas zugestoßen sein, legten Kinder, Familien und Freunde bereits Blumen an den Zaun seines Geheges.«

Ich lasse den Kopf auf die Zeitung fallen und schluchze: »Kinder, Familien und Freunde …«

Meine Arme baumeln herunter, in meinem Schädel trommelt es. Tine kommt zurück und stellt ihr Geschirr in die Spüle.

»Was Interessantes in der Zeitung?«, fragt sie.

Ich knurre. Sie seufzt und klimpert mit dem Geschirr.

»Gib Hannes bitte in einer Stunde seine Insektenration. Ich muss noch etwas erledigen.«

Die Wohnungstür knallt zu. Alles ist leise.

Natürlich war es nur eine Frage der Zeit, bis Hannes' Verschwinden bemerkt wird. Gibbel hatte mir als mein Anwalt geraten, Hannes so schnell wie möglich fortzuschaffen. Sollte er in unserem Garten entdeckt werden, dann bräuchte ich mir gar keine Sorgen mehr wegen des Einbruchs bei Herrn Direktor Kaiser zu machen. Dann ginge es nämlich direkt in den Knast. Ich hebe den Kopf und lese weiter. Die PETA höchstpersönlich hat sich in den Fall eingemischt und alle Mitglieder aufgefordert, sich auf die Suche nach Hannes zu begeben, damit er so schnell wie möglich zurück in den Zoo kann, wo er gut versorgt und in großherziger Gesellschaft gewesen ist. Wenn das mal kein Eigentor war, Tine.

Eine Stunde später nieseln mir zarte Regentropfen ins Gesicht und der Wind zerzaust meine Haare. Ich lege den Kopf in den Nacken, kneife die Augen zusammen und lese die vergilbten Buchstaben auf dem Eingangsbogen: »Herzlich willkommen im Duisburger Zoo!« Mit zittrigen Händen kaufe ich eine Eintrittskarte, quetsche mich durch das Drehkreuz und grinse wie ein Idiot, um bloß nicht verdächtig zu wirken. Menschen sind leicht zu manipulieren und zu täuschen, das weiß ich von Sebi. Giraffen scheinen dagegen geradezu detektivische Veranlagungen zu besitzen. Anders ist es nicht zu erklären, warum im Gehege rechts von mir zwei Exemplare misstrauisch ihre Hälse recken und dann tuscheln. Sie glotzen mich an, als wüssten sie, dass Hannes in meinem Rucksack sitzt und pennt, nachdem er ein Apfelstückchen mit einer Schlaftablette von mir ins Tätzchen gedrückt bekommen hat. Mir ist schwindelig, ich schwitze, mein Magen zieht sich zusammen und ausgerechnet jetzt beginnt Hannes auch noch zu schnarchen. Scheitert mein Plan tatsächlich bereits nach wenigen Schritten? Hätte ich Hannes einfach heimlich in eine Babyklappe werfen sollen? Hannes' Schnarchen wird immer lauter. Lieber hätte ich jetzt sechs Pfund Methamphetamin in meinem Rucksack statt eines vermissten Tamanduas. Noch immer stehe ich wie angewurzelt im Eingangsbereich und werde von lachenden Kindern mit Plüschdelphinen, Zuckerwatte und Barbie-Regenschirmen überholt. Ein Pfau gackert unheilvoll und eine der Giraffen pinkelt vor Wut aggressiv auf den Boden. Alles um mich herum dreht sich, Geräusche und Geschrei höre ich nur noch gedämpft. Eine Stimme flüstert in meinem Kopf: *Die wissen Bescheid. Die wissen alle Bescheid.* Dann erwache ich aus der Schockstarre und will dessen Albtraum einfach nur so schnell wie möglich hinter mich bringen. Ich renne los, schubse ein kleines Mädchen mit den Worten »Hau ab!« zur Seite, kämpfe mich durch eine Großfamilie mit drei Kinderwagen und renne an den Zwergottern und Seerobben vorbei. Am Schildkrötenteich mache ich kurz halt, um zu überprüfen, ob ich Schwarze Suppenschildkrötenweibchen ausfindig machen kann. Nachdem mir auffällt, dass ich keine Ahnung habe, wie so eine Suppenschildkröte überhaupt aussieht, renne ich wieder los und gelange nach weiteren Haken endlich zum Raubtierhaus, wo ich außer Atem auf den Lageplan starre. Hätte ich Tines Ausführungen über das Heimatland der Tamanduas Gehör geschenkt, würde es deutlich schneller gehen, sie auf der unübersichtlichen Karte zu finden. Hannes fragen? Wenn ich ihn jetzt aus dem Schlaf reiße, feuert er sicherlich vor Schreck sein Analdrüsensekret ab und ich stolpere taumelnd ins Tigergehege, was selten gut endet. Es bringt nichts, ich muss sein Zuhause alleine finden. Bongos, Kudus, Nandus, Gibbons. Keine Ahnung, was das für Tiere sind, aber auf jeden Fall leben sie im China-Komplex. Nirgendwo steht etwas von Mexiko, also suche ich weiter, bis ich schließlich über den Stachelschweinen und Tapirs die Ameisenbären entdecke.

»Jawoll!«, schreie ich und balle die Faust. Als ich mich umdrehe, um so schnell wie möglich zu Hannes' Artgenossen zu kommen, steht ein Mädchen mit einem Orangensaft-Trinkpäckchen vor mir und runzelt die Stirn.

»Was schnarcht da in dein Rucksack?«, fragt sie und zeigt auf mich. Voller Panik überprüfe ich, ob noch jemand anderes in der Nähe ist, und mache wortlos auf dem Absatz kehrt. Ich laufe los und pralle gegen Michelle, die neben ihren Eltern steht.

»Herr Dreher, Herr Dreher, was machst du denn hier?«, fragt sie und beginnt ihrer kleinen Schwester mit dem Trinkpäckchen zu erklären, dass ich ihr Deutschlehrer bin. Ihre Eltern lächeln und wollen mir die Hand reichen, aber ich kann mich nicht bewegen. Michelle fragt besorgt, warum mein Kopf so rot ist und warum ich so schwitze, und die Löwen starren mich an, als wüssten sie ganz genau, wer da schnarcht.

»Äh, ich, äh, eeehm …«, stammle ich, drehe mich um und renne so schnell ich kann davon. Die Hyänen unterbrechen ihre Mahlzeit, heben die Köpfe und seufzen genervt. Ich sprinte zum Ausgang des Raubtierhauses, werfe mich gegen die Tür, stoße ein Pärchen aus dem Weg und hetze bis zu den Eulen, die so langweilig sind, dass sich dort niemand aufhält. Hier kann ich mich in Ruhe sammeln. Hier bin ich in Sicherheit. Eulen sind *die* Langweiler der Zoologischen Gärten.

Ich beuge mich herunter, stütze meine Hände auf den Knien ab und keuche. Nach ein paar Sekunden spüre ich einen Tritt in meinem Rücken und ich nehme den Rucksack ab, ziehe vorsichtig den Reißverschluss auf und sehe das gähnende Mäulchen von Hannes. Er öffnet seine müden und verklebten Augen, streckt den Hals und sieht sich um. Dann gähnt er wieder. Ich hebe ihn vorsichtig heraus und setze ihn auf das Stück Wiese am Wegrand.

»Ach, Hannes«, sage ich, noch immer außer Atem, »was mache ich denn hier?«

Er scheint nichts mitbekommen zu haben, reckt sich zufrieden und lässt sich von mir streicheln. Er hat weiche Borsten und einen warmen Körper. Ich will mich von ihm wegdrehen, da umklammert er mit seinen Krallenfingerchen meine Hand. Für einige Augenblicke bewegen wir uns nicht. Die Zeit steht still. Vögel trällern in den Bäumen und die Elefanten hört man bis hierhin tröten. Michelles Eltern müssen denken, ich sei geistesgestört.

»Sorry für den ganzen Scheiß, Hannes. Ich hab keine Ahnung, was mit Tine los ist. Ich hab keine Ahnung, was ich machen soll. Nicht nur ihretwegen. Auch mit der Schule. Ich hab Schiss, Hannes. Echt Schiss. Wenn wir bei Herrn Direktor Kaiser erwischt werden, dann war's das nicht nur hier im Umkreis mit einer Lehrerstelle. Dann war's das komplett. Bundesweit. Das wäre die zweite Anzeige in drei Wochen und mit Gibbel als Anwalt kann ich auch gleich an der Knastpforte klingeln. Meinst du, ich soll dieses Risiko wirklich auf mich nehmen?«

Hannes glotzt mich stumm an.

»Ja, du hast recht. Was bleibt mir übrig? Kampflos Job und Auto aufgeben?«

Hannes kratzt sich am Köpfchen und ich muss grinsen. Stimmen nähern sich.

»Na ja, wird alles wieder gut, mein Kleiner!«

Ich sage es, stehe auf und greife nach meinem Rucksack.

»Halt die Ohren steif, wir sehen uns später!«, flüstere ich und gehe ein paar Schritte zurück.

Dann erst schlage ich Alarm.

»Ein Ameisenbär, ein Ameisenbär! Das ist Hannes!«, rufe ich und renne davon. Nach zwanzig Metern bleibe ich stehen und beobachte hinter einem Baum, wie ein Mädchen erscheint, auf Hannes zeigt, die Eltern wild gestikulieren und schließlich einen Pfleger holen, der meinen neuen Freund auf den Arm nimmt und mit ihm davongeht. Mit einem Lächeln drehe ich mich um, überquere die Lemuren-Insel, setze mich auf die Bank vor dem Pinguingehege und schlafe nach wenigen Sekunden mit einer Mischung aus Erschöpfung und Erleichterung tief und fest ein.

28

Manchmal strahlt ein Sonnenschein
Mitten in das Herz hinein.

Als ich aufwache, steht die Sonne höher und es ist voller geworden im Zoo. Dutzende Besucher laufen an mir vorbei, knabbern an ihren Schokoriegeln, zeigen auf die Pinguine und ermahnen ihre Kinder, nicht so herumzuschreien. Es ist erst 15 Uhr, also habe ich noch genügend Zeit, um zu Hause den Einbruchsplan mit den Jungs zu perfektionieren. Es bleiben noch zwei Tage, um alles auszuarbeiten, vorzubereiten, zu analysieren und zu reflektieren. Um die Störvariablen weitestgehend aus dem Weg zu räumen, Alternativpläne zu entwerfen, falls plötzlich etwas Unvorhergesehenes eintritt, und abschließend zu diskutieren, ob wir das alles auch wirklich in die Tat umsetzen.

Realisiert habe ich das Ganze noch immer nicht. Übermorgen ist es schon so weit. Übermorgen entscheidet sich meine Zukunft.

Ich stehe auf, schlendere am Koalahaus vorbei, grüße die Kängurus und Wombats mit einem dezenten Kopfnicken und bleibe vor dem Ameisenbärgehege stehen. Hannes sitzt neben einem dicken Felsen und knabbert genüsslich an einem Apfelstückchen. Ich winke ihm. Er sieht glücklich aus. Von wegen, er leidet hier unter den Nahrungsbestimmungen. Da haben Poseidon und ich definitiv das härtere Los. Immerhin muss er sich beim Essen nicht verstecken und darf gegebenenfalls den Wurm im Apfel mitessen, was Tine Poseidon und mir niemals erlauben würde. Würmer sind zwar nicht bedroht, aber sie will ja auch *alle* Lebewesen schützen, nicht nur die gefährdeten.

»Süß, nicht wahr?«, höre ich eine Stimme neben mir sagen und zucke zusammen. Ich drehe mich zur Seite, mein Mund bleibt gegen meinen Willen offen stehen und ich schwebe in den sanften Buchstaben gen Himmel. Eine wohlige Wärme umgibt mich, es duftet nach Honig und Sommer, Sommer auf einer weiten, grünen Wiese, mit Blumen, Gänseblümchen, Sonnenblumen und dem ganzen Kram. »Süß, nicht wahr?«, höre ich erneut und alles wird heller, klarer, schöner. Sie lächelt mich an, ihre Zähne glänzen im Sonnenlicht, ihre Augen strahlen und ich schwebe mit ihr über die Gipfel der Eichen und Buchen hinweg, weit hinaus über Flüsse und Seen und dann kippe ich vor Gestank fast hintenüber. Es macht »ssspt«, ich stehe wieder vor dem Ameisenbärgehege und irgendeins von den Biestern hat sein Analdrüsensekret versprüht.

»Oh Gott, was ist das denn?«, fragt mich die süße Stimme entsetzt und ich erkläre ihr wie ferngesteuert das Reviermarkierungsverhalten von Tamanduas. Nach meinem Kurzvortrag strahlt sie mich an. Dabei flattern ihre Nasenflügelchen.

»Wow, du weißt ja viel über Ameisenbären!«, sagt sie.

Ich grinse dämlich. Der Gestank verschwindet, ich bekomme wieder Sauerstoff ins System und versuche so cool wie möglich zu wirken.

»Tamanduas sind halt sehr sensible Tiere«, sage ich und trete mich innerlich für diesen Satz. Ich wage einen kurzen Seitenblick, sehe ihr blondes Haar für den Bruchteil einer Sekunde im Wind wehen und merke, wie mir das Blut in den Schädel schießt.

»Wieso kennst du dich denn so gut mit Tamanduas aus?«, fragt sie und ich erkläre ihr, dass ich Hannes adoptiert habe. Sie sieht mich mit großen Augen an.

»Echt? Oh je, dann müssen die letzten drei Tage ja schlimm für dich gewesen sein, als niemand wusste, wo er ist!«

»Ja, das war hart, aber jetzt ist ja alles wieder in Ordnung.«

»Ist das so eine Art Tierpatenschaft, oder wie muss ich mir das vorstellen?«

Die Seehunde im Nebengehege jaulen ein »HUHUHU« und klatschen in ihre nassen Flossen, als hätte einer von ihnen den Witz des Monats gerissen.

»Na ja, so ähnlich. Er ist halt mein Patentier. Also, ich meine, mein Ameisenbär-Zieh- ... ehm, Sohn. So ungefähr ...«

Ich versuche meinen Blutdruck zu senken und mich zu entspannen. Mit mäßigem Erfolg. Mit offenem Mund starre ich sie an und kann mich kaum bewegen.

»Das ist ja süß, dass du so etwas machst!«, sagt sie und ich gerate ins Taumeln.

»Ja ...«, erwidere ich gefühlte Stunden später und grinse wie ein Irrer.

Sie streckt mir ihre Hand hin.

»Hi, Isabelle ...«

Meine Hände sind so nassgeschwitzt, als hätte ich die Seehunde mit frischem Fisch gefüttert. Also drehe ich mich zu ihr, ignoriere ihre ausgestreckte Hand und umarme sie.

»Fabi. Hi.«

Sie schmunzelt. Wenigstens ist jetzt das Eis gebrochen.

Nach fünf Minuten hartnäckigem Schweigen meinerseits lasse ich jede Hoffnung ziehen, in irgendeiner Weise interessant auf Isabelle zu wirken. Um das zu festigen, frage ich, ob das Mädchen von *Die Schöne und das Biest* nicht auch Isabelle heißt. Sie antwortet artig, dass die Hauptperson im Film einfach nur *Belle* genannt wird, was ja im Prinzip eine Abkürzung für *Isabelle* ist, und ich somit schon irgendwie recht habe. Ich klopfe mir innerlich auf die Schulter und gratuliere mir dafür, dass ich bei meinem Flirtversuch nicht vergessen habe, wie wahnsinnig Frauen auf Männer mit Kenntnissen über Disney-Filme abfahren. Am liebsten würde ich zurück zu den Pinguinen und für alle Zeiten in ihrem eiskalten Wasser versinken. Unangenehmer kann es kaum werden, Isabelle muss mich für einen Vollidioten halten, der mit Ende zwanzig Ameisenbären adoptiert und danach gemütlich auf der Couch liegt und Disney-Filme schaut. Sogar die Seehunde lachen mich aus. »HUHUHU«, prusten sie und rollen sich über die Steinplatten. Ich würde die Seehunde am liebsten anschreien, dass sie sich um ihren eigenen Kram kümmern sollen, dass ich gerade Probleme habe, unter Zukunftsangst leide und seit Wochen unter Dauerstress stehe und normalerweise viel besser mit Frauen umgehen kann. Genau in diesem Moment tapst Hannes unbeholfen in meine Richtung, lässt sich wenige Meter vor mir auf den Boden plumpsen und streckt mir sein Händchen mit den langen Krallen entgegen. Unsicher lehne ich mich über das Geländer, strecke meine Hand ebenfalls aus und lasse sie Hannes wieder mit seinen Krallenfingerchen umklammern. Ich spüre, wie Isabelle diesen Freundschaftsakt mit Ungläubigkeit und Verzückung beobachtet, mindestens genauso überrascht von Hannes' Aufgeschlossenheit wie ich.

»Oh Gott, wie süß ist das denn?«, piepst sie und ich danke Hannes mit diskretem Mienenspiel.

»Ach, das macht der immer ...«, sage ich abgebrüht und die fünf Schweigeminuten sind vergessen. Isabelle und ich begeben uns in eine lebhafte Konversation über Hannes' Liebe zu mir und meine Sensibilität Tieren gegenüber, die Isabelle ganz hinreißend findet. Schnell erkundige ich mich, wie sie zu Tierschutzorganisationen steht. Sie mag Tiere sehr gern, aber darüber hinaus unternimmt sie nicht wirklich aktiv etwas für den Artenschutz, was ich mit einem breiten Grinsen quittiere.

»Weißt du, ich bin hier fast jeden Sonntag mit meiner kleinen Nichte. Die liebt den Zoo, will immer hierhin. Wir haben deswegen sogar schon eine Jahreskarte gekauft.«

Sie fischt eine personalausweisgroße Plastikkarte aus ihrer Hosentasche und zwinkert mir zu. Ich nehme sie und tue so, als würde ich sie eingehend studieren. In Wirklichkeit versuche ich einfach nur, nicht zu zittern. Ich gebe sie ihr lässig zurück und sage, dass ich ebenfalls häufig hier sei, allein wegen Hannes, und dass man sich ja dann in Zukunft vielleicht öfter sehen würde. Sie schmunzelt, ihre Nasenflügelchen bewegen sich und ich bekomme Hitzewallungen.

Zwei Stunden später stehen wir noch immer an Hannes' Gehege und unterhalten uns. Mein neuer Baggerpartner ist inzwischen neben einem Salatblatt eingeknackt und schnarcht. Isabelles kleine Nichte Sophie zählt uns zum sechshundertsten Mal alle Tiere auf, die sie heute gesehen hat, was wir mit übertrieben gespieltem Interesse würdigen.

»Sophie, wir müssen jetzt aber mal langsam gehen!«, sagt Isabelle und sieht mich mit ihren großen runden

Augen an. Ich will nach ihrer Nummer fragen, denke an Tine und zwinge mich zu einem gequälten Lächeln. Isabelle sagt, dass sie morgen früh raus muss, weil das ihr erster Praktikumstag in der Ludwiggalerie in Oberhausen ist. Mit ihrem Abschluss in Kunstgeschichte würde sie nichts lieber tun, als in einem Museum zu arbeiten, wo sie jeden Tag von Kunst umgeben wäre. Darum will sie gern ausgeschlafen sein, um einen guten Eindruck zu machen. Ich bin verzaubert. Allein bei der Vorstellung, wie sie in den großen Hallen voll goldenem Stuck Vorträge über Gemälde des siebzehnten Jahrhunderts hält, wie sie die zahlreichen Fragen von begeisterten Schulklassen liebevoll beantwortet und wie sich dabei ihre Nasenflügelchen bewegen, wenn sie vor Glück und Zufriedenheit strahlt, könnte ich wimmern. Einige Sekunden lang passiert nichts. Die Seehunde jaulen ihr bewährtes »HUHUHU«, klatschen in die Flossen und geben mir so zu verstehen, dass ich gefälligst auch noch etwas über meine berufliche Tätigkeit sagen soll. Aber was kann ich schon großartig erzählen? Dass ich seit knapp einem Jahr Lehrer bin, eigentlich vollkommen verkackt habe und übermorgen bei meinem Direktor einbrechen werde, um die Lernstandserhebungen zu stehlen und zu fälschen, damit ich meinen Job nicht verliere und mein Auto nicht an meinen Erzfeind Valentin Frühling übertragen muss, mit dem ich im Vollsuff einen rechtsgültigen Vertrag abgeschlossen habe? Soll ich das etwa sagen? Vielleicht noch gewürzt mit kleinen Anekdoten vom Tierschutzwahn meiner Freundin, von meiner Anzeige wegen Körperverletzung an einem Polizeibeamten und die ganze Wahrheit über Hannes?

Schon wieder habe ich die Schweigeschallmauer durchbrochen. Also nehme ich all meinen Mut zusammen, gehe einen Schritt auf sie zu und lege meine Hände auf ihre Schultern.

»Ich bin Lehrer«, flüstere ich. »Deutschlehrer, um genau zu sein. Und glaub mir eins: Wir sehen uns wieder.«

Dann drehe ich mich ohne ein weiteres Wort um, winke Hannes zu und verschwinde wie ein Mysterium im Schatten der Bäume.

29

»Krasser Abgang …«, versichert mir Gibbel am Telefon, nachdem ich ihm alle Einzelheiten über das erfolgreich durchgeführte »Unternehmen Hannes« vorgetragen habe. Während er im Gegenzug seine zahlreichen Job-Absagen bejammert, öffne ich die Abstellkammer, greife hinter die verstaubten Lehrbücher meiner Unizeit und hole den Geheimkarton mit meiner H-Milch und Poseidons 85-Gramm-Paket *Sanfte Küche – Geschmort mit Pute* hervor. Ich mache mir einen Kakao und serviere Poseidon sein Fressen auf meinem BVB-Meisterteller. Begeistert kommt er angelaufen, schmiegt sich an mich, schnurrt und fällt anschließend über den Teller her.

»Der Fluchtwagen für Mittwoch steht bereit …«, meldet Gibbel.

»Sehr gut! Hat Ben inzwischen den Fahrweg berechnet?«

Poseidon schmatzt genüsslich und ich trinke einen großen Schluck Kakao. Wir grinsen uns an.

»Ja, hat er. Dein Direktor braucht genau sechs Minuten und dreißig Sekunden bis zu sich nach Hause, bei schlechten Verkehrsbedingungen. Crack und Schlafmittel fangen ungefähr vierzehn Minuten nach Einnahme an zu wirken. Wir haben das mit Sebi ausprobiert. Rechnet man den Fußweg vom Büro bis zum Parkplatz mit ein, dann wird's eine Punktlandung.«

Zufrieden mit den Ergebnissen meiner Arbeitsgruppe schlage ich die Beine übereinander und streiche mir über den Bart.

»Ja, das müsste klappen«, murmele ich. »Wie waren Sebis Reaktionen?«

»Drei Minuten lang Halluzinationen, eine Minute Panikattacken und anschließend ist er tief und fest eingeschlafen. Er ist gerade erst aufgewacht, nach sechs Stunden. Dürfte also reichen.«

Ich beiße mir vor Freude auf die Lippe, aber Gibbel hat auch schlechte Nachrichten.

»Zwei Dinge habe ich anzumerken und wir sollten noch einmal darüber nachdenken. Erstens finde ich das unverantwortlich, wenn wir deinen Direktor tatsächlich Auto fahren lassen. Stell dir mal vor, der kippt während der Fahrt weg!«

Ich beruhige ihn mit der Anmerkung, dass wir seinem Wagen ja folgen, alles richtig berechnet haben und es ganz bestimmt funktionieren wird.

»Okay, Fabi, auf deine Verantwortung. Und, na ja, das zweite Problemchen ist folgendes: Ben hat vorhin erfahren, dass sein Dealer geschnappt wurde. Hausdurchsuchung, Festnahme, das ganze Programm. Leider haben wir Bens letzte Crack-Ration für den Versuch mit Sebi benutzt. Wir müssen also irgendwie an Dope rankommen.«

Ich verspreche, mich zu kümmern, und lege auf.

Am nächsten Tag werde ich unmittelbar nach dem Betreten des Eingangstors der Albert-Einstein-Gesamtschule von Herrn Böllrich abgefangen, der mit seinen Hängebacken, dem Trippelkinn und dem über den Gürtel quellenden Bauch der menschgewordene Poseidon zu sein scheint. Er nimmt japsend die Brille von der Nase und wischt sich den Schweiß aus den Augen.

»Die, ihre, ich meine, ihre Neunte«, fängt er an zu stottern. »Die hat mich gerade in der Stunde, da wurde ich Fettklopps genannt! Tarek Günoglu und dieser, wie heißt er, Phil! Und dann hat der Süleyman, der hat gesagt, ich sei eine dicke Kartoffel! Ihre ganze Klasse, die hat mich Fetti genannt danach. Also, das ist doch, das ist …«

Er hechelt und schnappt nach Luft. Ich schaue auf meine Armbanduhr. Es ist bereits kurz vor halb zehn und ich habe wirklich keine Zeit, mich um diese Kategorie von Problemen zu kümmern. Heute steht noch so viel Wichtiges auf dem Zettel.

»Ja, das ist ja was …«

Ich nicke und gehe an ihm vorbei, bevor er etwas antworten kann.

»Sie reden aber doch noch mal mit Ihren Schülern?!«, ruft er mir unsicher nach und ich hebe den Arm, bevor ich nach links ins Treppenhaus abbiege. Herbert müsste sich im Moment im Lehrerzimmer befinden, somit wäre ich gezwungen, das »Code-Wort« zu sagen, damit er weiß, dass ich Drogen von ihm kaufen will. Ich laufe durch den Flur, atme tief durch und komme an den Vogelscheuchenbildern vorbei. Dann drücke ich den Knauf, betrete das Lehrerzimmer und scanne den Raum. Herr Tenbergen steht mit dem Rücken zu mir und kramt an der Wand in bunten Ordnern herum. Fünf Kollegen umzingeln die Kaffeemaschine wie ein Rudel Erdmännchen ihren Bau. Frau Schöne, die nicht aussieht, wie sie heißt, blättert gelangweilt in ihrem Chemiebuch und knabbert dabei an einem Maiskolben herum. Herbert steht hinten am Fenster, unterhält sich mit einem Herrn

Gröbermann oder Grubermann aus der Biologie und winkt mir mit leuchtenden Augen zu, als er mich sieht. Ich will zu ihm gehen, werde jedoch von Herrn Mahnke angerempelt, der gerade sein Monokel mit einem Taschentuch säubert.

»Entschuldi…, ach, Herr Dreher, gut, dass ich Sie treffe!«, sagt er und ich senke reumütig den Kopf. Doch dann fällt mir auf: Moment, jetzt reicht es aber! Du darfst dich von diesem Penner doch nicht immer unterbuttern lassen!

»Also erstens …«, setze ich an, werde aber sofort ausgebremst.

»Haben Sie schon mit Ihren Schülern über den Angriff auf meine Klasse gesprochen? Es soll einen Tritt in die Hoden gegeben haben, von einem Schlag auf den Hinterkopf ist die Rede und Dutzende Beleidigungen sollen gefallen sein. Wissen Sie, ich bin mir im Klaren, wie Kinder sind, und die Welt ist, wie sie ist, ist nichts als ein Kampf, jedoch sollte der Kampf stets zwingen die Last, ins Dunkel der Nacht …«

»Jaja!«, unterbreche ich ihn und er stutzt. Als hätte er sich verhört, stopft er sich das Monokel ins rechte Auge.

»Jaja …?«, wiederholt er.

»Pelzfrikadelle!«, rufe ich Herbert zu.

Herbert reißt die Augen auf, vor dem Fenster fällt vor Schreck eine Kohlmeise vom Ast und alle Köpfe im Raum fliegen uns zu. Die Taktik mit dem Code-Wort hat haargenau so funktioniert, wie ich es mir gedacht habe. Die Belegschaft verstummt, es ist so still, dass man den Kaffee tropfen hört und das »Ticktack« des Wanduhrsekundenzeigers wie ein Bombencountdown dröhnt. »Pelzfrikadelle«, wiederhole ich und nach gefühlten Jahrzehnten reckt Herbert den Daumen, zwinkert mir zu und wirft die

Zigarette aus dem Fenster. Alle anderen verharren in ihrer Starre, bis ein Kollege an der Kaffeemaschine seine Tasse fallen lässt und uns damit aus dem Zentrum des allgemeinen Interesses stößt. Herbert kämpft sich zu mir durch und zieht mich am Ärmel zur Tür.

»Was sag ich? Klappt do super mit dem Code-Wort!«

Fünf Minuten später sitze ich auf der Rückbank seines VW-Busses und sehe zu, wie er die neongrünen Gardinen an allen Fenstern zuzieht, bis es stockfinster ist. Dann höre ich einen Stuhl knarzen und Herbert knipst eine kleine Schreibtischlampe an, wodurch sich das Innere des VW-Busses gerade soweit erhellt, dass ich an diese Geisterbeschwörungsszenen in Teenie-Horrorfilmen aus den Neunzigerjahren denken muss. Herbert steckt sich eine Zigarette an.

»Kack Schulordnung! Nirgends kannste rauchen, ist doch nich normal!«

Er schlägt mit der Faust auf den Tisch. Die Lampe flackert, die Rückbank quietscht und von draußen hört man das Kindergeschrei vom Pausenhof.

»So, anderes Thema«, Herbert schüttelt den Kopf. »Stoff willste also kaufen, wa?«

Er lehnt sich vor und kneift mir in die Backe, als wäre ich gerade eingeschult worden und er mein etwas zurückgebliebener Onkel. Ich reibe mir kurz den Schmerz weg.

»Ja, Crack und Schlaftabletten«, bestelle ich und schiebe schnell noch die Vokabel »Eigengebrauch« hinterher.

Herbert nickt verständnisvoll und zieht eine Schublade auf. Fast zärtlich schiebt er ein paar Döschen mit Gras beiseite, kramt zwischen Beutelchen mit weißem und braunem Pulver und fischt schließlich eine wiederverschließbare Zipp-Tüte mit cremefarbenen Steinchen heraus, die er mir wedelnd vor die Nase hält.

»Tadaaa«, sagt er grinsend. »Crack zum Ersten, Crack zum Zweiten uuuuuund Crack zum Dritten! Verkauft an den bärtigen Mann mit der kack Frisur!«

Herbert schlägt seine Fingerknochen auf den Tisch wie ein Auktionator den Hammer. Dann kichert er und wirft mir das Tütchen an die Schläfe. Ich zucke nicht einmal, weil Herbert sich für die Aktivierung meiner Reflexe viel zu schnell bewegt.

»So, weiter. Was war noch? Was haste gesagt? Schlaftabletten?«

Wieder verschwindet sein Kopf in der Schublade.

»Kerl, Fabi«, dröhnt es. »Sollteste aber nicht zusammen nehmen, ne! Dann haste nicht lange was von dem Tripp, und das wär echt schade!«

Herbert zieht seinen Kopf aus der Schublade und schiebt mir ein klapperndes Döschen zu. Dann gönnt er sich einen Zug von seiner Zigarette.

»Nimm höchstens zwei auf einmal, sonst musste dir den Magen auspumpen lassen, und das ist jedes Mal ein scheiß Aufwand!«

Ich nicke, öffne die Dose und sehe acht Tabletten, die dicker sind als ein Zäpfchen. Eine wird für Herrn Direktor Kaiser reichen, wenn wir sie mit dem Crack zerkleinern und alles in seinem Tee verrühren. Ich stopfe das Zeug in die Hosentasche und krame mein Portemonnaie hervor.

»Lass ma …, bringse mir nächste Mal ne Packung Zaretten mit!«

Herbert zwinkert.

Zwanzig Minuten später hocke ich auf dem Lehrerpult und registriere, dass ich seit etlichen Sekunden nichts mehr gesagt habe. Meine Schüler sehen sich irritiert an, einige kratzen sich am Hinterkopf. Tudor schläft und wacht erst auf, als sein Kopf nach unten fällt.

»Was los mit den Herr Dreher?«, fragt Süleyman seinen Sitznachbarn Phil, aber der zuckt nur mit den Schultern.

Marcel kommt herein, murmelt etwas zwischen »Keine Ahnung« und »Entschuldigung«. Draußen hört man einen Rasenmäher. Ich stehe auf, schließe das Fenster und überlege, ob ich der Klasse überhaupt schon eine Arbeitsaufgabe gegeben habe.

»Sagt mal, habt ihr eigentlich schon mal was Strafbares getan? Also, etwas, was man nicht darf? Was gefährlich ist? Etwas, wofür ihr echt hättet Probleme bekommen können?«

Ich habe meine Fragekette gerade beendet, da rufen mehrere »Ja, sicher!« und »Klar?!«. Tarek erzählt, dass er eine Zeit lang auf dem Nachhauseweg Handys abgezogen hat und sein Bruder Achmed würde seit etlichen Jahren Roller klauen. Das läuft wohl auch ganz gut. Und wenn ich einen haben will, ich bräuchte es nur zu sagen. Ich würge ihn ab und nehme Jennifer dran, die sich relativ zügig auf meine Frage gemeldet hat.

»Ich mach oft so Sachen wie Kinder aus der Sechsten wegschubsen und so. Meinen Sie so?«

Ich nicke und starre aus dem Fenster.

»Ungefähr so, ja, Jennifer.«

Sie schmatzt siegestrunken ihr Kaugummi.

»Erste richtige Antwort in den Schuljahr!«, sagt sie.

»Weißt du, man darf nur nicht erwischen lassen. Dann ist scheißegal, dann du hast keine Problem!«, wirft Sercan ein.

Ich seufze und reibe mir die Stirn.

»Schön und gut. Aber sagen wir, ihr begeht eine Straftat, ohne dass jemand zu Schaden kommt. Also schon, aber nur etwas. Aber nicht so richtig. Dafür ist es sehr positiv für viele andere.«

Ich muss an Gibbel, Ben und Sebi denken, für die durch den erfolgreich ausgeführten Einbruch ein neues Auto herausspringt. Andererseits gibt es da Valentin, der durch diesen Betrug ebenjenes Auto verlieren würde, was trotz seines miesen Charakters moralisch bedenklich ist. Nicht zu vergessen Herr Direktor Kaiser, der durch die Verabreichung fragwürdiger Substanzen temporär einen Nachteil davontragen könnte. Im Hinblick auf meine Klasse hätte die Straftat dagegen positive Folgen. Mit einer guten Lernstandserhebung würden die Kinder endlich mal ein Erfolgserlebnis in der Schule erfahren, was eine gesteigerte Motivation und eine erhöhte Lebensfreude nach sich ziehen könnte. Die Eltern wären stolz, die anderen Klassen hätten einen Ansporn und der Ruf der Schule würde davon profitieren. Mir fällt bestimmt noch viel mehr ein, um den Einbruch ins Haus meines unter Drogen gesetzten Direktors zu rechtfertigen …

»Alles Ansichtssache!«, ruft Elmin.

»Ich bin ganz Ohr …«

»Nun ja, Sie müssen zwischen Kosten und Nutzen abwägen. Einerseits ist es im Allgemeinen natürlich moralisch höchst verwerflich, wider besseres Wissens eine Straftat zu begehen. Andererseits gibt es im Leben immer wieder Situationen, in denen man Gesetze überschreiten muss, um das Richtige zu tun. Solange niemand unmittelbar zu Schaden kommt, muss man für sich selbst entscheiden, ob man damit leben kann. Das heißt: Es ist Ansichtssache. Natürlich nur, solange man nicht erwischt wird. In diesem Falle wird es vor allem eine juristische Frage.«

Elmin runzelt die Stirn, notiert sich etwas in seinem Heft und hebt wieder den Kopf. Tarek nickt, als würde er moralphilosophisch auf dem gleichen Standpunkt wie Elmin stehen.

»Und wie verhält es sich, wenn einem ziemlich unsympathischen Typen ein Nachteil daraus entstehen würde? Nichts Wildes, sagen wir, der Verlust eines Gegenstands? Ein Auto oder so?«, hake ich nach.

Elmin wägt seinen Kopf von rechts nach links.

»Schwer zu sagen. Übersteigen gesamtgesellschaftlich die positiven die negativen Folgen, dann ist das zu verkraften. Im Endeffekt kann man es nicht verallgemeinern. Kommt auf die Situation an.«

Ich trinke einen Schluck Wasser, seufze und hopse vom Pult. Michelle fragt nach der Automarke und Kevin will wissen, welche Straftat ich denn begehen will. Erst jetzt wird mir klar, dass ich eventuell etwas zu konkret geworden bin. »Je weniger Zeugen, desto besser!«, hatte mich Gibbel noch gestern ermahnt. Meine gesamte Klasse in das Vorhaben einzuweihen und durch Leerstellen in meiner Geschichte neugierig gemacht zu haben war nicht klug.

»Wieso ich? Geht um euch und eure Prügeleien! Und um Herrn Böllrich! Ihr habt den Fetti genannt! Das könnt ihr doch nicht machen!«

Phil schnalzt mit der Zunge.

»Ja, wieso? Is doch so? Der ist voll der Arschloch!«, sagt Tarek.

Süleyman grunzt und Marcel zieht endlich seine Jacke aus. Dabei murmelt er: »Ein *fettes* Arschloch …«

»Ja, Leute, das geht so nicht. Ihr dürft keine Lehrer

beleidigen. Wenn ihr den Drang dazu habt, verkneift es euch oder schreibt ein Raplied darüber. Das könnt ihr doch jetzt. Dann übt ihr euch in Kreativität und ich muss mir hier nicht so einen Scheiß auf dem Flur anhören!«

Seylep sagt, Herr Böllrich würde mit seinem dicken Bauch und dem breiten Gürtel aussehen wie der Saturn, und bringt mich damit zum Lachen. Der Rest der Klasse stimmt mit ein und sogar Kevin prustet los, auch wenn er wahrscheinlich gar keinen Schimmer hat, wer oder was der Saturn eigentlich ist.

»Also, Sie machen keine Straftat, oder was jetzt?«, fragt Jennifer fröhlich ins allgemeine Gelächter und ich kichere.

»Ach, quatsch, so ein Blödsinn!«

Ich lache laut auf und umklammere mit meiner nassgeschwitzten Hand das Tütchen Crack in meiner Hosentasche.

30

Ein kleines bisschen Crack im Tee,
Tut keiner Menschenseele weh.

»… ansonsten Lage ruhig. Großteil der Belegschaft hat Schulgebäude verlassen. Zielperson nähert sich Büro. Geschätzte Ankunftszeit: 16 Uhr. Substanzen stehen bereit. *Pferd Jerusalem*: Over and out!«

Das Walkie-Talkie knistert und verstummt. Ich drücke auf den dicken schwarzen Knopf und sage: »*König Neptun* an *Pferd Jerusalem*: Habe verstanden – over and out!«

Dann lasse ich den Knopf wieder los, befestige das Sprechgerät an meinem Gürtel und hebe das Fernglas an die Augen. Sebi hockt in den Büschen neben der Turnhalle am anderen Ende des Schulhofs und kaut panisch auf seinen Fingernägeln herum. Über ihm thront das mit bunten Buchstaben gesprayte Credo der 10b »Fuck the whole system«, das Hausmeister Manni aufgrund ähnlicher politischer Überzeugungen bisher noch nicht entfernt hat. Gegenüber am Haupteingang macht Ben *Method Acting* und mimt einen unbeteiligten Passanten. Scheinbar weltentrückt schlendert er am Gebäude vorbei, formt aber für zwei Sekunden mit Zeigefinger und Daumen das »Läuft alles nach Plan!«-Zeichen in meine Richtung. Die Büsche an der Turnhalle wackeln.

»Das ist zu auffällig!«, knistert Sebis Stimme und ich

sehe, wie er nervös mit seinem Walkie-Talkie herumjongliert, bis er es schließlich auffängt und erleichtert in die Arme schließt, als wäre es ein Neugeborenes.

»Wer war das? Haltet euch an die Abmachung!«, belehrt Gibbel.

»*Grüne Bohne* an *Dr. Gonzo* – das ist zu auffällig! –, over and out!«, wiederholt Sebi seine Bedenken.

Ben ignoriert Sebis Input.

»Geht doch, *Grüne Bohne! Pferd Jerusalem*: Over and out«, lobt Gibbel.

Keine Frage, natürlich könnte man darüber diskutieren, inwieweit in dieser Phase unseres Unternehmens die ausschließliche Verwendung von Code-Namen erforderlich und sinnvoll ist. Aber Gibbel wollte im Hinblick auf seine zukünftige Beschäftigung im juristischen Bereich unter allen Umständen anonym bleiben. Die »Verwendung eines abhörsicheren Mediums« und die »Kommunikation über eigens ausgewählte Namen« seien in diesem Zusammenhang unerlässlich. Da Poseidon nicht mitkommen durfte, wählte ich sein römisches Pendant *König Neptun*.

»Gibt's was Neues an der Front?«, frage ich ins Walkie-Talkie.

»Wer hat das gesagt?«, maßregelt Gibbel.

Ich stöhne und drücke den Knopf.

»*König Neptun* an *Pferd Jerusalem* – Was siehst du?«

Keine Antwort.

»Over and out«, füge ich hinzu und lasse den Knopf wieder los, um auf Empfang zu schalten. Endlich antwortet Gibbel. Es könne sich nur noch um Sekunden handeln und Ben solle sich bereithalten. Inzwischen hat eine dunkelgraue Wolkendecke den Himmel vollständig bedeckt und der Wind bläst so stark, dass vereinzelt Äste abbrechen und auf den Steinboden fallen. Ansonsten ist alles ruhig und verlassen, noch nie habe ich den Schulhof so trostlos erlebt, so isoliert vom Rest der Welt. Sogar die Vögelchen sind eingedöst und haben den Kopf in ihrem Federkleid vergraben. Ich höre ein Knattern, drehe mich um und sehe, wie der VW-Kombi von Herrn Grubermann oder Grobermann den Lehrerparkplatz verlässt und mit rauchendem Auspuff auf die Hauptstraße abbiegt. Lediglich Herrn Direktor Kaisers blauer Audi steht nun noch einsam auf dem Gelände. Das Walkie-Talkie knistert und lässt mich aufschrecken: »Die Rakete ist gelandet! Ich wiederhole: Die Rakete ist gelandet!«

Der Wind lässt ab, das Knattern des Autos verstummt und die Welt steht für einen Augenblick still. Ich höre nur meinen dumpfen Herzschlag. »Papum, papum. Papum, papum.« Ein Gefühl des sicheren Scheiterns durchströmt meinen Körper und löst Panik aus. Leber und Milz verkrampfen sich, mein Magen dreht sich gegen den Uhrzeigersinn und ein Schleier kalten Angstschweißes legt sich auf meine Haut. Ich spanne jeden Muskel an und balle die Hände zu Fäusten. Jetzt gibt es kein Zurück mehr. Jetzt ist alles zu spät. Jetzt entscheidet sich meine Zukunft. Lehrer mit Auto im Ruhrgebiet oder Teilzeitkraft mit Fahrrad im Sauerland. Job oder Arbeitslosigkeit. Hü oder hott. Jackpot oder Bankrott.

Der Wind bläst mir wieder ins Gesicht, es macht ein letztes Mal »papum, papum« und das Blut schießt durch meine Adern.

»Scheiß drauf, wir packen das«, flüstere ich. Aus der Entfernung sehe ich durch die Scheiben von Herrn Direktor Kaisers Büro, wie sich die Tür öffnet und der Schulleiter den Raum betritt. Er legt seine Tasche ab, greift sich eine Tasse, lässt Wasser einlaufen, wirft einen Teebeutel hinein und stellt das Ganze in die Mikrowelle. Ich spreche mein Kommando in das Walkie-Talkie.

»Auf geht's, *Pferd Jerusalem*, dein Auftritt! Over and out!«

Dann bekreuzige ich mich dreimal, bete im Telegrammstil und erhebe meine gefalteten Hände zum Himmel wie der Papst an Karfreitag. Kurz darauf erscheint Gibbel am Haupteingang, sprintet über den Schulhof, wirft sich an der hinteren Ecke des Gebäudes ins Gestrüpp, robbt unter dem Fenster von Herrn Direktor Kaisers Büro vorbei und drückt sich wenige Meter weiter mit dem Rücken an die kalte Steinwand. Einige Sekunden lang ist die Szene wie eingefroren, dann gebe ich das Startzeichen und Gibbel hämmert wie wild von außen gegen die Scheiben des Klassenraums.

»WAWAWAHAAAAA!!«, schreit er und sein Gebrüll hallt über den gesamten Schulhof. Die Vögel auf dem Dach des Biologietrakts erwachen aus ihrer Lethargie, jagen hoch und fliegen meckernd Richtung Mensa. Dabei kacken sie sich vor Schreck noch einige Male die Empörung aus dem Leib. Gibbel hämmert noch eine Weile weiter gegen das Glas. Anschließend wirft er sich ins Gestrüpp und robbt wieder zurück zum Ende des Gebäudes. Ich sehe, wie Herr Direktor Kaiser in seinem Büro aufspringt, zum Fenster rennt, die Umgebung scannt, wieder zurückeilt und den Raum verlässt. Einen Augenblick später hechelt Ben hinein, öffnet die Mikrowelle, wirft das Pulver in die Tasse, tunkt den Finger in den Tee und verrührt die heiße Flüssigkeit mit schmerzverzerrtem Gesicht. Dann schließt er die Tür des Elektrogeräts und verschwindet. Drei Räume weiter taucht Herr Direktor Kaiser am Fenster auf, gegen das Gibbel zuvor von außen gehämmert hat, und sieht misstrauisch auf den Schulhof. Er zuckt mit den Schultern, dreht sich um und marschiert wieder aus dem Raum. Alles verläuft exakt so, wie Ben es vorhergesagt hatte. Ich ergreife die Gelegenheit und renne, so schnell ich kann, über den Hof Richtung Turnhalle. Um dabei so leise wie möglich zu sein, mache ich große Sprünge und hebe die Knie bei jedem Schritt bis zum Brustkorb, was für Unbeteiligte wahrscheinlich eher wie der Spurt eines Straußes mit Sehnenscheidenentzündung aussehen würde. Mit einem letzten Satz gelange ich zur Turnhalle und reiße den vor Aufregung erstarrten Sebi aus den Büschen, um mit ihm zum Eingangstor zu stolpern. Halb ziehe ich ihn, halb rennt er mit, bis wir uns in einer Bewegung wie beim Synchronspringen über die Steinmauer werfen und außerhalb des Schulgeländes landen, direkt neben Ben und Gibbel. Schnaufend lehnen wir unsere Köpfe an die Mauer, starren mit halb offenen Augen auf den gegenüberliegenden Spielplatz und sind heilfroh, *Phase I* erfolgreich abgeschlossen zu haben.

31

Ein Einbruch, der ist nicht so leicht,
Da eine Kleinigkeit schon reicht,
Dass der Plan zu scheitern droht.
Bleibt am Ende nur der Tod?

Viel Zeit für Regeneration bleibt uns nicht. Besonders Sebi hat den ersten Schock noch nicht verdaut, als wir vier Herrn Direktor Kaiser aus dem Eingangstor torkeln sehen. Wie die Krokodile in den Sümpfen von Nordindien sind wir bis auf unsere Augen vollständig hinter der Schulmauer versunken und beobachten, wie er sich in seinen Audi plumpsen lässt, sich an die Stirn fasst und aufstößt.

»Bist du sicher, dass der Typ noch fahrtüchtig ist?«, fragt Gibbel.

»Keine Ahnung«, erwidert Ben. »Was heißt schon sicher? Das wird schon irgendwie. Mach dir nicht ins Hemd.«

Sebi wimmert. Ich lege meine Hand auf seine Schulter, um ihn zu beruhigen. Einige Sekunden später schleichen wir über die Straße, am Spielplatz vorbei, um die Ecke und geradewegs auf unser Fluchtauto zu. Der in bedauernswertem Zustand befindliche Volvo Kombi von Sebis Eltern ist vielleicht nicht die eleganteste, dynamischste und ästhetischste Lösung, allerdings passt er sich mit seiner kraftlos-grauen Karosserie ideal der Wanne-Eickeler

Umgebung an. Das Auto erfüllt die Funktion der Unauffälligkeit mit solch einer Perfektion, dass es einige Sekunden dauert, bis wir seine Konturen erkennen, die Türen finden und losfahren können. Herr Direktor Kaiser ist bereits auf die Hauptstraße abgebogen und Sebi tritt das Gaspedal durch, um die Vierzig-Stundenkilometer-Marke zu durchbrechen und uns an unsere Zielperson zu heften. Allerdings steigt unsere Irritation erheblich, als der Wagen meines Schulleiters wenige Meter später in einen kleinen Waldweg abbiegt, anstatt die von uns angenommene Route zu nehmen. Sebi hält an.

»Und jetzt?«

Niemand rührt sich, bis Ben wortlos die Tür aufreißt, sich aus dem Sitz hievt und dem Wagen folgt.

»Bitte, bitte …«, flüstere ich, während wir anderen ihm hinterherschleichen.

Der Audi von Herrn Direktor Kaiser steht mit laufendem Motor nur wenige Meter von der Hauptstraße entfernt. Ben schlüpft erneut in die Rolle des unbeteiligten Passanten und tut so, als würde er durch den Wald spazieren. Im Vorbeigehen wirft er einen dezenten Blick ins Auto, bleibt stehen und neigt den Kopf zur Seite. Ich lese von seinen Lippen das Wort »Scheiße« ab. Wir stürzen zu ihm und blicken durch die Frontscheibe ins Wageninnere. Es dauert eine Weile, bis die einzelnen Lichtsignale über den Sehnerv an mein Gehirn weitergeleitet werden und sich dort zu einem vollständigen Sinneseindruck zusammenfügen. Endlich baut sich ein scharfes Bild vor mir auf: Herr Direktor Kaiser sitzt mit geschlossenen Augen hinterm Steuer seines Autos. Oder sagen wir, er hängt mit offenem Mund und zur Seite gekipptem Kopf zur Hälfte auf dem Fahrersitz, zur Hälfte auf dem Beifahrersitz. Und er bewegt sich nicht. Der Blinker ist noch an und der Rauch aus dem Auspuff legt sich auf die kaum noch mit Blättern versehenen Äste der Bäume wie ein weiches Bettlaken.

»Jetzt haben wir ihn ermordet«, stöhnt Sebi und Gibbels Gesichtsfarbe nähert sich gefährlich einem Uringelb. Der Wind bläst mir ins Gesicht und ich merke, dass mein Herz aufgehört hat, meine Organe mit Blut zu versorgen.

»Kacke …«, sagt Ben und geht auf das Auto zu.

Wir folgen ihm wie die Zombies aus *The Walking Dead*. Meine gesamten Körperfunktionen sind darauf ausgerichtet, nicht in Ohnmacht zu fallen. Bei jedem Schritt knarzt der Untergrund unter meinen Schuhen und das Gesäusel in den Bäumen wird immer lauter, bis es schließlich alle anderen Wahrnehmungen verdrängt. Nichts existiert mehr, außer dem Rascheln und Knistern der Äste. Außer dem Wispern und Flüstern des Waldes. Außer der kühlen Luft, die meine Lunge durchflutet. Ben öffnet die Fahrertür.

»Hallo?«, fragt er und dreht sich dann zu uns.

»Der sagt nix …«, konstatiert er.

»Fühl mal den Puls, ob der noch lebt«, sagt Gibbel mit zittrigen Lippen.

Ben greift nach dem Arm meines Direktors. Die Sekunden kommen mir vor wie Jahrhunderte.

»Der ist tot …«, verkündet er. »Der hat keinen Puls mehr, der ist tot. Der ist verdammte Scheiße noch mal tot!«

Mehrere Autos fahren am Waldweg vorbei und ihr Dröhnen vermischt sich mit dem Brausen des Windes zu einem unüberwindbaren Getöse, das gegen mich schlägt wie der tosende Ozean gegen eine Klippe. Sebi beginnt zu weinen und Gibbel murmelt in seinem Trancezustand etwas von »Totschlag, Freiheitsstrafe nicht unter fünf Jahren, minder schwere Fälle, Paragraph 213 StGB …« Ich drehe mich zur Seite, kotze mir die Seele aus dem Leib und analysiere währenddessen meine Situation. Es gibt nur eine einzige Möglichkeit: Flucht. Wenn ich sofort loslaufe, bin ich im Nu in einer fremden Stadt, in Dortmund oder Bochum. Dort könnte ich eine neue Identität annehmen und mit gefälschtem Pass und einem neuen Namen ganz von vorn beginnen. Vielleicht als *König Neptun.* Ich könnte Poseidon in einigen Wochen nachholen und Tine Bescheid geben, sobald sie wieder normal ist. Oder ich könnte warten, bis sie bei einer ihrer Aktionen geschnappt wird und sie kurz vor ihrer Verurteilung am Gerichtsgebäude einsammeln, um mit ihr wie Bonnie und Clyde zu leben und die restliche Zeit damit zu verbringen, mich von Ruhrgebietsstadt zu Ruhrgebietsstadt durchzuschlagen. Wobei so ein Dasein ziemlich viele Gefahren und Risiken in sich birgt. Vielleicht bietet mir ein Leben auf dem Land doch eine höhere Qualität. Ein Bauernhaus in Dinslaken, weit abgelegen von Hauptstraßen, Passkontrollen und Identitätszwang. Einfach so vor sich hin leben, am Fluss Fische fangen und im Wald Hirsche jagen, einen eigenen Brunnen bauen. Wer benötigt schon Elektrizität, wenn es Kerzen gibt? Außerdem ist Dinslaken nur knapp vier Stunden zu Fuß entfernt, ich könnte vor der Dämmerung eintreffen, wenn ich jetzt losrennen und eine konstante Jogginggeschwindigkeit von zehn Stundenkilometern halten würde. Nur vier Stunden für eine stabile Sicherheit und unendliche Ruhe. Vier Stunden und nichts als das weite Feld, der tiefe Wald, belebende Quellen, die …

»… Leute, das war ein Scherz …«

In meinem Kopfkino wird der Vorhang abrupt zugezogen. Dafür erscheint das grinsende Gesicht von Ben vor meinen Augen.

»Jetzt ohne Kack, wir sind hier doch nicht in einem billigen Actionfilm oder so. Der hat ein bisschen Crack bekommen und ’ne Nullachtfünfzehn-Schlaftablette dazu. Der ist total fertig und ist einfach nur etwas früher eingepennt, als ich das berechnet habe! Der ist doch nicht tot! Hier, kannste fühlen, der hat Puls!«

Ben wedelt mit dem schlaffen Arm meines Direktors in meine Richtung und lächelt. Mein Blick wandert an mir herunter und ich sehe zu, wie sich meine Hand zu einer Faust ballt, die sich auf Bens Gesicht zubewegt und mit voller Wucht gegen seinen Unterkiefer kracht. Ein stechender Schmerz jagt durch mein Handgelenk und arbeitet sich bis zu den Schultern hoch. Meine Finger verkrampfen sich und ich schreie auf, während sich Bens Körper nach hinten biegt und ihn schließlich in die Knie zwingt. Minuten vergehen, ohne dass sich jemand rührt. Der Wind fegt uns durch die Haare, Autos sausen an uns vorbei und Vögel pfeifen auf den kahlen Ästen. Dann steht Ben auf und klopft sich den Staub von der Hose.

»Da macht man *ein Mal* einen Witz …«

Nachdem wir den leblosen Haufen Direktor auf den Beifahrersitz gehievt und ihn in eine aufrechte Position gebracht haben, schwingt sich Ben hinters Steuer des Audis und fährt mit Gibbel auf dem Rücksitz los, während Sebi und ich wieder in den Volvo steigen. Vier Minuten später haben wir das Haus von Herrn Direktor Kaiser erreicht, wo Ben mit beneidenswerter Präzision in die Garagenauffahrt brettert. Sebi und ich parken an der nächsten Straßenecke.

»Du hältst hier Wache«, befehle ich seinem blassen Gesicht. »Wenn irgendwas ist, dann funkst du uns mit deinem Walkie-Talkie an, okay? Wir brauchen nicht mehr als ein paar Minuten! Alles wird gut!«

Sebi starrt katatonisch durch die Frontscheibe und nickt langsam, wie ein Wackeldackel in Slow Motion. Ansonsten ist sein Körper vollkommen erstarrt. Das hier ist maximal zu viel für ihn.

Gibbel reißt sofort die Tür auf, nachdem ich die verabredete Klingelfolge gedrückt habe, und zieht mich ins Haus. Sein Gesicht ist von Schweißperlen bedeckt und sein dünnes Haar klebt ihm auf der Stirn.

»Alles klar so weit, wir bringen den jetzt in sein Bett, und wenn der aufwacht, kann er sich an nichts mehr erinnern. Das dürfte in ein paar Stunden der Fall sein. Trotzdem sollten wir uns beeilen.«

Gibbel hat recht. Je schneller wir das alles über die Bühne kriegen, desto besser. Ben ist im Moment zwar noch ziemlich entspannt, allerdings merke ich Gibbel bereits an, wie er langsam auf Reserve läuft. Von Sebi ganz zu schweigen. Ben schnappt sich die Arme meines Direktors, ich die Beine, und wir stampfen los.

»Wo sind die Lernstandserhebungen?«, fragt Gibbel.

»Guck mal in der braunen Tasche da!«

Wir schleifen den Körper durch den Flur und öffnen jede Tür, um das Schlafzimmer zu finden. Gibbel watschelt mit der Tasche hinter uns her.

»Hier sind einige Umschläge …«, sagt er und ich erkläre ihm, dass es insgesamt fünf sein müssten, da dieses Jahr erstmals die Klassenstufen 6–10 teilnehmen.

»Ich hab sie!«, ruft Gibbel und hält mir den Umschlag mit einer dicken Nummer 9 vors Gesicht. Ben und ich haben endlich das Schlafzimmer gefunden und hieven meinen Direktor auf das Wasserbett, auf dem er einige Sekunden auf und ab wabbelt, bis er schließlich zum Stillstand kommt. Ben krächzt und ich gebe Laute von mir, die man sonst nur von verwundeten Büffeln hört. Wir renken unsere Rücken wieder ein und strecken uns.

»Gut, pack ein, und dann nichts wie weg!«, sage ich und reiße Gibbel den Umschlag aus der Hand.

»Warte!«, ruft Ben. »Lass den auf die Seite drehen, falls der kotzen muss. Crack ist nicht jedermanns Sache …«

Eine halbe Stunde später haben wir in meiner Wohnung alle Unterlagen kopiert. Ben und ich hetzen zurück ins Haus meines Direktors und schieben den Umschlag mit den Aufgabenblättern der Lernstandserhebung zurück in seine Tasche. Herr Direktor Kaiser liegt im Schlafzimmer in derselben Position, in der wir ihn verlassen haben. Ben und ich starren auf den schnarchenden Berg und genießen für einige Augenblicke die Situation. Erleichterung durchflutet meinen Körper, ich höre Steine poltern. Es hat tatsächlich funktioniert. Alles ist in bester Ordnung. Auf meinem Wohnzimmertisch liegen die Kopien, die in diesem Augenblick schon von Gibbel und Sebi bearbeitet werden. Bis heute Abend sind die achtundzwanzig Arbeiten fertig geschrieben und Herr Direktor Kaiser wird von alledem nichts mitbekommen. Morgen tausche ich die Blätter meiner Schüler mit den von uns geschriebenen Arbeiten aus und mein Schulleiter korrigiert eine Lernstandserhebung, die ihn aus den Socken haut, ohne zu wissen, dass meine Schüler nicht das Geringste damit zu tun haben. Ich behalte meinen Job, werde verbeamtet, rette den Weisen Horst, und Valentin Frühling verliert sein Auto und seine Ehre. Tine kommt in ein Resozialisierungslager und Poseidon und ich schlagen uns die Bäuche voll. Von wegen Sauerland oder Dinslaken. Von wegen arbeitslos und Fahrrad fahren. Ich werde verdammt noch mal mein Leben weiterleben!

»Wir haben es geschafft …«, flüstere ich Ben zu und lächle.

Er legt mir seine Hand auf die Schulter und atmet laut aus.

»Ich hab es ja gesagt: Das ist ein todsicheres Ding …«

32

»Wenn ich Ayse jetzt eine Vier gebe, dann wollen alle anderen auch besser benotet werden. Verstehen Sie …?«

Ich reibe mir das Auge und gähne. Langsam, aber sicher habe ich die letzten Kraftreserven meines Körpers ausgeschöpft. Meine Augen bleiben nur dank größter Anstrengung offen, meine Bewegungen sind schwerfällig und monoton und meine Synapsen blubbern nur noch kraftlos vor sich hin. Ich sehe auf mein Blatt und räuspere mich. Ballack, Rummenigge und Netzer, dazu Bastian Schweinsteiger im Mittelfeld. Schlagartig weiten sich meine Pupillen und es kommt ein wenig Schwung in meinen Kreislauf. Ich tue mich ja insgesamt sehr schwer, noch aktive Spieler in meine Jahrhundertmannschaft einzubauen, aber Schweinsteiger hat es einfach verdient. Deutscher Meister, Pokalsieger, Champions-League-Sieger und Weltmeister. Wenn ich daran zurückdenke, wie er im Finale gegen Argentinien mit der Platzwunde unter seinem Auge zurück auf den Rasen marschierte, mit einer Entschlossenheit in den Augen, als wüsste er, dass ein paar Sekunden später das entscheidende Tor fallen würde, dann gibt es für mich keine Diskussion. Bastian Schweinsteiger ist ein Held, ein Held für die Ewigkeit.

Das Mittelfeld ist somit komplett und ich bin zufrieden. War allerdings der Weg bis hierher schon beschwerlich, wird es für den Angriff noch kniffliger. Mit Rudi

Völler, Gerd Müller, Jürgen Klinsmann, Uwe Seeler und Miroslav Klose hat man gleich eine Handvoll Stürmer, die es verdient hätten, auf eine der zwei freien Positionen in der vordersten Linie aufgestellt zu werden. Wobei Gerd Müller bei genauerer Betrachtung unverzichtbar ist. Er wurde zwar von Klose im Hinblick auf die Gesamtzahl der Treffer überholt, aber trotzdem: So eine Quote, wie er sie hat, wird wahrscheinlich nie wieder ein Fußballspieler erreichen, egal welcher Nation. Ich schreibe »Gerd Müller« auf den Block und kratze mich mit dem Bleistift an der Nase. Ayses Mutter betont, dass Ayse immer fleißig ihre Hausaufgaben macht. Ich grummle in meinen Dreitagebart, denn ich weiß es besser. Ulf Kirsten war natürlich auch ein absoluter Knaller. Oder Olaf Marschall. Der Mann mit dem Pornoschnäuzer. Klaus Fischer wäre mit seinen berühmt-berüchtigten Fallrückziehern ebenfalls eine Überlegung wert. Sie alle wären Kandidaten, mit denen ich Gibbel zwar überraschen könnte, doch fehlt es ihnen an entscheidender Qualität. Gerade im Sturm könnte es ausschlaggebend sein, auf altbewährte Kräfte zu setzen.

»Lern-stands-er-bung ... Ayse war Note Drei!«

»Lernstandserhebung ...«, korrigiere ich mit erhobenem Zeigefinger und lege den Bleistift beiseite.

»Ja, natürlich, klar, sie war nicht schlecht. Objektiv betrachtet. Aber erstens zählen für die Zeugnisnote lediglich die Klassenarbeiten und die mündliche Mitarbeit und nicht die Lernstandserhebung, und zweitens ...«

Ja, zweitens. Was soll ich sagen? Sebi hatte sich über Ayses Aufgabenblätter hergemacht und sie mit zittriger Hand geschrieben, nachdem er zehn Liegestütze absolviert hatte. Wir hatten nämlich herausgefunden, dass sich dadurch die Handschrift maßgeblich veränderte und wir so eine größere Anzahl unterschiedlich geschriebener Arbeiten produzieren konnten. Sebi hatte den Auftrag, bei Ayse eine mittelmäßige bis schwache Note vorzulegen, damit es realistisch bleibt. Ich dachte an eine glatte Vier mit Tendenz nach unten. Warum es letztendlich doch eine Drei wurde, ist eine andere Geschichte, die noch zu erzählen sein wird.

Ich nahm mir an dem Nachmittag unseres Einbruchs die kritischen Fälle vor, die sich enorm verbessern mussten, um einen guten Schnitt zu bekommen: Kevin, Tarek, Jennifer und Michelle. Da ich ihre Handschriften kannte, war ich der Einzige, der sie am getreuesten nachahmen konnte. Kevin schrieb ich eine Vier, Tarek eine Drei minus, Jennifer und Michelle jeweils eine Vier plus. Dadurch war es einerseits nicht zu auffällig, andererseits ruinierten sie nicht den tollen Schnitt, der mit den Lernstandserhebungen der anderen Schüler eingefahren werden sollte. Ich bat meine Jungs, so viel wie möglich durchzustreichen, so krakelig und verschmiert zu schreiben, wie es nur ging, und ein paar Rechtschreibfehler einzubauen. Es lief flott. Bei den ersten beiden Aufgaben ging es zunächst um das Leseverständnis. Die beiden Texte handelten von einem Hasen, der ein Ei versteckte, und von einem Murat und einer Melina, die sich einen Wellensittich kaufen wollten. Auch der Rest war einigermaßen leicht zu beantworten, was zur Belustigung meiner Freunde beitrug. Wir tranken Bier, unterhielten uns, hatten nach einer Stunde bereits sechzehn Arbeiten fertig und legten immer mal wieder Pausen ein, um an der Playstation zu brillieren. Ich spielte den Betrug geschickt herunter, machte Scherze und erzählte Anekdoten von meinen Schülern. Gibbel hatte kein einziges Mal sein Strafgesetzbuch in der Hand, um irgendetwas Juristisches zu überprüfen.

»Das ist aber ganz schön einfach für eine neunte Klasse, oder?!«, fragte Sebi irgendwann und ich betonte nachdrücklich, dass das trotzdem kaum einer in meiner Klasse bewältigen kann.

»Nee, Fabi, ich mein jetzt so generell vom Anforderungsprofil her. Also, in einer Neunten sollte man das alles doch schon beherrschen, oder?«

Ich legte meinen Füller zur Seite und äffte ihn nach: »In einer Neunten sollte man das alles doch schon beherrschen, oder …?«

Dann boxte ich ihm mit der Faust auf die Schulter und deutete auf das Arbeitsblatt vor ihm.

»Schreib einfach weiter, Sebi, und überlass mir die Sorge, was meine Schüler beherrschen müssten und was nicht …«

Nach knapp zwei Stunden warf Ben das letzte Arbeitsblatt mit Süleymans Namen auf den Stapel und wir lehnten uns zurück.

»Meinst du, das reicht, um Valentin zu schlagen?«, fragte Ben, und ich nickte.

»Das wird insgesamt ein Schnitt von zwei Komma vier. Das ist wirklich total gut. Bisher war ich immer im drei-Komma-acht- bis vier-Komma-fünf-Bereich. Das ist schon echt der Hammer!«

Gibbel, Sebi und Ben tauschten skeptische Blicke aus, nickten sich zu und grinsten.

»Perfekt …«, sagte Ben und steckte sich eine Zigarette an.

Sebi und Gibbel schnauften vor Erleichterung. Ich musste auch grinsen, registrierte aber für den Bruchteil einer Sekunde einen verschwörerischen Augenkontakt zwischen meinen Freunden. Ich ignorierte es und holte die Flasche meines besten Whiskys hervor, um auf die gelungene Durchführung unseres Plans anzustoßen.

Als Tine kurz darauf von einem Treffen ihres neu gegründeten *Tierschutzbundes Wanne-Eickel* kam und einen dicken Stapel Informationshefte und Flyer auf den Wohnzimmertisch knallte, verkrümelten sich meine Kumpel und ließen mich und Poseidon allein. Tine setzte sich neben mich und erzählte mir von ihrem neuen Projekt. Sie hatte beschlossen, eine eigene Organisation zu gründen, weil ihr die PETA-Richtlinien nicht radikal genug waren und sie eigenständig und international operieren wollte. Sie hatte auch schon positive Entwicklungen zu verzeichnen, da ihre Organisation bereits in der Zeitung stand und sie nach nur einer Woche vier feste Mitglieder zählte. In Zukunft würde Wanne-Eickel eine tierfreundlichere Stadt sein und diese Welle würde sich über das Ruhrgebiet und ganz Deutschland ausbreiten. Danach europaweit, dann weltweit. Die Zeit der Redenschwingerei war vorbei. Taten mussten her. Sie meinte eine Art Rudi Dutschke des Tierschutzes zu sein. Poseidon schüttelte ungläubig das Köpfchen und würgte anschließend ein paar Tofubrocken hinunter.

»Morgen ist die Lernstandserhebung …«

Ich wollte meine Welt mit Tines verbinden. Aber sie redete einfach weiter. Von ihrem Vorhaben, sich als Erstes die Jäger vorzunehmen, die aus Spaß Hirsche und Rehe ermorden und sich die Geweihe über den Kamin hängen würden.

»Ich hoffe, dass das gut geht …«, sagte ich gedankenverloren, und Tine stimmte mir zu.

Zwei Stunden später war sie schon wieder ausgeflogen, um die Rückführung von Hannes zu rekonstruieren. Sie fragte, ob ich etwas mitbekommen hätte, und beschimpfte die PETA, die sie dafür verantwortlich machte.

Zufrieden betrachtete ich den Stapel der gefälschten Klausuren. Je später es wurde, desto sicherer war ich, dass nun nichts mehr schiefgehen konnte. Was sollte schon passieren? Die einzige Schwierigkeit, die noch bevorstand, war die Umtauschaktion der gefälschten Klausuren, ohne dass einer von den anderen zwei bis drei Aufsichtslehrern etwas davon mitbekam. Das war die letzte Hürde. Anschließend würden die Arbeiten zu Herrn Direktor Kaiser wandern, der sie aufgrund des festgelegten Korrekturschlüssels mit dem von mir geplanten Schnitt von zwei Komma vier würde benoten müssen. Ich würde die entsprechenden Noten dann unter die noch nicht korrigierten Originale schreiben, ein bisschen mit dem Rotstift herum malen, ein paar undeutliche Zeichen an den Rand schreiben und sie meinen ungläubigen Schülern zurückgeben. Die gefälschten und von Herrn Direktor Kaiser korrigierten Arbeiten würden in den unendlichen Weiten meiner Abstellkammer verschwinden und niemand würde je wieder von alledem sprechen. Ein todsicheres Ding, wie Ben gesagt hatte.

In Sicherheit gebadet, loggte ich mich auf Facebook ein und schickte Valentin Frühling eine Nachricht: »Hallo, Valentin, alter Penner! Vergiss nicht aufzutanken, will mit deiner Karre direkt ne Spritztour machen!«

»Von wegen, hat sich ausgedrehert …«, nuschelte ich und klappte den Laptop zu.

33

Manche Dinge laufen dumm.
Man büffelt sich den Rücken krumm,
Steht dann da, so starr und stumm,
Da war doch etwas falsch herum!

Ich sitze am Küchentisch und lausche dem Ticken der Wanduhr. Der Zeiger bewegt sich mit pedantischer Genauigkeit von Strich zu Strich, überspringt Zahl um Zahl und beginnt erbarmungslos eine neue Runde. Bei jeder Umdrehung wird das Ticken lauter. Ohne den Kopf zu bewegen, senke ich meinen Blick auf den Tisch. Auf dem Frühstücksteller vor mir liegt eine angebissene Scheibe Toastbrot und in meinem Orangensaft schwimmen kleine Stückchen. Die Zeitung liegt aufgeschlagen daneben und berichtet feierlich über die wundersame Rückkehr von Ameisenbär Hannes. Poseidon trottet herein, schaut zu mir hoch und lässt sich anschließend vor mir auf den Boden plumpsen. Das Ticken der Wanduhr übernimmt wieder die Kontrolle und bei jedem Zeigerschlag stellen sich mir die Nackenhaare auf. Valentin Frühling hat mir vor einer Stunde auf Facebook geschrieben, dass er meinen Weisen Horst pink lackieren und ihn seiner Freundin schenken wird. Ob ich etwas dagegen hätte? Ob das in Ordnung geht? Sie hätte nämlich bald Geburtstag.

Valentin, dieses blöde Arschloch.

Unter dem Küchentisch steht mein Rucksack, in dem sich die gefälschten Klausuren befinden. Der Gedanke daran lässt meine Anspannung ins Unermessliche steigen. Was passiert, wenn sich keine Gelegenheit ergibt, die Arbeiten auszutauschen? Oder wenn Herrn Direktor Kaiser auffällt, dass die Handschriften nicht mit denen meiner Schüler übereinstimmen, und der ganze Schwindel auffliegt? Aber er wird doch wohl kaum davon *ausgehen*, dass ich betrüge, und dann die Handschriften vergleichen?! Oder doch? Würde er dieses jenes tun? Ich wünsche mir nichts sehnlicher, als dass alles nach Plan verlauft, die Zeit verfliegt und es schon Abend ist, dass ich im Bett liege und alles gut ist. Aber diese beschissene Uhr verändert ihren Takt nicht, die Zeiger bewegen sich nicht auf einmal schneller, wie sie es bei Zeitraffern in Filmen immer tun. Alles bleibt, wie es ist. Die Stückchen im Orangensaft schwimmen gemächlich auf der Oberfläche, der Kühlschrank summt vor sich hin und Poseidon schlägt mit dem Tätzchen träge nach einer Staubfluse. Es ist diese verfluchte Ungewissheit, die mich fast kirre macht. Ich nehme das Toastbrot in die Hand, beiße hinein und denke: Welcher verdammte Betrieb stellt denn bitte Wanduhren her, die so beschissen laut ticken?!

Zeitraffer. Die Zeiger jagen über das Zifferblatt und finden dann langsam zurück zu ihrer alten Monotonie. Ich sitze in der Aula. Herr Grubermann oder Grobermann und Frau Schöne laufen durch die Bankreihen und verteilen die Lernstandserhebungen an die hibbeligen Schüler von insgesamt vier unterschiedlichen Klassen. Tarek winkt mir aus der vorletzten Reihe zu und macht anschließend Rap-Posen. Ich winke zurück, grinse und denke: Scheiße. Hoffentlich geht das gut. Tarek bekommt seine Arbeitsblätter und beginnt auf seinem Kugelschreiber herum zu kauen. Vorsichtig lehne ich mich vor und überprüfe zum gefühlt 679. Mal, ob ich die gefälschten Arbeiten eingesteckt habe. Erleichtert puste ich aus, als ich sie sehe, und ziehe den Reißverschluss meines Rucksacks wieder zu. Solange lediglich Herr Grobermann oder Gröbermann und Frau Schöne zur Aufsicht in der Aula sind, dürfte es kein Problem sein, eine günstige Gelegenheit zu finden, um die Blätter zu vertauschen. Die Brillengläser von Frau Schöne sind dicker als Gibbels Strafgesetzbuch. Einzig Herr Grubermann oder Grübermann könnte etwas bemerken. Allerdings bewegt er sich grundsätzlich so langsam wie eine Schildkröte auf Baldriparan. Man müsste nur seine Aufmerksamkeit gewinnen. »Guck mal, hinter dir, was ist das denn?«, könnte man rufen und schon hätte man ungefähr vier Minuten Zeit, bis sich Herr Grübermann oder Grobermann umdreht, stehen bleibt und merkt, dass da gar nichts ist. Theoretisch dürfte es also auch an der Front keine Schwierigkeiten geben. Trotzdem sind meine Hände schweißnass. Irgendetwas in mir zweifelt. Zweifelt an der Einfachheit der Situation. An dem trügerischen Schein der Sicherheit.

Ich nehme meine ganze Kraft zusammen und stehe auf. Meine Glieder sind steif und schmerzen, mein Rücken knackt. Frau Schöne blickt zu mir und Augenblicke später dreht sich auch Herr Grubermann oder Gröbermann in meine Richtung. Ich lächle und sage etwas wie »Poah, ist das schwül hier!«. Als sich keiner von beiden rührt, fallen meine Mundwinkel wieder herunter und ich höre mich murmeln: »Is ja auch egal ...« Dann nehme ich Kurs auf Tarek. Meine Klasse hat die gesamte vorletzte und letzte Reihe belegt, was mir eine lange Strecke durch die Aula beschert. Ich werfe im Vorbeigehen einen Blick auf die Arbeitsblätter der anderen Kinder und sehe, dass neben den beiden neunten Klassen eine sechste und eine siebte Klasse hier sind. Einige Schüler kenne ich, es sind zum Großteil die »schwierigen Fälle«. Insgesamt hat sich also die Creme de la Creme der Albert-Einstein-Gesamtschule in der Aula versammelt, um gemeinsam am Nektar des Wissens zu schlürfen.

»Chabos wissen wer der Dreher ist …!«, sagt Tarek, als ich seinen Tisch erreicht habe, und wendet sich wieder seinem Blatt zu. Auch Süleyman und Jennifer grinsen mich euphorisch an. Ich denke: Wenn ihr jetzt schon so gut drauf seid, dann könnt ihr euch schon mal auf was gefasst machen, wenn ihr seht, wie fantastisch eure Arbeiten am Ende wirklich werden. Ich erwidere das Grinsen, stelle mich hinter Tarek und lasse meine Augen über sein Aufgabenblatt wandern. »Lernstandserhebung Klasse 9« steht da. Ganz genau. Perfekt. Doch dann folgen Übungen, die ich vorher noch nie in meinem Leben gesehen habe. Die ersten Anzeichen einer ausgemachten Panikattacke melden sich. Hektisch überfliege ich die Texte zum Leseverständnis, aber da steht nichts von einem Hasen, der ein Ei versteckt. Da sind keine Murats und keine Melinas, die sich einen Wellensittich kaufen möchten. Da steht etwas vollkommen anderes, etwas über Atomphysik. Während sich mein Hals zuschnürt und in meinem Inneren Explosionen stattfinden, brennt sich zeitgleich das Grinsen in mein Gesicht. »Lernstandserhebung Klasse 9«, lese ich wieder und grinse und grinse und grinse. Der Raum beginnt zu schwanken, dehnt sich in alle Richtungen und ich würde am liebsten losrennen und schreien. Stattdessen grinse ich. Das ist das Einzige, was ich realisiere: dass ich grinse.

Vielleicht sind Minuten vergangen. Vielleicht auch nur Sekunden. Jedenfalls stehe ich noch immer hinter Tarek und traue meinen Augen nicht. Wieso schreibt er gerade eine völlig andere Lernstandserhebung als Ben, Sebi, Gibbel und ich gestern Abend? Haben wir einen Fehler gemacht? Wusste Herr Direktor Kaiser etwas von unserem Vorhaben und hat falsche Lernstandserhebungen in seiner Tasche als Köder benutzt? Aber wer könnte uns verraten haben? Gibbel? Der als Anwalt doch zu Verschwiegenheit verpflichtet ist? Oder Sebi? Niemals. Ben kann das auch nicht gewesen sein, der hat den Plan schließlich mit entwickelt. Während ich überlege, höre ich, wie Quinn leise sein eigenes Raplied summt.

»Herr Dreher sagt: ›Willst du Chabo-Vogel, dass ich dich mal lobe?‹

Dann finde doch ein Satzglied durch die Umstellprobe.

Ein Satzglied lässt sich nämlich ganz einfach verschieben,

Hör dir diesen Song an, denn ich werd in diesem Rapfight siegen!«

Er nickt, schreibt hastig etwas auf sein Blatt und blättert um. Mir wird schwindelig und ich muss mich auf Tareks Tisch abstützen. Herr Gröbermann oder Grubermann blickt mich sorgenvoll an und ich rapple mich auf und winke ihm zu. Kreidebleich wie ich bin und mit dem eingefrorenen Grinsen in meinem Gesicht muss ich aussehen wie ein Schneehase auf Kokain. Konsterniert will ich mich wieder durch die Sitzreihen zum Pult vorkämpfen, bleibe jedoch auf halbem Weg schlagartig stehen. Langsam beschreibt mein Rumpf eine Neunzig-Grad-Wendung und mein Kopf senkt sich auf das Aufgabenblatt eines jüngeren Schülers hinter mir. Auf dem Kopf lese ich: »Lernstandserhebung Klasse …« Dann folgt die Zahl 9. Ich mache kehrt, gehe um den Tisch herum und sehe dem Jungen über die Schulter. Jetzt steht da: »Lernstandserhebung Klasse 6«. Verzweifelt kritzelt und markiert der Schüler am Text zum Leseverständnis herum, in dem Murat und Melina diskutieren, wieso man sich einen Wellensittich kaufen sollte. Ich schlage mir an die Stirn.

»Eine 6 wird auf dem Kopf zu einer 9 …«, flüstere ich entgeistert.

Der Schüler dreht sich zu mir um und sieht mich an, als wäre ich ein Wellensittich. Gibbel, du Arschloch! Du hast die Lernstandserhebung der sechsten Klasse mitgenommen! Du hast den Umschlag auf dem Kopf gehalten und die 6 als 9 gelesen! Wie – kann – man – denn – so – blöd – sein? Die Puzzleteile setzen sich in meinem Kopf zusammen: Als Gibbel mir das Kuvert vor die Nase hielt, war ich gerade damit beschäftigt, Herrn Direktor Kaiser in sein Bett zu wuchten und konnte mich nicht auf beides gleichzeitig konzentrieren. Beim Fälschen der Arbeitsblätter ist *natürlich* niemand auf die Idee gekommen, mal die Überschrift zu lesen. Niemandem ist aufgefallen, dass bei uns »Lernstandserhebung Klasse 6« stand. Nicht Klasse 9. Wir hatten uns auf Gibbel verlassen. Und jetzt habe ich achtundzwanzig gefälschte Lernstandserhebungen für die sechste Klasse in meinem Rucksack und damit meinen Untergang besiegelt. Job weg, Auto weg und Tine ist verrückt. Das ist mein neues Leben. Gibbel, du Arschloch! Dann sage ich es laut.

»Gibbel, du Arschloch!«

Der Satz hallt durch die Aula und alle Köpfe richten sich auf mich. Meine Knie sacken weg.

»Weitermachen, verdammt noch mal!«, rufe ich.

Die Kinder schauen sich kurz irritiert um, konzentrieren sich anschließend aber wieder auf ihre Blätter. Ich stolpere durch die Sitzreihen nach vorn.

»Mir ist schlecht, ich muss gehen ...«, stottere ich Frau Schöne und Herrn Grubermann oder Gröbermann meine Entschuldigung zu und verlasse die Aula. Ich stehe kurz vor einem Nervenzusammenbruch. Eine Hitzewelle überkommt mich, dann ist mir eiskalt. Ich laufe im Zickzack, alles dreht sich, ich ignoriere den Schwindel und taumle Richtung Hauptausgang. Herr Böllrich kommt mir entgegen, setzt zum Sprechen an und ich sage: »Boa, nee, komm. Das kann ich jetzt gar nicht ertragen!« Bevor er antworten kann, mache ich kehrt und gehe wieder zurück. Inzwischen habe ich jede Kontrolle über meinen Körper verloren, und ohne zu wissen, was ich tue, betrete ich erneut die Aula, laufe an den Sitzreihen vorbei und bleibe vor dem Lehrerpult stehen.

»Wie heißen Sie eigentlich? Grubermann oder Gröbermann?«

Herr Grubermann oder Gröbermann reagiert mit ein paar Sekunden Verzögerung und räuspert sich. Dann kratzt er sich mit einem Finger an der Schläfe und wirft seiner Kollegin einen fragenden Blick zu.

»Ich heiße Waldmeier ...«, sagt er endlich, nach einer weiteren gefühlten Ewigkeit.

Ich wische mir den Schweiß von der Stirn, nicke und verlasse die beschissene Aula durch den Notausgang Richtung Perspektivlosigkeit.

34

Da sitze ich wieder. Am Küchentisch. Und lausche dem Ticken der Wanduhr. Der Zeiger springt von Strich zu Strich und beginnt eine neue Runde. Ich lege den Kopf in meine Hände. Das ist das Ende. Es hat nicht funktioniert. Es war alles umsonst. Umsonst habe ich mir wochenlang den Arsch aufgerissen. Umsonst in öden Uni-Vorlesungen gesessen, Didaktik-Lehrbücher gewälzt, in Sebis verkacktem Kinderzimmer gehockt und mir Ratschläge geben lassen. Umsonst meine Freunde zu einer Straftat überredet. Umsonst Herrn Direktor Kaiser unter Drogen gesetzt und ihn ins Bett getragen. Umsonst die Lernstandserhebung kopiert, umsonst alle Arbeitsblätter mit möglichst vielen unterschiedlichen Handschriften gefälscht. Alles umsonst. Ich will gegen meinen Rucksack treten, treffe allerdings nur das Tischbein und schreie auf. Poseidon kommt herein, merkt, dass etwas nicht stimmt, und springt mir auf den Schoß. Ich streichle ihn hinter den Ohren und seufze.

»Boa, Poseidon, ich habe verschissen. Richtig verschissen.«

Poseidons Körperwärme auf meinen Oberschenkeln ist angenehm und verdrängt das Bedürfnis, im Vollsprint aus dem Fenster zu springen. Wir sitzen eine Zeitlang einfach da und nach und nach wird mir das ganze Ausmaß der Katastrophe bewusst. Der Plan hat nicht funktioniert. Herr Direktor Kaiser wird verhindern, dass ich verbeamtet werde, und mich nach nur einem Jahr wieder aus seiner Schule werfen. In Wanne-Eickel und Umgebung nach diesem Vorfall eine Stelle zu bekommen ist mehr als utopisch.

Sollte mir das alles sagen, dass der Lehrberuf doch nicht das Richtige für mich ist? Bin ich gescheitert? Sollte ich einen Schlussstrich ziehen? Wieder zur Uni gehen, etwas Neues studieren? Oder eine Ausbildung machen im sozialen Bereich? Oder mit Sebi und Gibbel eine Kneipe aufmachen? In Tines Tierschutzverein eintreten, mich engagieren und die Kegelrobbe wieder in der nördlichen Ostsee ansiedeln? Oder ist sie da schon längst wieder angesiedelt? Alle möglichen Zukunftsszenarien kreisen in meinem Kopf und ich komme erst wieder zu mir, als Poseidon es sich auf meinem Schoß bequemer macht und mir dabei seine Krallen ins Fleisch bohrt. Ich realisiere, dass Tarek, Jennifer und Co. mir doch ganz schön ans Herz gewachsen sind und dass mit dem Verlassen der Schule auch ein Abschied von meinen Schülern verbunden ist. Junge Menschen, die ich vernachlässigt und belächelt habe. Für die ich mich erst interessiert habe, als ich sie als Werkzeug einsetzen wollte, um meine Haut zu retten. Ein Brechreiz schüttelt mich und der Kühlschrank beginnt wieder zu summen. Als er kurz darauf verstummt und nur noch die Wanduhr zu hören ist, springe ich auf. Ich nehme die Uhr ab, reiße das Fenster auf und schleudere sie im hohen Bogen in den Garten, wo sie auf dem Rasen in viele kleine Einzelteile zerspringt.

»Mistscheiße, verkackte Drecksuhr!«, schreie ich hinterher und spucke vor Wut. Das mit dem Job reicht natürlich noch nicht. Nicht nur meine Zukunft als Lehrer ist ab jetzt Geschichte, nein, meinen geliebten Weisen Horst ereilt dasselbe Schicksal. Mein allererstes Auto, das mir meine Eltern mit einer riesigen roten Schleife zu meinem achtzehnten Geburtstag geschenkt hatten. In dem ich Julia Henkes Brüste befummelt, mit dem ich Gibbel nach seinem bestandenen Staatsexamen abgeholt und für das ich sogar freiwillig ab und an die Putztücher unter der Küchenspüle herausgekramt habe. Das Auto, in dem ich Tine nach unserer Disco-Nacht zu unserem ersten Date fuhr. Minigolf. Eis essen. Etwas trinken. Der erste Kuss. Er ist ein Stück Geschichte. Ein Stück Geschichte, das ich einfach so im Vollsuff verwettet habe. Und das ausgerechnet an Valentin Frühling, diesen Penner. Und der will meinen treuen Freund pink lackieren? Und dann seiner beknackten Freundin schenken? Die soll dann mit meinem Herzblut herumfahren? In Pink?

»Mit Sicherheit nicht!«, rufe ich und schlage mit der Faust auf den Küchentisch. Das werde ich dem Weisen Horst nicht antun! Ich laufe ins Schlafzimmer, krame den Ausdruck mit der Wette hervor und überprüfe, ob vertraglich verankert ist, dass der Wagen funktionstüchtig sein muss. Es ist nicht explizit aufgeführt.

»Tja, mein lieber Valentin. Eins schwöre ich dir: Bevor ich meine Ehre verliere und mit ansehen muss, wie deine Freundin mit der schwulen Version vom Weisen Horst durch die Stadt fährt, da gewinnt Schalke die Deutsche Meisterschaft!«

Ich hole den aufgeblähten Becher mit der längst abgelaufenen Buttermilch aus der Abstellkammer und verlasse die Wohnung. Kurz darauf stehen Poseidon und ich in meiner kleinen Garage und vertiefen uns einige Minuten in den Anblick meines Fahrzeugs. Es ist unverkennbar, dass es etwas gelitten hat. Das verrostete Blech über dem Vorderrad, der dicke Kratzer an der Tür und die Beule am Kofferraum sprechen Bände. Die blaue Farbe wirkt eher wie ein mattes Grün und der rechte Außenspiegel hängt nur noch provisorisch an einzelnen Kabeln herunter. Zudem riecht es nach Motoröl, ein Leck wahrscheinlich. Und doch: Jeder Kratzer, jede Beule und jeder Makel hat eine Geschichte. *Meine* Geschichte. Und Valentin Frühling ist ein Mistsack. Wenn ich den Weisen Horst nicht mehr fahren darf: okay. Aber dann soll ihn auch kein anderer fahren und erst recht nicht Valentin Frühling oder seine Freundin! Ich nehme meinen Werkzeugkasten und die abgelaufene Buttermilch in die Hand, küsse ein letztes Mal mit feuchten Augen die verkratzte Karosserie, klappe die Motorhaube auf und schlage mit dem Hammer drauflos.

Eine Stunde später sitze ich verschwitzt, dreckig und stinkend auf der Couch im Wohnzimmer und schreibe eine WhatsApp-Nachricht an Gibbel: »Auch wenn eine 6 auf dem Kopf aussieht wie eine 9, ist es trotzdem noch eine 6«. Gibbel antwortet mit einem tiefsinnigen »Hä?!«.

Wie zum Teufel konnte es so weit kommen? Wer hätte das vor wenigen Wochen für möglich gehalten? Alles war gut, mein Leben verlief in geregelten Bahnen und auf einmal sitze ich mit einem dicken Kater namens Poseidon in einem Wohnzimmer voller Tierposter und habe gerade mein geliebtes Auto bis zur Fahruntüchtigkeit geprügelt und verdorbene Buttermilch in die Lüftungsanlage geschüttet, damit es im Innern so infernalisch stinkt, dass sich keiner jemals freiwillig reinsetzen würde. Ich musste einen Ameisenbären in einen Zoo schmuggeln, der von der ganzen Stadt leidenschaftlich gesucht wurde, habe höchstwahrscheinlich sowohl Job als auch Freundin verloren, werde wegen Körperverletzung angezeigt und starre mit tränenroten Augen auf von mir gefälschte Lernstandserhebungen der sechsten Klasse, die ich nur schreiben konnte, weil ich meinen Vorgesetzten mit Drogen vollgepumpt habe. In meinem Kopf dreht sich alles und ich greife nach einem Taschentuch, um mir die Nase zu putzen.

»Ein bisschen viel Veränderung für so wenig Zeit …«, schniefe ich. Da stürmt Tine ins Zimmer. Sie hält mir einen unausgefüllten Spendenbescheid für ihren *Tierschutzbund Wanne-Eickel e. V.* vors Gesicht. Mein Elend sieht sie nicht. Mechanisch greife ich nach dem Stift und dem Blatt, schreibe die Zahl »100« in das freie Kästchen und gebe es zurück. Sie strahlt, sagt irgendetwas und lacht. Dann wird alles um mich herum still und ich betrachte ihr Gesicht. Es war einmal so wunderschön, so süß, so edel. Wie sehr habe ich die kleinen Fältchen unter ihren Augen geliebt, die sich bilden, wenn sie lacht. Wie sehr ihren Mund, ihre Lippen, ihre Wangen. Wie süß sah sie aus, als sie bei traurigen Filmen vor Mitgefühl weinte, wie weich war ihre Haut und wie gern habe ich sie angesehen, während sie schlief. Heute sehe ich nichts als ein dickes Muttermal neben der schiefen Nase, auf dem kleine schwarze Härchen sprießen. Nichts als großporige Haut, den Ansatz eines Doppelkinns und eine breite Stirn. Der Glanz ist fort, das Bezaubernde verschwunden und es gibt nichts, was ich nach dem heutigen Tag weniger gebrauchen kann als Tines Pseudo-Tierschutz-Gerede.

Sie plappert begeistert davon, wie viel man mit meiner Hundert-Euro-Spende erreichen kann und dass sie dafür sorgen wird, dass man mein Geld sinnvoll einsetzt. Ich nicke und wende mich ab, ich kann ihr Gesicht nicht mehr ertragen. Ich will, dass sie einfach nur verschwindet, am besten so weit weg von Wanne-Eickel, wie es nur geht. Nach Bayern, oder nach Russland oder nach Afrika. Ich denke laut.

»Was meinst du, wie vielen Tieren man für hundert Euro in *Afrika* helfen könnte?«

Tine runzelt die Stirn.

»Sieh mal, Tine …«, fahre ich wie in Trance fort, »in Afrika gibt es so viele Tiere, viel mehr als hier. Und da sind bestimmt einige dabei, denen man helfen kann. Vielleicht solltest du dort vor Ort helfen. Denk doch mal nach. So viele Tiere! Tausende, ohne Glück und Zufriedenheit und so. Ich will nicht egoistisch sein und dich hier behalten, wenn du da Leben retten kannst.«

Ich lächle vor mich hin und flüstere nur noch, als wäre ich dement. Wie programmiert fallen die Worte aus meinem Mund. Ich piepse sie in einer hohen Stimme, verträumt-melodisch und für Außenstehende wahrscheinlich angsteinflößend.

»Am besten, du gehst sofort. Man sollte keine Zeit verschwenden. Ich werde dich unterstützen. Ich helfe dir beim Packen, ich rufe dir ein Taxi zum Flughafen, ich begleite dich zur Tür. Aber um Himmels willen: Geh! Und rette so viele du nur kannst. Afrika! Afrika!«

Mit letzter Kraft hauche ich ein weiteres »Geh!« und lasse mich zurück in die Couch fallen. In Tines Kopf rattert es und ihre Augen funkeln.

»Ich bin doch gerade erst wieder hier«, versucht sie einzuwenden, aber ich schüttle den Kopf.

»Du musst das tun. Das ist deine Bestimmung.«

Sie gluckst, springt auf mich zu und umarmt mich. Sie sagt, sie würde mir hoch anrechnen, dass ich so etwas vorschlage, aber sie könnte das doch nicht tun. Nein,

nein. Auf keinen Fall. Dann hebt sie Poseidon hoch, der es sich widerwillig gefallen lässt. Sie knuddelt ihn.

»Oder möchtest du etwa nach Afrika?«, fragt sie ihn.

Poseidon wirft mir einen entsetzten Blick zu, versucht sich frei zu kratzen und verfällt anschließend in Schockstarre. Trotz meiner Unzurechnungsfähigkeit erkenne ich, was zu tun ist.

»Nein, nein, Poseidon bleibt hier. Er ist, ehm, er ist krank und er braucht eine Behandlung.«

»Was hat er denn?«, fragt Tine und reicht ihn mir.

»Mumps.«

Tines Kummer währt nur wenige Sekunden. Dann springt sie auf, wiederholt ihre Bedenken, und ich fühle mich wie im Film, wenn die Hauptperson reglos bleibt, während sich die Welt um sie herum beschleunigt. Ich sitze da und sehe durchs Fenster, wie die Sonne zügig von Osten nach Westen wandert und wie Tine rennt und sucht, redet und lacht, packt und hüpft. Ich sehe Kleidung durch die Gegend fliegen, die Afrika-Karte auf Google Maps, Tines Gesicht und stilles Wasser. Ich sehe veganes Essen auf meinem Teller, sehe Zebra- und Nilpferdfotos und Kreditkarten. Alles in Sekundenbruchteilen. Die Welt dreht sich weiter, aber ich bin der Ruhepunkt. Ich bewege mich nicht. Poseidon und ich sind zu einer untrennbaren Einheit verschmolzen und in meinem Kopf dreht sich nur eine einzige Frage: Wie konnte es nur so weit kommen?

35

Hast du erst auf deiner Jacke
Einen Flatschen Vogelkacke,
Will dir Gott verschwiegen sagen,
Du solltest andre Jacken tragen.
Er will dich führen, will dich leiten,
Sollst falsche Wege nicht beschreiten,
Denn mit Anstand und mit Würde,
Übersteigt man jede Hürde.

Ich habe die ganze Nacht nicht geschlafen. Aber wach war ich auch nicht. Ich befand mich in einem Zwischenstadium. Irgendwo zwischen Realitätsverlust und bewusster Wahrnehmung.

Frühmorgens höre ich dann stundenlang einem Mann im Fernseher zu, der einen Staubsauger oder eine Matratze verkaufen will. Ich bin mir nicht sicher. Ich schlurfe in die Küche, nehme einen Schluck Kranwasser und rufe im Sekretariat an. Ich sage, dass ich heute nicht in die Schule kommen kann, weil ich krank bin. Mumps. Schlimmer Mumps. Könnte einige Tage dauern, es sieht nicht gut aus. Ich lege mich wieder hin. Ich traue mich nicht, mich auf Facebook einzuloggen. Die Angst vor Valentin Frühlings hämischen Nachrichten ist zu übermächtig. Die zahlreichen Anrufe von Gibbel, Ben und Sebi ignoriere ich. Ich will mit niemandem sprechen, ich will niemanden sehen, mein Leben liegt in Trümmern vor mir. Doch plötzlich taucht ein Gesicht vor meinen Augen auf, das einen kleinen Sonnenstrahl in das depressive Wohnzimmer wirft. Es ist das Gesicht von Isabelle.

Ich habe keine Ahnung, wie ich das zustande gebracht habe, doch ich stehe gewaschen und geduscht, vermutlich mit zufriedenstellendem Wuschelhaar und definitiv mit gepflegtem Dreitagebart vor Hannes' Gehege und beobachte, wie er mit offenem Mund schläft. Der Himmel ist fast vollständig bedeckt, nur an einer winzigen Stelle fällt das Sonnenlicht auf die Erde. Der Zoo ist quasi leer, kein Kindergeschrei, keine Unterhaltungen, keine Zuckerwatte. Nur ich. Poseidon und ich. Er ist in meine Jacke eingemummelt und wärmt sich an meiner Brust. Er sieht mich mit seinen großen runden Kulleraugen an und ich lächle ihm zu. Der Wind rupft an meinen Haaren und ich klappe den Mantelkragen hoch. Hannes macht keine Anstalten aufzuwachen und ich sehe mich um, ob Isabelle mit ihrer kleinen Nichte irgendwo zu sehen ist. Doch heute ist Donnerstag und nicht Sonntag. Außerdem kann es nicht später als 13 Uhr sein, das heißt, Isabelle wird gerade in der Ludwiggalerie in Oberhausen eine Schulklasse oder eine Jugendgruppe durch die Ausstellung führen. Sie wird erzählen, sie wird lächeln und dabei werden ihre Nasenflügel flattern. Sie wird über die Rahmen der Bilder streichen, wird die Zeichnungen betrachten und wird Dinge erklären. Wie glücklich wäre ich, wenn ich doch nur einer dieser Rahmen sein könnte.

»Hannes, es hat nicht funktioniert ...«

Poseidon hebt sein Köpfchen aus meinem Mantel und beobachtet den kleinen Ameisenbären, wie er sich reckt, gähnt und sich hochwuchtet. Verträumt sieht er zu mir herüber und hebt die Tatze zum Gruß.

»Ich habe alles versucht, Hannes, alles. Aber jetzt habe ich seit zwei Tagen nicht mehr mit meinen Freunden gesprochen, die mir doch nur helfen wollten und dafür ein großes Risiko auf sich genommen haben. Ich habe mein Auto zerstört, habe die Zündkerzen zerschlagen, wahllos irgendwelche Kabel zerschnitten und die Reifen zerstochen. Außerdem befürchte ich, dass Tine ernsthaft überlegt, nach Afrika zu gehen. Das wollte ich gar nicht, aber sie macht mich total wahnsinnig. Es brach einfach so aus mir heraus, ich konnte nichts dagegen tun. Und meine Schüler habe ich verkommen lassen, anstatt sie zu fördern. Habe meinen Beruf nicht ernst genommen, die Verantwortung mit Füßen getreten. Ich habe verschissen, ich bin so ein Arschloch, das gibt es gar nicht ...«

Ein kleiner Vogel fliegt über den Gehweg. Ich beobachte ihn und wünsche mir, so frei zu sein wie er. Er dreht einige Kreise über mir, vollführt einen Looping und kackt mir auf den Mantel. Ich betrachte den weißen Flatschen und erwache aus meinem Tagtraum. Moment mal. Was zum Teufel machst du eigentlich hier? Badest im Selbstmitleid und willst frei sein wie ein Vogel? Wie kann man denn so weit sinken? Wie kann man denn auf einmal alles infrage stellen? Sich selbst verleugnen? Nein, so weit wird es nicht kommen! Diese Schmach tue ich mir nicht an! Aus den Fehlern, die ich begangen habe, werde ich lernen. Und der erste Schritt ist, wie ein Mann dazu zu stehen, die eigene Schuld zu akzeptieren und mit erhobenem Haupt abzutreten. Ich will nicht wie einer dieser Fußballtrainer sein, die nicht wissen, wann sie ihre Mannschaften nicht mehr erreichen, und die dann in einer Schlammschlacht unehrenhaft abserviert werden. Möglicherweise hätte Deutschland bei der EM 2000 ja mal ein Spiel gewonnen, wenn Erich Ribbeck das ebenfalls eingesehen hätte. Und wo steht die Deutsche Nationalmannschaft heute? Ganz oben! Wenn ich schon gehen muss, dann mit Würde und Anstand. Wie Jürgen Klopp bei Dortmund. Es komme, was kommen mag. Eines wird sich nicht ändern: Ich bin Fabian Dreher, Lehrer am Anfang seiner Laufbahn. Vielleicht auch schon am Ende. Aber darum geht es nicht. Noch bin ich Lehrer an der Albert-Einstein-Gesamtschule in Wanne-Eickel. Und von jetzt an werde ich jede Sekunde genießen!

36

Mein Mantel ließ sich auch mit heißem Wasser und Seife nur unzureichend reinigen, der Kackfleck ist noch immer zu sehen. Ich betrachte ihn als eine Art Wunde, die mich daran erinnert, dass ich kurz davor war, mich ganz und gar aufzugeben. Ein Mahnmal sozusagen. Denn auch wenn ich Wanne-Eickel verlassen muss, weil es keine Stelle mehr für mich gibt, auch wenn ich kein Auto mehr habe, mit dem ich in eine fremde Stadt fahren kann, auch wenn ich keine Freundin mehr habe, die mich dabei unterstützt, so bin ich noch immer ich selbst und habe meine Freunde. Und irgendwie wird das Leben weitergehen.

Heute ist Freitag und die Lernstandserhebung ist zwei Tage her. Ich habe dem Sekretariat gemeldet, dass es noch Wunder gab und mein Mumps wie von Zauberhand verschwunden war. Am Abend zuvor hatte ich Dutzende WhatsApp-Nachrichten von meinen Schülern bekommen, die mich aufmunterten und mir Genesungswünsche sendeten. »gute verbesserung wegen ihre mumps, herr dreher. wir vermissen sie und so!«, schickte Seylep. Mehmet hatte ein »Werden-Sie-wieder-gesund«-Video gedreht und Tarek dichtete: »mumps is doof, mumps is scheiße. Is so wahr, so wie ich tarek heiße.« Diese kleinen Gesten rührten mich so sehr und die Fürsorge meiner Neuner war ein weiterer Grund, warum ich heute wieder in die Schule gegangen bin. Ich wollte sie unbedingt sehen, um die restlichen Unterrichtsstunden mit ihnen auszukosten, mit ihnen Spaß zu haben, ihnen zu helfen. Meine Schüler können am wenigsten für mein Versagen, *sie* sollten die restliche Zeit des Schuljahres sorgenfrei sein und noch etwas lernen. Nur eine einzige Bedingung habe ich am Anfang der Stunde gestellt: kein Wort über die Lernstandserhebung! Ich möchte diesen Gedanken verdrängen und einfach nur Unterricht machen.

Ich habe Kekse und Schokolade mitgebracht, Getränke und Obst, gute Laune und Verständnis für alles. Ich bitte Tudor und Kevin, mir beim Verteilen zu helfen, und beide stürzen sich begeistert in diese verantwortungsvolle Aufgabe. Sie greifen nach den Keksen, gehen durch die Sitzreihen und geben jedem die gleiche Portion. Stolz kommt Tudor zurück und verkündet den Erfolg. Ich streiche ihm über den Kopf.

»Klasse!«

Es wird gemampft, sich unterhalten und gelacht. Nie war ich im Unterricht so ausgelassen, so frei und so glücklich. Wir sprechen über die Oberstufe, das Abitur und lästern über andere Lehrer. Wir loben Elmin für ein Grammatikrätsel, das er für uns an die Tafel schreibt und das auch ich nicht auf Anhieb lösen kann. Wir helfen Tudor dabei, ohne Kippeln und andere Unterbrechungen eine Textaufgabe zu lösen, und alle klatschen, nachdem er es geschafft hat. Dann kommt Marcel herein.

»Sorry fürs Zuspätkommen.«

»Schön, dass du überhaupt da bist!«, sage ich und umarme ihn. Ungläubig starrt er mich an, zieht sich die

Jacke aus und setzt sich so behutsam auf seinen Stuhl, als wäre er ein hoch konzentrierter Bombenentschärfer in Aktion. Ich genieße jede Wortmeldung, jede Beteiligung, jede Sekunde. Abschließend regen Süleyman und Quinn die Klasse dazu an, Ayse eine »Gute Besserung«-Karte zu basteln, weil sie heute krank ist. Sercan erklärt sich bereit, die Karte im Namen aller nach der Schule bei ihr vorbeizubringen. Die Stunde vergeht wie im Flug und ich frage mich, warum ich sie bisher immer wie eine halbe Ewigkeit empfunden habe. Der Gong ertönt, die Kinder packen ihre Sachen und ich lasse mich auf meinen Stuhl fallen.

»War cool heute, Herr Dreher!«, sagt Süleyman, während Phil die Achseln zuckt und sich tatsächlich ein »Joa …« herausdrückt. Ich registriere Phils vergleichsweise explosionsartige Euphorie mit einer Mischung aus Freude und Fassungslosigkeit. Die Tür knallt hinter dem letzten Schüler zu, ich bin allein und es ist bis auf das Summen der Heizung und die gedämpften Kinderschreie nichts zu hören. Ich sehe mich im Klassenzimmer um. Es hat noch nie so unbelebt gewirkt. Noch nie habe ich mich so einsam gefühlt und nie zuvor habe ich mir gewünscht, dass eine Schulstunde länger als sechzig Minuten dauert. Ich packe meine Sachen zusammen, schwinge mir den Rucksack über die Schulter und lasse meinen Blick noch einmal durch den Raum wandern, bevor ich die Klinke herunterdrücke. Das alles habe ich so leichtsinnig weggeworfen. Für selbstverständlich gehalten. Verleumdet, missachtet und gehasst. Erst wenn man durch den Schlamm gekrochen ist, weiß man einen steinigen Schotterweg zu schätzen. Ich schüttle den Kopf und mache mich auf den Weg. Der Gang zum Lehrerzimmer ist lang und mühsam, die Treppenstufen sind höher als sonst. Jeder Schritt ist eine Qual, jeder Zentimeter eine Herausforderung. Es kommt mir vor, als würde ich in schweren Holzschuhen den Himalaja besteigen. Die Flure werden länger, dehnen sich aus und ich weiß nicht, ob ich wach bin oder träume. Und dann höre ich das Geräusch, das mein Elend perfekt macht: das Klackern von Schuhen. Das Klackern von Schlangenlederschuhen.

37

Des Rösleins Knospe blüht im Regen,
Niemand hätte es gedacht.
Hach, dies Leben ist ein Segen,
Leugne nie des Lehrers Macht!

Es ist so schön, so wie im Märchen,
Bin so glücklich, freue mich.
Es sträuben sich die Nackenhärchen,
Das Zauberwort heißt »Durchschnittlich«!

Ich sitze in Herrn Direktor Kaisers Büro und starre auf den Miniaturminigolfpokal, der neben dem Modellmotorboot und dem Brieföffner thront. Der Drucker macht »krrr« und der Stuhl knarzt, als ich mich nach vorn lehne, um nach meinem Wasserglas zu greifen. Herr Direktor Kaiser spricht seit einigen Sekunden über dieses und jenes, allerdings hat mein Gehirn aus Furcht, er könne meine Entlassung aussprechen, nur einzelne Fragmente aufgeschnappt. Ich lasse meine Augen über sein Gesicht wandern und betrachte seine faltige Stirn, die buschigen Augenbrauen, die riesigen schwarzen Augenringe, die müden, herunterhängenden Wangen. Herr Direktor Kaiser spricht nasal, was auf eine Erkältung schließen lässt, und seine Bewegungen wirken schwerfällig. Immer wieder reibt er sich die Schläfen, gähnt oder massiert sich die Handballen.

»Habe ich eine Ahnung, was in den letzten Tagen mit mir los war?«, fragt er und ich nicke. Keine Ahnung, warum. Erstens antwortet man nicht auf rhetorische Fragen und zweitens stellt er sie sich selbst, nicht mir. Trotzdem spüre ich sein Bedürfnis, mich an seiner Bestürzung teilhaben zu lassen, und höre »schwindelig geworden«, »plötzlich eingeschlafen« und »keine Erinnerung mehr«.

»Das ist komisch …«, sage ich und Herr Direktor Kaiser scheint berührt zu sein von meinem Mitgefühl.

»Na ja, will ich Sie noch länger mit meinen Problemen langweilen? Nein, das will ich nicht. Wir haben schließlich anderes zu besprechen, richtig? Ich habe mich heute Morgen als Erstes an die Korrektur der Lernstandserhebung Ihrer Neunten gemacht.«

Super. Jetzt ist der Typ zwei Tage außer Gefecht gesetzt und schafft es trotzdem, die Arbeiten fertig zu haben. Mir hätte es gut getan, noch das Wochenende in der Illusion zu verbringen, dass ich in einem sicheren Arbeitsverhältnis stehe. Nun endet dieses Kapitel also schon heute, weswegen ich noch einmal alle Eindrücke aufsauge: das Krächzen des Druckers, das verlebte Gesicht des Schulleiters, die Arbeitshefte, Unterrichtsmaterialien und Ordner in dem Regal hinter dem großen Schreibtisch und das Geschrei vom Schulhof, auf dem die Kinder in der Nachmittagsbetreuung gerade Fußball-AG haben.

»Was denken Sie, wie die Schüler abgeschnitten haben?«, höre ich ihn fragen.

»Ich weiß es nicht, Herr Direktor. Ich weiß nur, dass sie sich alle Mühe gegeben haben, dass sie nichts dafür können, dass *ich* die Verantwortung für ihre Noten trage und dass ein großes Potenzial in ihnen steckt, das man nur frei zu kratzen braucht, wie bei diesen Rubbellosen.«

Ich reibe mit der einen Hand über die Handfläche der anderen und verbildliche so den Vorgang. Dann lasse ich entmutigt die Arme fallen. Geben Sie mir doch bitte einfach den Gnadenstoß, wimmere ich innerlich. Bringen Sie es hinter sich.

»Sie schreiben sich selbst und Ihren Fähigkeiten als Lehrer diese Noten zu? Sie sehen großes Potenzial? Also, jetzt lassen Sie mal die Kirche im Dorf …«

Ich will widersprechen, doch ich bin wie versteinert. Ich bin mir sicher, dass bei einer konsequenten Förderung sogar Tarek und Kevin richtig gut in der Schule sein könnten. Na ja, was heißt richtig gut? Auf jeden Fall besser. Besser als jetzt. Unter keinen Umständen möchte ich, dass mein fehlendes Engagement der Grund dafür ist, dass Herr Direktor Kaiser den Glauben an meine Schüler verliert.

»Hören Sie mich etwa jubeln und jauchzen? Denken Sie, ich bin von Ihrer Arbeit begeistert? Nein, das bin ich nicht.«

Meine Fresse, sag's doch einfach! Sprich es endlich aus!

»Nein, das bin ich nicht. Allerdings muss ich anerkennen, dass ich mich eventuell in Ihnen getäuscht habe. Oder denken Sie, ich hätte mit diesem jenem Ergebnis tatsächlich gerechnet?«

In meiner Versteinerung bilden sich Spalten und Risse, einzelne Stellen platzen auf und ich spüre die zirkulierende Luft auf meiner Haut. Meine Pupillen weiten sich, der Speichelfluss wird stärker und meine Atmung schneller.

»Nicht gerechnet?«, hauche ich und schlucke.

Wieso hat er denn mit diesem jenem Ergebnis nicht gerechnet? Er hat doch nie wirklich daran geglaubt, dass ich das Ruder noch herumreißen könnte. Wieso ist er dann jetzt überrascht? Wieso hat er sich in mir getäuscht? Wieso sagt er immer »dieses jenes«? Wo ist denn da der verfluchte Sinn?

»Also, natürlich, klar, diese jene Leistung Ihrer Schüler ist keine Offenbarung. Allerdings ist drei Komma drei ein Schnitt im absoluten Mittelfeld und dazu noch eine deutliche Verbesserung. Letztes Jahr hatten wir mit Frau Steinkowski noch einen Schnitt von drei Komma acht Ihre Klasse hat sich bei diesen jenen Lernstandserhebungen im Durchschnitt um eine halbe Note verbessert. Und ist dieses jenes nicht schon ein beachtlicher Erfolg?«

Das Gesicht von Herrn Direktor Kaiser verschwimmt. Wenn er noch ein einziges Mal die Worte »dieses« und »jenes« als Einheit verwendet, ramme ich ihm den goldenen Brieföffner ins Herz. Ich vergesse zu schlucken. »Krrr«, macht der Drucker und ich wische mir über die Lippen. Erst dann verarbeite ich seine Worte.

»Drei Komma drei?«, wiederhole ich und Steinbrocken platzen von meinem Körper, ganze Schichten sprengen ab.

»Drei Komma drei, ja. Ist dieses jenes eine starke Leistung? Nein, das ist es nicht. Bin ich dennoch zufrieden? Ja, das bin ich. Einerseits hatten ihre Schüler bei den offenen Fragen große Probleme, andererseits waren sie sowohl bei den Zuordnungsaufgaben als auch bei den Umordnungsaufgaben im guten Mittelmaß.«

Herr Direktor Kaiser massiert sich die Augenringe und hält beim Gähnen die Hand vor den Mund. Dann schüttelt er sich und spricht weiter.

»Ich muss Ihnen etwas sagen, Herr Dreher. Ich bin nicht euphorisch, aber ich bin von dieser jener Richtung beeindruckt, die Sie da eingeschlagen haben. Habe ich Ihnen das zugetraut? Nein, das habe ich nicht. Habe ich meine Meinung über Sie geändert? Nein, auch das habe ich nicht. Trotzdem: Es geht bergauf und ich werde dementsprechend im nächsten Schuljahr im Hinblick auf Ihre Verbeamtung unvoreingenommen bei Ihnen hospitieren. Ich hoffe, dass sich dieser jener Aufwärtstrend fortsetzt und dass Sie das schaffen. In den letzten Wochen durfte ich bei Ihnen viele hoffnungsvolle Ansätze entdecken. Außerdem habe ich mit einigen Ihrer Schüler gesprochen, die sich durchweg positiv über Ihren Unterricht geäußert haben. Einige haben sogar etwas für den Schulwettbewerb abgegeben. Gedichte, Liedtexte und Aufsätze. Es sieht aus, als hätten Sie bei den Kindern einen Schalter umgelegt. Ich will nichts glorifizieren, aber Ihre Neuner sind fast schon durchschnittlich.«

»Meine Neuner sind fast schon durchschnittlich …«, wiederhole ich, und mir fällt die Kinnlade herunter. Fast schon durchschnittlich! Tarek, Michelle, Jennifer! Fast schon durchschnittlich! Das gibt es doch gar nicht. Wieso haben meine Schüler denn eine Lernstandserhebung geschrieben, die fast schon durchschnittlich ist? Ich grinse über beide Backen, das Blut schießt nur so durch meinen Körper und meine Synapsen zünden ein Feuerwerk der Spitzenklasse. »Fast schon durchschnittlich!« Die Worte tanzen vor mir, ich stehe auf einer warmen Sommerwiese und fange sie lachend und springend ein. Dann klatschen die Arbeitsblätter der Lernstandserhebung vor mir auf den Schreibtisch.

»Nehmen Sie diese jene mit und besprechen Sie sie mit den Schülern. Ich werde jetzt nach Hause fahren und mich ausruhen. Ich hoffe, dass ich nach dem Wochenende bei alter Kraft bin.«

»Keine Sorge! Sebi war nach einem Tag schon wieder fit, das Crack ist nicht besonders stark!«

Schlagartig ist es totenstill im Raum, sogar der Drucker ist geschockt und unterlässt seine ätzenden Geräusche. Ich räuspere mich.

»Ich mein, oh Gott, was habe ich gesagt? Dieses jenes kommt vom Mumps, ich glaube, ich hätte besser noch ein, zwei Tage im Bett bleiben sollen. Ich halluziniere ja schon wieder!«

Herr Direktor Kaiser erzählt kopfschüttelnd, dass er ebenfalls Halluzinationen gehabt hatte und dass wir beide das Wochenende nutzen sollten, um uns zu regenerieren. Ich umklammere den Stapel Blätter, nicke und gehe zur Tür.

»Ach, nur noch eins …«, sagt Herr Direktor Kaiser.

Ich bleibe stehen und halte die Luft an. Vom Schulhof dringen Schreie ins Büro.

»Reden Sie mal mit Herrn Mahnke wegen der Schlägerei. Der nervt mich deswegen schon seit Tagen und was meinen Sie, wie gerne ich mich mit diesem jenem Scheiß beschäftige …?«

Die letzten Steinchen platzen von meinem Körper und ich atme erleichtert aus.

»Klar, ich mache dieses jenes!«, sage ich und verlasse das Büro. Als die Tür hinter mir zufällt, beginne ich durch den leeren Flur zu hüpfen. Ich springe hoch, schlage lachend an die Wände und finde die Vogelscheuchenbilder der Sechstklässler auf einmal sensationell und voller Inspiration.

38

»Glaubt mir, ich habe keine Ahnung, wie das passieren konnte! Ein Schnitt von drei Komma drei! Das ist fast Durchschnitt! Das ist fast normal! Versteht ihr das? Könnt ihr euch das vorstellen? Das ist unfassbar!«

Vier Gläser stehen vor mir, ich greife nach der Whiskyflasche. Meine drei Kumpel schütteln ungläubig die Köpfe.

»Dann war das mit den Drogen, dem Einbruch und dem ganzen Plan vollkommen unnötig?«, fragt Gibbel und ich nicke wild.

»Geil, oder? Auf jeden Fall behalte ich jetzt meinen Job und wenn es so weitergeht, schaffe ich noch meine Verbeamtung und dann heißt es: sicherer Arbeitsplatz, olé, olé! Der Weise Horst ist zwar verloren, aber was soll's, drauf geschissen, man muss auch mal verlieren können!«

Ich halte meine Hand hin, ohne dass jemand einschlägt. Sie stehen nur da, sehen sich an und grinsen. Dann schubst Ben Sebi mit der Schulter zur Seite und Sebi nickt Gibbel zu. Die drei kichern vor sich hin wie pubertierende Mädchen. Was zum Teufel los ist, will ich wissen. Ben räuspert sich und übernimmt die Initiative.

»Tja, Fabi, es ist so: Wir haben noch eine kleine Überraschung für dich. Nachdem wir die Arbeiten gefälscht haben, dachten wir: Okay, insgesamt gibt das jetzt einen Schnitt von zwei Komma vier. Und du meintest ja, das sei gut und so. Aber: Ich kenne den Valentin von früher, das ist ein kleiner Streber. Also haben wir überlegt: Was, wenn seine Klasse einen Schnitt von zwei Komma drei schafft? Oder, wenn du die Arbeiten nicht vertauscht bekommst oder sonst irgendetwas passiert. Und ich meine, so ist es am Ende ja auch tatsächlich gekommen, wir haben achtundzwanzig Mal die falsche Lernstandserhebung mit unterschiedlichen Handschriften nachgeschrieben! Das ist im Nachhinein echt blöd gelaufen, wenn man mal darüber nachdenkt.«

»Ben, komm zum Punkt. Was is?«

»Ja, pass auf. Wir dachten uns: Jeder ist käuflich. Und du hast ja gesagt, dass die Lernstandserhebung für die Schüler egal ist. Also, die Noten kommen nicht aufs Zeugnis und so weiter. Außerdem waren wir noch mal bei Valentin und haben unbemerkt sein Auto inspiziert. Echt schön, muss ich sagen. Tolle Felgen, geräumig, keine Kratzer oder Ähnliches. Ich meine, wenn man sich den Weisen Horst dagegen so ansieht, nix gegen den, aber der hat ja doch schon seine besten Zeiten hinter sich und ...«

»Ben, ich schwöre dir, wenn du nicht gleich auf den Punkt kommst, dann drehe ich dir die Nippel um, bis Blut spritzt!«

»Okay, okay. Jedenfalls, wo war ich? Ach ja, jeder ist käuflich. Und unsere Überlegung war, dass Valentins Auto uns viel Kohle einbringen könnte, wenn wir es verkaufen würden. Und da haben wir vorab einfach investiert.«

»Investiert?«

»Investiert.«

»Investiert in wen?«

»In Valentins Schüler.«

Die drei kichern wieder und ich kapiere noch immer nichts.

»Was heißt das, ihr habt in Valentins Schüler investiert?«

Gibbel zieht sich eine Fluse aus dem Bart und schnippt sie weg. Wir beobachten gebannt ihren Parabelflug, sehen, wie sie dabei einige Male durch die Luft gewirbelt wird und anschließend sanft auf meinem Parkettboden landet.

»Na ja, wir haben gesagt, wir geben ihnen tausend Euro, wenn sie eine schlechte Lernstandserhebung schreiben. Die Noten sind für sie schließlich scheißegal und außerdem können sie von dem Geld eine Menge Fusel kaufen oder alle zusammen für ein Wochenende nach Cala Ratjada fliegen. Und was glaubst du, was passiert ist?«

Mein Mund öffnet sich, doch ich kann nichts sagen.

»Wir haben gerade die Ergebnisse von einem der Schüler bekommen. Schnitt: vier Komma zwei!«

Die drei brüllen los und liegen sich in den Armen. Sie klatschen einander ab, wischen sich die Freudentränen aus den Augen und grölen. Dann schlägt mir Gibbel lachend auf die Schulter, nimmt mir die Whiskyflasche aus den steifen Händen und gießt ein.

»Jetzt im Ernst, Jungs? Die Schüler standen doch voll hinter Valentin. Der hat mir sogar ein Foto geschickt, auf dem die alle ein Banner hochhalten. ›Hat sich ausgedrehert‹, stand da drauf!«

Ben nippt am Whisky und zeigt mir den Vogel.

»Fabi, überleg doch mal: tausend Euro! Die sind alle

fünfzehn Jahre oder so. Für tausend Euro würden die Valentin sogar in ein Paket stopfen und nach Nordkorea verschiffen lassen.«

»Das heißt, Valentin Frühling hat die Wette verloren und ihr bekommt das Auto? Und ich darf den Weisen Horst behalten?«

»Ganz genau! Ist das nicht der absolute Hammer?«

Die drei sehen mich erwartungsvoll an, aber ich antworte nicht.

»Fabi? Du bist ja kreidebleich! Was ist los? Warum freust du dich denn gar nicht?«

Ich lasse den Kopf fallen, vergrabe das Gesicht in meinen Händen und stöhne. Dann beiße ich mir so fest in die Hand wie es geht und schreie auf. Nachdem der Schmerz abgeklungen ist, richte ich mich wieder auf.

»Ich – habe – den – Weisen Horst – zerstört«, sage ich so abgehackt, als spräche ich mit Menschen, die einen Allergieschock haben.

»Zerstört?«, fragt Sebi und starrt mich an.

»Zerstört!«, wimmere ich. »Ja, genau das habe ich getan! Ich dachte doch, ich hätte die Wette sicher verloren, und Valentin hat geschrieben, er will ihn pink lackieren und seiner Freundin schenken, und das konnte ich doch nicht zulassen, das konnte ich meinem Auto doch nicht antun, das konnte ich *mir* doch nicht antun!«

Ben kratzt sich am Hinterkopf, Sebi atmet laut aus.

»Miese Wiese ...«, sagt Gibbel.

Ich stimme ihm zu. Ben fragt, was genau ich zerstört habe, und ich zähle auf.

»Das kann man doch alles reparieren«, erwidert er und ich winsle.

»Ja, klar, das kann man alles reparieren. Aber – und jetzt kommt die Scheiße – ich habe, um das Ganze abzurunden, noch einen Becher abgelaufene Buttermilch in die Lüftungsanlage gekippt, damit es so sehr stinkt, dass keiner jemals wieder freiwillig mit dem Weisen Horst fahren will und …«

»Du hast olle Buttermilch in die Lüftungsanlage gekippt?«, fragt Ben und ich nicke. Er trinkt einen großen Schluck Whisky und schüttelt den Kopf. »Alter, du weißt echt nicht, wann Schluss ist.«

39

Auf, auf, du müder Geist!
Du brauchst nicht mehr zu bangen!
Es weiß ein jedes Kind,
Die neue Zeit beginnt,
All' Sorgen sind vergangen!

Du kannst von vorn anfangen!
Auf, auf, du müder Geist!
Und weißt du, was ich glaube?
Dass nie wieder 'ne Taube,
Dir auf die Jacke scheißt!

»Herr Dreher, Herr Dreher, die Seylep hat mir in die Eier getretet, diese Hurenfrau!«

Abdul wischt sich über die Hose und deutet mit zittrigem Zeigefinger auf die Beschuldigte, die die Hände in die Hüften stemmt, die Augen aufreißt und die Zähne fletscht.

»Du bis so ein Hurensohn, Abdul, isch schwör, du Mistgeburt, bleib, wo du bis, pack misch nisch an!«

»Isch pack disch nisch an, weil du Hure bist!«

Ich stelle mich zwischen die beiden und breite die Arme aus.

»So, Leute. Hinsetzen. Zuhören. Klappe halten. Jetzt ist mal kurz Ruhe hier!«

Das gesamte Wochenende über habe ich mir den Kopf

zermartert, warum meine Schüler bei der Lernstandserhebung nicht vollkommen abgekackt haben. Und jetzt will ich Antworten haben.

Ben vermutete, dass meine Schüler den gleichen Weg wie wir gegangen waren und irgendwie geschummelt hatten. Ich entgegnete, dass sie dafür keinen triftigen Grund hatten, da die Noten für sie ja ziemlich egal waren. Doch Ben hörte mir nicht zu. Er lag unter dem Weisen Horst und versuchte, ihn wieder fahrtüchtig zu machen. Er konnte einiges reparieren, krabbelte stundenlang um das Auto herum oder hing kopfüber im Motor und friemelte sich etwas zusammen. Keine Ahnung, warum er so etwas kann. Niemand weiß ja genau, was er da bei Siemens macht. Jedenfalls sprang der Wagen gestern Abend tatsächlich wieder an und wäre da nicht dieser bestialische Gestank in der Lüftungsanlage, hätte ich heute nicht mit dem Bus zur Schule fahren müssen.

Valentin Frühling meldete sich nicht auf meine arrogante Siegernachricht auf Facebook, obwohl ich sehen konnte, dass er sie gelesen hatte. Poseidon und mir war das egal. Wir wussten, ich hatte gewonnen, und wir lachten, klatschten ab und gingen zu Benczaks Grillstube.

»Du bis so ein Bastard, Abdul, isch schwör, geh und fick dein Mutter!«

»So, RUHE JETZT, VERDAMMT NOCH MAL!«

Ich schmeiße die Lernstandserhebungen aufs Pult, sie klatschen mit einem lauten »Pautz« auf das Holz und alle in der Klasse schrecken auf. Dann höre ich kollektives Ausatmen.

»Boa, voll unnötich, Herr Dreher! Sie haben mir erschreckt, ey!«, sagt Tarek und ich antworte mechanisch, dass das Reflexivpronomen hier im Akkusativ und nicht im Dativ stehen muss. In Tareks Augen leuchten je drei Fragezeichen auf, wie bei einem einarmigen Banditen. Ich setze mich hin, werfe misstrauische Blicke durch die Klasse und falte meine Hände wie zum Gebet.

»So, kann mir jetzt mal jemand erklären, warum ihr die Lernstandserhebung so gut gemacht habt? Wieso habt ihr euch verbessert?«

Ich höre, wie vorwurfsvoll ich klinge, räuspere mich und beginne, die Arbeiten zu verteilen.

»Ich meine, damit habe ich einfach nicht gerechnet.«

Die Stimmen werden lauter, die Ergebnisse werden verglichen, Tudor rennt um seinen Tisch.

»Hallo? Wieso wart ihr so gut? Beziehungsweise so durchschnittlich?«

»Aber, Herr Dreher ...«, sagt Jennifer dann und klappt ihre Lernstandserhebung zu. »Sie haben doch gesagt, ist wichtig für Sie und so. Also, dass wir die gut machen, halt.«

»Hat auch voll Spaß gemacht mit diese Stadionlernen, wallah. Das war so, isch weiß nisch, wir konnten machen, wie wir so wollen. Und voll cool erst und dann wurd nachher noch besser, isch schwör!«

»Tarek, du meinst das *Stationen-Lernen*, nicht Stadionlernen, oder?«

Tarek nickt eifrig und wirft sich eine Handvoll Nüsse in den Rachen. Er kaut, schmatzt und Robert übernimmt.

»Außerdem, auch so wegen die andere Sachen. Sie haben so Bücher mitgebracht und Arbeitsblätter und das war dann alles nicht so stanni!«

»Stanni?«, wiederhole ich.

»Stanni. Standard. So wie sonst in Schule!«, antwortet Robert.

»Total geil war Ihre Lied, Herr Dreher!«

Ein Raunen geht durch die Klasse und die Stimmen werden wieder lauter. Anerkennung von allen Seiten, ich bade für wenige Sekunden im Ruhm. Dann bringe ich wieder Ruhe in die Klasse.

»Hast du nicht Facebook geguckt in unsere Gruppe? Wir haben sooo viel gemacht, Herr Dreher! Guck mal in Internet!«

Michelle hat es gerade ausgesprochen, da hechelt Mehmet schon zu mir und drückt mir sein iPhone in die Hand. Ich gebe der Klasse auf, ein Kapitel im Lesebuch zu bearbeiten, und schaue mir alles in Ruhe auf Mehmets iPhone an und komme aus dem Staunen nicht mehr heraus. Dass Süleyman und Quinn einen kleinen Rap-Fight ausgefochten und Lieder hochgeladen hatten, wusste ich ja bereits. Dass sich in unserer Gruppe aber im Anschluss eine solche Eigendynamik entwickeln würde, hätte ich nie für möglich gehalten. Nachdem viel Schrott, obszöne Bilder und lustige Tiervideos hochgeladen worden waren, hatte ich ja mein Vertrauen aufgegeben und mich anderen Dingen gewidmet. Aber die Rudelherrschaft von Süleyman und Quinn habe ich eindeutig unterschätzt. Einige Tage, nachdem die beiden ihre Songs hochgeladen hatten, sprangen viele andere auf den Zug auf und dichteten ebenfalls Lieder. Ich scrolle und sehe Songtexte, Verbesserungen und Bearbeitungen. Dann komme ich zu einer Audiodatei von Robert, klicke auf »Abspielen« und höre ihn rappen. Die Datei heißt »Lern die Wortarten, du Klappspaten!« und hat Dutzende »Likes«. Süleyman und Quinn mischten sich nach Roberts Upload wieder ein und luden ein gemeinsames Rap-Video hoch, in dem sie Roberts Lied zwar Tribut zollten, gleichzeitig aber ihre Vormachtstellung untermauerten. Alles aufgenommen mit Mehmets iPhone, steht im Abspann. Von diesem Video an waren alle Dämme gebrochen und fast jeder Schüler beteiligte sich. Ich sehe mir alles an und schüttle ungläubig den Kopf. Natürlich ist es keine Leistung, für die man das Bundesverdienstkreuz erhalten würde. Größtenteils ist das Niveau ziemlich bescheiden und die Fähigkeiten sind limitiert. Kevin singt beispielsweise zwei Minuten ununterbrochen und völlig unrhythmisch den einprägsamen Refrain »Artikel und Verben sind cool, die sind nicht schwul!«. Doch dessen ungeachtet war die Anteilnahme riesengroß. Denn auch die Mädels schalteten sich ein, wollten es den Jungs zeigen und ließen in ihre Songs Dance-Elemente mit einfließen, *sangen* ihre Lieder eher, als sie zu rappen.

»Anders als Nomen, schreibt man Verben klein. Hilfsverben, das sind ›werden‹, ›haben‹, ›sein‹!«

Diese Zeilen stammten von Tamea, die dafür ein emotionales, durchaus selbstdarstellerisches Musikvideo am Wanne-Eickeler Hauptbahnhof gedreht hatte, mit der finalen Einstellung eines vorbeifahrenden Zugs. Dafür bekam sie immerhin siebzehn »Likes« und war eine ernst zu nehmende Konkurrentin für die Rap-Abteilung. Die unmusikalischeren Schüler wollten nicht ausgeschlossen werden und luden Videos hoch, auf denen sie lediglich redeten, Grammatikspiele entwickelten, Tipps gaben oder tanzten. Immer wenn der Bezug zu Unterrichtsinhalten vorhanden war, setze ich jetzt nachträglich mein »Like«. Je höher ich scrolle, desto fundierter werden die Beiträge. Teilweise wurden Arbeitsblätter aus dem Internet hochgeladen, Links zu Grammatikseiten zum Selbstlernen gepostet oder Lösungen von meinen Hausaufgaben verglichen. Natürlich ist der Verlauf immer mal wieder von unsinnigen, beleidigenden und pornografischen Zwischenspielen unterbrochen, trotzdem bin ich begeistert.

»Willst du mal neue Lied hören?«

Ich schrecke auf und sehe Süleyman vor mir stehen. Hinter ihm funkeln die hoffnungsvollen Augen meiner Klasse. Selten war es so leise. Nur die Heizung klackert und ich frage mich, wann endlich mal jemand kommt und sie repariert. Süleyman fuchtelt mit einer glänzenden CD vor meinem Gesicht herum und ich nicke.

»Gerne. Hol am besten mal den Fernseher von gegenüber. Herr Böllrich hat gerade Mathe, der braucht den bestimmt nicht.«

Noch nie zuvor wurde eine Anweisung so schnell ausgeführt. Quinn springt auf, folgt Süleyman aus dem Klassenraum und wenige Sekunden später schieben sie das Fernsehgerät durch die Tür. Im Hintergrund sehe ich, wie Herr Böllrich mit einem überdimensional großen Geodreieck zwischen den Zähnen und einem Zirkel in der Hand die Tür mit seinem Hintern zuschiebt. Verkrampft lächelt er mir zu und ich erwidere sein Lächeln. Süleyman hat inzwischen den Fernseher angeschaltet, die CD in den DVD-Player geschmissen und schaut zu, wie Quinn auf die Fernbedienung einschlägt. Kurz darauf erscheint Tarek auf dem Bildschirm und hält ein Banner hoch, auf dem der Titel des Liedes steht. »Wir wolln uns bald bewerben – und könn die Flexion von Verben.« Dann setzt der Beat ein. Es sieht professioneller aus als gedacht. Süleyman rappt, Michelle singt, Quinn spielt Drums und Ayse steht am Keyboard. Die Beats sind einprägsam und angenehm, nicht zu übermächtig und nicht zu dezent. Als die Strophe vorbei ist, erscheint der Großteil meiner Klasse vor der Linse und singt die zentrale Chor-Passage. Nach dem Chorus geht es mit der zweiten Strophe weiter und jeder Schüler übernimmt einen kleinen Part. Der Einzige, der keine wirkliche Funktion hat, ist Tarek. Er läuft in unregelmäßigen Abständen durchs Bild und posiert. Jedes Mal, wenn er auf dem Bildschirm zu sehen ist, ruft er in die Klasse: »Guck ma! Da bin isch! Wallaaah, voll gut!« Er wiederholt so lange »Oda? Oda? Oda?« in meine Richtung, bis ich nicke.

Als Ayse schließlich den Schlussakkord spielt und pathetisch die Arme gen Himmel streckt, stehe ich von meinem Pult auf und applaudiere. Meine Schüler steigen mit ein und grinsen, klopfen dem jeweiligen Sitznachbarn auf die Schulter und beginnen zu jubeln, als hätten sie gerade die weibliche Suppenschildkröte vor dem sicheren Aussterben gerettet. Auch ich muss meine Begeisterung nicht vorspielen. Niemals hätte ich mir träumen lassen, dass meine Neuner so etwas hinbekommen. Ich sage ihnen, sie sollen es bei YouTube hochladen und auf Facebook teilen und bloß weitermachen. Dass ich stolz auf sie bin und großen Respekt davor habe, dass sie in ihrer Freizeit so viel Arbeit in dieses Projekt investiert haben. Meine Schüler glucksen verlegen. Natürlich ist es kein Song, der mal eben im Radio gespielt wird. Beats, Drums und Effekte sind noch verbesserungswürdig, allerdings habe ich mit Ben einen Kumpel, der über einen Cousin verfügt, dessen bester Freund jemanden kennt, von dem der Schwippschwager Beziehungen zu einem Typen hat, der ein ziemlich semiprofessionelles Tonstudio besitzt. Und wer weiß, vielleicht kann ich meine Kontakte spielen lassen und meinen Schülern bessere Aufnahmebedingungen verschaffen. Jeff hat sicherlich nichts dagegen und finanziell könnte man da bestimmt etwas deichseln.

Ich schiebe den Fernseher zur Seite, versuche die Klasse wieder zu beruhigen und schlage vor, dass wir uns mit ihrem Text beschäftigen, was von allen befürwortet wird. Süleyman schreibt einige Passagen an die Tafel, die wir gemeinsam verbessern und modifizieren, ohne den Text wesentlich zu verändern. Im Anschluss widmen wir uns dem Titel, was im Hinblick auf das nächste Schuljahr nicht verkehrt sein kann. Nach der Zehnten müssen meine Schüler nämlich definitiv wissen, wie man eine Bewerbung schreibt und wie sich dieses Thema besser und motivierender in den Unterricht integrieren lässt als auf diese Weise? Es ist ihr eigenes Lied und die Kinder haben aus diesem Grund verdrängt, dass es um einen Sachverhalt geht, bei dem sie sich normalerweise unter Stöhnen und »Tschüüüsch«-Rufen von mir abwenden.

»Bewerbung«, sage ich und schaue durch den Raum. »Weiß denn einer von euch, was das überhaupt genau bedeutet? Wofür benötigt ihr eine? Wie würdet ihr anfangen?«

Der Großteil der Schüler meldet sich, auch wenn noch nicht alle davon überzeugt sind, dass ein Job tatsächlich besser ist als Hartz IV. Aber was will man erwarten? So schnell kann sich die Welt nicht verändern. Dafür braucht es Zeit. Ein weiteres Schuljahr. Und die gute Nachricht lautet: Diese Zeit habe ich jetzt. Ich werde meine Klasse in die Oberstufe führen, viele werden das Abitur machen. Sie werden Bewerbungen schreiben, arbeiten gehen, sie könnten studieren und Auslandssemester absolvieren. Danach werden sie bei Siemens anfangen, eigene Friseursalons eröffnen, Ärzte und Professoren werden. All so was.

Ich träume mich durch die Berufslaufbahnen meiner Schüler, denke an meine fortschrittlichen Lehrmethoden im kommenden Schuljahr, die meinen Neunern die Tore zur unendlichen Welt öffnen werden und sie in eine glorreiche Zukunft blicken lassen. Sie werden Erfolg haben und ich werde im Kollegium aufsteigen, innovative Projekte ins Leben rufen und irgendwann Herrn Direktor Kaiser beerben, die Schule weiterentwickeln und für neue Standards im deutschen Bildungssystem sorgen! Ich grinse und breite meine Arme aus, um die bevorstehenden Wellen des Triumphes zu empfangen, und dann steht Abdul auf und beschwert sich, dass Seylep, diese Hurenfotze, ihn von hinten mit einem Stift beworfen hat.

40

Völler, Müller, Klose, Seeler: vier Stürmer, die Großes geleistet haben. Vier Stürmer, die es verdient hätten, in meiner Elf zu stehen. Vier Stürmer, die ich ohne schlechtes Gewissen ins Rennen schicken könnte und die im Alleingang Gibbels Trümmerhaufen zerschlagen würden. Und trotzdem: Ich kann nur zwei von ihnen aufstellen, die anderen beiden muss ich auf die Bank schicken. Ich überlege verbissen und kaue auf meiner Unterlippe herum. Bei diesen letzten Positionen darf man nichts überstürzen. Man sollte sich die Zeit nehmen, denn es gibt viel zu bedenken. Titel, Spiele, Ruf und vor allem Tore. Denn wofür ist ein Stürmer da? Doch wohl, um Tore zu schießen. Der Bleistift in meinen Fingern bewegt sich langsam zum Blatt, seine Mine bohrt sich kurz vor dem Wort »Völler« in das Papier und ich streiche druckvoll durch die Mitte des Namens.

Dann hebe ich den Kopf.

»Frau Meziroglu, mal objektiv betrachtet: Wenn es jemand aus meiner Klasse mit Leichtigkeit in die Oberstufe schafft, dann Elmin. Machen Sie sich mal keine Sorgen, der wird mit dem Abitur von der Schule gehen! Da würde ich mein Auto drauf verwetten …«

Elmins Mutter schaut mich an und ich erstarre.

»Nee, Moment mal. Das war eine blöde Idee. Vergessen Sie das mit dem Auto und der Wette.«

Ich schiebe den Zettel zur Seite. Es heißt: Man sollte sein Glück nie ausreizen. Das habe ich zumindest mal irgendwo gelesen. Ich weiß nicht mehr, wo. Vielleicht im *kicker* oder auf Facebook. Keine Ahnung, ob es stimmt, ist ja auch egal. Auf jeden Fall sollte man einen Fehler sehenden Auges nicht zweimal begehen. Das steht fest. Nie wieder werde ich das Risiko eingehen, den Weisen Horst zu verlieren. Er ruht in meiner Garage wie die Britischen Kronjuwelen im Jewel House. Auch wenn er stinkt, als hätte Hannes sein Kampfsekret über ihm versprüht, und obwohl er weder funktions- noch fahrtüchtig ist, weil Ben doch nicht so ein toller Mechaniker ist oder aber ich ein zu genialer Autozerstörer bin: Er ist mir wichtiger denn je und niemals werde ich ihn wieder aus der Hand geben. Ich meine, die Kronjuwelen trägt ja auch niemand mehr, und trotzdem sind sie der Queen ziemlich wichtig. Außerdem bekommt man als Lehrer Rabatt auf Tickets des öffentlichen Nahverkehrs. Dann ist das alles nicht so schlimm.

Von der Sache mit dem Rabatt profitiere nicht nur ich. Valentin Frühling muss in Zukunft ebenfalls eine Menge dieser Tickets kaufen.

Meine Jungs und ich lachten laut, als er endlich gestand, wie schlecht die Lernstandserhebung seiner Schüler gelaufen war. Er könnte sich das gar nicht erklären. Die Eltern hätten Schlange gestanden. Schließlich war er Lehrer auf dem Gymnasium, da fand man das nicht so witzig. Und sein Direktor! Der flippte total aus.

»Also, mit seinem Direktor sollte man sich immer gut stellen. Ist nur so ein Tipp, von Lehrer zu Lehrer!«, sagte ich, nachdem ich mit dem Bus zu ihm gefahren war. Sein Gesicht sprach tausend Bände und ich bekam beinahe einen Krampf im Zwerchfell, so anstrengend war es, das

Lachen zu unterdrücken. Valentin holte seinen BMW-Schlüssel und hielt ihn mir vor die Nase. Ich grinste, als ich ihm diesen zusammen mit den Fahrzeugpapieren aus seinen versteinerten Händen riss. Arrogant zwinkerte ich ihm zu, als ich in den Wagen stieg, den Rückwärtsgang einlegte und über seine Kiesauffahrt knatterte. Ich hörte *It's my life* von Bon Jovi und sang laut mit. Es – war – herrlich!

Doch es blieb meine einzige Fahrt in Valentins BMW. Ben, Gibbel und Sebi erwarteten mich bereits vor meiner Haustür und stürmten auf mich zu. Es dauerte nur wenige Tage, bis Ben einen Käufer gefunden hatte. Es war ein Arbeitskollege von Siemens, der dort irgendwo irgendwas macht, so etwas Ähnliches wie Ben, aber doch irgendwie anders. Wir machten fragende Gesichter und Ben winkte ab.

Eine Woche später luden die drei mich zu einem Umtrunk in den *Friedlichen August* ein, um alles zu feiern. Sie begrüßten mich verdächtigerweise mit dem identischen Gesichtsausdruck, mit dem sie mir von den tausend Euro für Valentins Schüler erzählt hatten.

»Was is?«, fragte ich – auf der Hut.

»Wir haben Neuigkeiten …!«

Ich stöhnte im ersten Moment, aber was ich dann zu hören bekam, verschlug mir die Sprache. Aus Gibbel und Sebi sprudelte es nur so heraus. Sie erzählten von ihren Schwierigkeiten bei der Jobsuche, von ihrer Unzufriedenheit und dem Willen, endlich etwas auf die Kette zu bekommen. Gibbel warf das Wort »Tatendrang!« ein und mein konditionierter Körper stellte die Nackenhaare auf.

»Nenn es Schicksal, nenn es Bestimmung, nenn es, wie du willst. Als wir gestern hier im *Friedlichen August* ein paar Bierchen trinken wollten, haben wir erfahren, dass er bald zumachen wird. Einfach so! Das kann doch nicht wahr sein, dachten wir. Und was glaubst du, was wir uns daraufhin überlegt haben? Was wir heute unterschrieben haben?«

Ich nahm einen großen Schluck Bier, wischte mir den schmalen Schaumbart ab und lehnte mich vor.

»Wir haben den *Friedlichen August* gekauft!«

Mit einem lauten Schmatzer fiel mir die Kinnlade nach unten. Ich staunte nicht schlecht. Ich malte es mir aus. Gibbel und Sebi als Kneipenbesitzer. Ach, du Heiliger!

Sie klärten mich auf, dass sie das gesamte Geld, das sie für Valentins BMW bekommen hatten, in den *Friedlichen August* investiert hätten und dass Ben sich ebenfalls beteiligen würde. Ich hörte mir alles an und versprach, sie finanziell zu unterstützen, sobald ich meine Verbeamtung in der Tasche hätte, und wir stießen auf ihre Investition an.

Seit zwei Wochen sind die beiden nun offiziell die Besitzer dieser unserer Institution, und es läuft nicht schlecht. Neue Angestellte brauchen sie nicht. Entweder stehen sie selbst hinter der Theke, oder Ulla tut es mit ihrem freundlichen Gemüt. Ben nannte es einen echten Glücksfall. Frauen würden nämlich auf Typen stehen, die *die Besitzer* kennen. »Man geht lässig zur Theke, bestellt ein paar Gratis-Drinks und zwinkert den Mädels über die Schulter zu. Glaub mir, Fabi: Wir werden *so angesagt* sein!«

Ich bin mal gespannt, ob Ben recht behält. Jetzt, wo ich offiziell Single bin, kann es jedenfalls nicht schaden. Neun Tage ist es her, dass ich mit Tine zum Flughafen gefahren bin und wir uns geeinigt haben, die Beziehung fürs Erste auf Eis zu legen. Mein unreflektierter Schubser in afrikanische Tiefen hatte sie so nachhaltig beschäftigt, dass sie schließlich zu dem Entschluss kam, ihr Glück tatsächlich dort zu versuchen. Sie kaufte sich ein One-Way-Ticket nach Sambia und ich schüttelte verständnislos den Kopf. Wenn man so dermaßen einen an der Klatsche hat, ist Hopfen und Malz verloren, dachte ich mir und akzeptierte mein Schicksal. Was hätte ich anderes tun sollen? Der Tierschutz sei jetzt wichtiger, versicherte ich ihr am Terminal und streichelte über ihre Schulter. Sie begann zu weinen, Poseidon gähnte auf meinem Arm.

»Glaub mir, Tine: Wenn man wirklich zusammengehört, dann kommt man auch wieder zusammen. Irgendwie. Irgendwann. Da bin ich sicher.«

Sie schluchzte noch ein paarmal und gab mir einen Kuss auf die Wange, bevor sie sich ihren Backpacker-Rucksack auf den Rücken wuchtete und mir zum Abschied zuwinkte. Ich nahm Poseidons Pfötchen und winkte damit. Er wehrte sich.

»Is ja schon gut …«, sagte ich und ließ das Pfötchen wieder fallen, »aber ohne Tine wärste jetzt im Tierheim, vergiss das nicht!« Dann fuhren wir nach Hause. Dort angekommen, rissen wir die Tierposter von den Wänden, änderten den Desktop-Hintergrund des Laptops und befilzten den Wohnzimmertisch neu. Wir trafen eine Abmachung: Wenn eine solche WG wie die unsere funktionieren sollte, musste man Kompromisse eingehen, dem anderen entgegenkommen, einen Mittelweg finden. Und das taten wir. Wir beschlossen, dass im Wohnzimmer ab sofort das Rauchen nicht mehr erlaubt war, dafür die Playstation und der Fernseher unter der Woche in angemessener Lautstärke bis 23 Uhr laufen durfte. Poseidon bekam ein eigenes kleines Bettchen im Schlafzimmer, dafür würde er es in Zukunft unterlassen, nachts in meines zu springen. Und natürlich hoben wir das Tierprodukt-Verbot rechtskräftig auf – wir könnten uns so viele Schlemmertöpfe in den Rachen schieben, wie wir nur wollten. Es würde definitiv eine coole WG werden. Nur Poseidon und ich. Zwei echte Kerle.

»Wissen Sie schon die Zeugnisnote von Elmin?«

Ich huste.

»Ja, die weiß ich. Ich habe die letzte Klassenarbeit gerade korrigiert. Es ist eine glatte Eins. Wie auch die Zeugnisnote. Sie können es ihm ruhig mitteilen, sagen Sie ihm meinen Glückwunsch!«

Elmins Mutter freut sich und klapst ihrem Mann freundschaftlich auf die Schulter. Sie kichern und ich grinse. Elmins Note war die mit Abstand beste der Klassenarbeit. Wir haben sie drei Wochen nach der Lernstandserhebung geschrieben und bis jetzt habe ich die Hälfte aller Arbeiten korrigiert. Im Moment liegt der Schnitt bei 3,1, wobei die harten Fälle noch kommen. Ich bin gespannt auf Tareks und Kevins Arbeiten. Die bewahre ich mir für den Schluss, als wären sie ein Flügel an meinem halben Hähnchen. Ich hoffe einfach, dass sie einigermaßen okay sind, weil ich unbedingt möchte, dass alle meine Schüler versetzt werden. Sie sollen in die Zehnte kommen und sie sollen anschließend selbstbestimmt entscheiden, wie es für sie weitergeht. Wenn dafür ein bisschen Nachhilfe und Entgegenkommen in Sachen Fehlererkennung nötig sein sollten, dann ist es eben so. Manchmal muss man die Wahrheit ein wenig verdrehen, damit alle zufrieden sind, und wer wäre zufriedener als Herr Direktor Kaiser, wenn auf seiner Schule alle Schüler den Abschluss schaffen? Niemand. Er ist zwar inzwischen vollkommen regeneriert, trotzdem quält mich ab und zu mein schlechtes Gewissen. Aber das wird vergehen. Er hat keine Folgeschäden. Alles beim Alten. Er ist so, wie er vor all diesen Vorkommnissen war. Wenn ich ihn sehe, nickt er mir zu oder fragt mich dieses oder jenes, auf das ich eigentlich nicht zu antworten brauche, es aber trotzdem tue. Er ist nicht nett, er ist nicht böse, unsere Beziehung hat sich nicht verändert. Was soll's. Damit komme ich klar.

Dafür habe ich seinen Rat ernst genommen und versucht, im Kollegium Kontakte zu knüpfen. Herr Böllrich kriegte sich vor Freude kaum ein, als ich ihm eine Entschuldigungskarte meiner Schüler vor die Nase hielt, zu der ich sie verdonnert hatte. Seitdem grüßt er mich immer auf dem Flur. Mit Herrn Mahnke philosophiere ich manchmal im Lehrerzimmer und er wartet teilweise vor der Tür auf mich, weil er sich schon so sehr auf unsere Gespräche freut. Außerdem werde ich Herrn Grubermann oder Gröbermann oder Waldmeier, Frau Schöne und all die anderen Kollegen mal in den *Friedlichen August* einladen, um einen draufzumachen. Nonchalant zur Theke gehen, Gratis-Drinks bestellen, lässig über die Schulter zwinkern. Das volle Programm. Da werde ich bald der beliebteste Kollege der Schule sein. Herbert wird bestimmt auch mitkommen, er ist sowieso schon in meinen Freundeskreis integriert. Ich habe ihn zu unserem letzten Würfelabend mit den Jungs eingeladen und seitdem ist er Bens neuer Dealer. Sein alter ist nun endgültig hinter Gittern und Ben brauchte unbedingt einen neuen. Herbert ist perfekt geeignet. Er schüttete sich aus vor Lachen, als er die Geschichte über unsere Betäubungsaktion und den Einbruch bei unserem Schulleiter hörte.

»Und ich sach noch: Nich mit Schlaftabletten mixen! Kerl, Fabi!«

Er zog an seinem Joint, klopfte mir auf die Schulter und es tat weh. Dann würfelte er und fragte, ob er mir schon einmal von Margret erzählt hätte.

»Ja, schon«, sagte ich, »aber Rauchen bitte nur noch auf dem Balkon!«

Elmins Mutter erwähnt das Lied, das die Klasse gemeinsam aufgenommen hat, und wie begeistert sie von meinem Engagement ist. Sie hätte ja so viel Gutes gehört in letzter Zeit. Immerhin mal jemand, der mich am Elternsprechtag lobt. Ich bedanke mich und reibe mir verlegen über die Wange. So viel wie in den letzten Wochen habe ich tatsächlich noch nie mit meiner Klasse gemacht. Wir waren zum Beispiel in Jeffs Aufnahmestudio und die Kinder konnten ihr Lied semiprofessionell produzieren. Jeff steht ihnen von nun an zur Verfügung, ich habe das bei der Schulleitung durchgeboxt. Die Kosten werden auch übernommen. Unsere stellvertretende Direktorin Frau Thomas hält das für eine gute Sache. So gut, dass sie mich sogar dazu auserkoren hat, klassenübergreifend zu agieren und kreative Projekte in Gang zu bringen, was mich einerseits stresst, andererseits fasziniert. Wir haben zum Beispiel einen Raum im Musik-Bunker hinterm Hauptbahnhof gemietet, in dem ein Schlagzeug, Gitarren und noch weitere Instrumente stehen. Tagelang haben wir renoviert, Wände tapeziert, Böden verlegt, Poster aufgehängt. Es hat Spaß gemacht, den Jugendlichen zuzusehen, ihren Einsatz, ihre Begeisterung und ihre Talente zu entdecken. Sie haben so viel davon, man muss es nur ans Licht lassen. Außerdem habe ich vor einigen Tagen zusammen mit meinen Neunern einen Ausflug in den Zoo gemacht. Inzwischen hatte ich die Tierpatenschaft für Hannes in der Tasche. »Normalerweise geht so etwas bei uns ja nicht …«, entgegnete mir Roland Walter, Hannes' Pfleger. Doch inoffiziell konnte er was drehen und nun besuche ich Hannes' fast jede Woche und bringe ihm immer eine Kleinigkeit mit. Als ich mit meinen Schülern hinging, schenkten wir ihm eine selbstgebastelte kleine Schaukel und Plastikbälle. Zuvor hatte ich ihm ein Strohbettchen mitgebracht, in dem allerdings immer nur Florian, der Jüngste der Ameisenbärenfamilie, liegt.

Ein besonderes Highlight war für mich neben diesem Zoobesuch allerdings unser Ausflug in die Ludwiggalerie in Oberhausen. Herr Direktor Kaiser winkte mein Vorhaben durch, als ich ihm erklärte, dass ich mit meinen Schülern das Oberstufenthema »Barock« vorbereiten möchte. Ich hatte keine Ahnung, ob in dieser Galerie irgendetwas Barockes hing, und es war mir auch egal. Ich wollte zu Isabelle. Alles andere war zweitrangig. Da nahm ich sogar den organisatorischen Aufwand in Kauf und sammelte Geld ein, kümmerte mich um Elternunterschriften und suchte Zugverbindungen heraus. Als wir uns am Bahnhof trafen, sah ich sofort die negativen Aspekte meines Vorhabens: Alle meine Schüler waren aufgekratzt, schrien, rannten, schubsten sich und nicht nur Tudor lief die Rolltreppen hoch und runter, bis er blau wurde. Nach zwei Stunden Terror waren wir endlich angekommen und marschierten in Zweierreihen durch den Torbogen Richtung Haupteingang. Wir betraten den mit Blumen verzierten Vorgarten der Ausstellung, Seylep schubste Fatma in das kleine abgezäunte Orchideenbeet und Mehmet nahm alles mit seinem iPhone auf. Isabelle kam uns lachend entgegen. Und plötzlich war der ganze Stress wie weggeblasen. Eine Stunde lang erklärte sie Tarek und Co. die Welt der

Kunst und auf jede noch so bescheuerte Frage meiner Schüler ging sie schmunzelnd ein. Ihre Nasenflügel flatterten ungefähr so sehr wie mein Herz.

»Herr Dreher, vielen Dank! Elmin freut sich schon auf den nächsten Schultag!«

Ich wache auf und Elmins Eltern erheben sich, geben mir die Hand und der Vater sagt: »Müller und Klose …«

Er zwinkert mir zu und ich sehe ihm verdutzt hinterher, wie er mit seiner Frau den Klassenraum verlässt. Die Tür knallt ins Schloss, ich bin allein und die Heizung klackert. Draußen wehen die kahlen Äste im leichten Nachmittagswind, einige Vögelchen versuchen verzweifelt, ihre Nester zusammenzuschustern, und irgendwo brummt ein Rasenmäher. Ich sehe auf meinen Zeitplan, blinzle, reibe mir die Augen und erkenne, dass Elmins Eltern die letzten Namen auf meiner Liste sind.

»Eeeeeendlich!«, stöhne ich und lasse den Kopf zurückfallen. Die Platten an der Decke sind eingerissen, die Fugen verdreckt. Ich frage mich, wann sie zuletzt von Menschenhand berührt wurden, und hieve mich wieder hoch. Dann greife ich nach dem Bleistift und schreibe »Müller« und »Klose« auf die beiden freien Positionen. Zwei Weltmeister.

»Ach, du Scheiße!«, sage ich dann und klatsche mir an die Stirn. Ich habe einen dritten Weltmeister völlig vergessen. Helmut Rahn! Ich überfliege meine Aufstellung und suche nach einem Namen, den ich gegen seinen tauschen könnte. Rahn hat uns erstens das Wunder von Bern geschenkt und ist ja zweitens quasi von umme Ecke, aus Essen, Pottkind, wie ich. Der darf nicht fehlen. Michael Ballack tut mir leid, den kann ich nicht streichen, der hat doch sonst nichts gewonnen. Wenigstens in meiner Aufstellung sollte er auftauchen. Meine Abwehr ist zu gut, die muss ebenfalls bleiben. Ich bin gezwungen, einen Mittelfeldspieler zu opfern und die offensive Variante mit drei Stürmern zu wählen, um Gibbels Team mit einem überfallartigen Blitzangriff kompromisslos vom Platz zu fegen. Ich streiche schweren Herzens Netzer aus dem Mittelfeld und schreibe neben Müller und Klose »Helmut Rahn, Pottkind«. Ich reibe mir die Hände und betrachte noch einmal das Gesamtwerk. Obwohl ich das Bier schon schmecken kann, bin ich noch nicht zu einhundert Prozent zufrieden. Irgendetwas fehlt noch. Die Schleife, das i-Tüpfelchen, die Krönung.

Ich fasse in meine Hosentasche, entknittere das Zettelchen, auf das Isabelle mir nach der Führung ihre Telefonnummer geschrieben hat, und betrachte es eine Zeitlang. Dann nehme ich mein Handy, tippe die Nummer ein und will gerade auf den grünen Hörer drücken, da geht die Tür wieder auf.

»Wat? Bisse immer no hier?«

Herbert glotzt in den Klassenraum und tippt sich mit dem Zeigefinger an die Schläfe.

»Mann, bis du ein Streber! Komm, lass abhauen, ich bin todmüde und hab von gestern noch unfassbare Kopfschmerzen. Nie wieder Komma-Saufen!«

Ich stecke das Handy in die Hosentasche, schreibe »Erich Ribbeck« als Co-Trainer unter die Aufstellung, lächle zufrieden und sage: »Tja, Herbert. Wir tragen alle unser Kreuz …«

Danksagung

Als Lehramtsstudent möchte ich vor meiner Danksagung gerne eine kurze Information in eigener Sache einschieben, die sich an alle potenziellen Arbeitgeber und Schuldirektoren außerhalb des Sauerlandes richtet: Ich, der Autor, habe objektiv betrachtet mit Fabi Dreher aber mal *überhaupt nichts* gemeinsam. Ich werde Sie nie unter Drogen setzen. Versprochen. Vertrauen Sie mir und stellen Sie mich ein.

Danke.

Mein weiterer Dank geht an …

… Pia, die immer hinter mir steht, egal was ich tue.

… Oliver Uschmann, durch den ich den Fuß in diese verdammte Tür bekommen habe.

… Petra Eggers, weil sie durch ihr Vertrauen in die *Klabusterbällchen* das alles überhaupt ermöglicht hat.

… Elisabeth Kurath, für die Herzlichkeit, Unterstützung und grenzenlose Hilfe, sodass ich mich in der großen Verlagswelt nie allein gefühlt habe.

… Kerstin Schöps, die das Optimum aus meiner Geschichte herausgeholt hat.

… das gesamte dtv-Team, für jede noch so kleine Arbeit an diesem Buch.

Außerdem danke ich Jan, der selbst auf Traktoren im australischen Outback noch meine Texte gelesen hat, Katha, für ihren subjektiven Doktorandenblick, Sarah, für ihre ein oder andere Anekdote aus dem Unterricht, und Nora, deren vegetarisches Curry in Thailand *tatsächlich* nach Fleisch geschmeckt hat. Also, objektiv betrachtet.

Mein letzter Dank geht an alle anderen Testleser. Ihr seid immer in meinem Herzen, ihr Chabos.

Mein allerletzter Dank geht an meine ganze Familie und besonders natürlich an meine Eltern, für jahrelange Unterstützung, auch wenn stets betont wurde, man könne statt Bücher schreiben ja auch mal was Sinnvolles machen.

Und mein allerallerletzter Dank geht an dich, lieber Leser. Dafür, dass du dieses Buch gekauft und im besten Fall zu Ende gelesen hast. Objektiv betrachtet werden diese schwarzen Buchstaben erst durch dich zu einer Geschichte. Danke dafür.

Die Comedy-Romane von Lars Simon im dtv

Irre Charaktere, irre witzig!

Elchscheiße
Roman

ISBN 978-3-423-**21508**-4

Freundin weg, Job weg, Therapeut weg – doch Torsten (35) lässt sich nicht unterkriegen. Er kauft sich einen gebrauchten VW-Bus (Lasse) und fährt mit ihm gen Schweden, wo er einen Bauernhof geerbt hat. Die Postkartenidylle lässt jedoch auf sich warten … Älgskit!

Kaimankacke
Roman

ISBN 978-3-423-**21554**-1

Lieber ne Piña Colada in der Karibik bei dreißig Grad im Schatten als Surströmming bei schwedischem Dauerregen. Dazu: Sonne, Bikinis und so weiter. Gedacht, getan. Kurzentschlossen bucht Torsten Flug und Club-Hotel und fliegt über den großen Teich, wo ihn einige Überraschungen erwarten …

Rentierköttel
Roman

ISBN 978-3-423-**21609**-8

Auf der Suche nach Torstens Angebeteter Linda geraten Torsten und Rainer in Lappland an eine Asen-Sekte, deren Mitglieder eine Vollmeise haben. Um das Vertrauen der Asen zu gewinnen, gebe Torsten und Rainer vor, »welche von ihnen« zu sein …

Alle Titel auch als eBook!

Bitte besuchen Sie uns im Internet: www.dtv.de